KB075153

사랑과 결합

# 사랑과 결함

예소연 소설

문학동네

차
례

우리

철
봉

하
자

맹지와 친해지게 된 계기는 닮은 외모였다. 면역력을 높이는 데 고강도 운동이 좋다고 하기에 큰맘 먹고 크로스핏을 등록하러 갔다. 그런데 바로 앞에 등록한 사람 이름이 하필 이맹지였고 나는 그 이름을 보고 작게 웃었다. 그러자 팔뚝이 두꺼운 관장이 맹지의 이름과 나를 번갈아 가리키며 말했다. 오, 그러고 보니 닮았네요. 석주씨하고. 정말 헷갈렸는지 그날 이후로 체육관 선생님들은 자연스럽게 나와 맹지의 이름을 바꿔 불렀다. 맹지씨, 오늘도 파이팅입니다. 맹지씨, 자주 나와야죠. 석주씨는 일주일에 세 번씩 나와요. 그들은 나와 맹지의 이름을 무려 한 달 동안이나 바꿔 불렀다. 그 한 달 동안 나도 맹지도 구태여 그것을 정정하지 않았다. 결국 나는 내 나름대로 버피 테스트 최고 기록을 찍은 후에야(물론 다른 수강생과는 비교할 수 없을 지경으로 처참한 성적이었지만) 선생님이 보드에 적은 맹지라는 이름을 지우고 내 이름을 적었다. 딱 한 달 만이었다. 부러 아주 천천히 글자를 써내려갔다. ㅅㅓㄱㅈ…… 선생님은 내 이름을 빤히 보더니 급히 누군가에게 메시지를 보냈다. 그리고 집에 돌아와 샤워를 하던 중 회원님, 으로 시작하는 장문의 사과 메시지를 받았다.

자세가 너무 똑같은 거예요. 마스크도 썼는데 하필이면 머리 길이도 비슷해서. 사실 기분이 아주 나빴다거나 하지는 않았다. 처음으로 맹지와 같이 운동을 하게 된 날에는 살짝 안 좋을 뻔했지만. 왜냐하면 내가 봐도 맹지의 스쾃 자세가 형편없었기 때문이었다. 내 자세는 맹지보다는 낫다고 생각했는데 하필이면 선생님이 나와 맹지를 한 팀으로 짝지어줬다. 우리는 남들이 하는 스쾃 개수의 절반도 채우지 못했다. 턱걸이도 못했다. 발목이 불안정해 박스 점프도 못했다. 우리는 주어진 오십 분 동안 비칠거리며 스쾃을 몇 개 해내고 턱걸이 대신 봉에 걸린 운동용 고무줄로 등 운동을 했다. 그리고 박스 대신 벤치프레스용 플레이트 위로 낮게 점프하고 내려오길 반복했다.

너 나 할 것 없이 땀이 뚝뚝 떨어지는 와중에 먼저 말을 건이는 맹지였다. 어디 사세요? 내가 이 근처에 산다고 하자 자기도 이 근처에 살고 있다고 했다. 같이 운동해요. 맹지가 그렇게 제안하며 내 번호를 물었다. 그렇게 우리는 운동은 별로 안 하고 밥 먹고 술 먹고 PC방이나 가는 사이가 되었다. 맹지는 십 킬로그램을 감량하기 위해 크로스핏을 시작했다고 했다. 십 킬로? 내가 되묻자 맹지는 우물쭈물하면서 그렇다고 했지만 김치찌개 먹을 때는 밥을 두 공기나 먹었다. 그러더니 소주를 한 병 반쯤 비웠을 때 슬그머니 고백했다. 남친이 뺐으면 좋겠다고 해서.

나는 그 순간 이 여자는 다시 보긴 어려운 사람이라고 생각했지만, 2차로 〈오버워치〉를 하러 PC방에 함께 가면서 마음을 바꿨다. 함께 소주를 먹고 〈오버워치〉를 할 수 있는 삼십대 친구는 만나기 쉽지 않았다. 우리는 그날 밤 집에 잘 들어갔냐는 카톡으로 시작해서 서로에게 모든 시시콜콜한 이야기를 쏟아붓기 시작했다.

*

나와 맹지는 밥을 먹고 주로 커다란 아파트 단지(물론 우리는 이곳에 살지 않았다) 뒤에 조성되어 있는 산책로를 걸었다. 산책로는 안산과 이어져 있었다. 우리는 안산에 오르기 직전까지만 걷다가 되돌아오길 반복했다. 나는 천천히 걸으며 늦깎이 의대생인 맹지의 애인이 매일 졸음을 쫓기 위해 물파스를 눈 밑에 바른다는 이야기를 듣고 있었다. 눈 밑에 물파스 바르는 사람 좋아해? 내가 묻자 맹지가 고개를 저으며 대답했다. 근데 얘 말고 다른 남자가 없어.

"너 남자 없이 못 사냐?"

"어, 나 못 사는 거 같아."

"질린다, 진짜."

"넌 살아?"

"난 살고 있어."

"살아서 뭐해."

"그냥 사는 거지."

나는 그렇게 대답하고 한숨을 푹 내쉬며 말했다. 엄청 많을 걸. 너 좋아해줄 사람. 그러자 맹지가 눈을 빛내며 왜? 하고 물어왔다. 네가 날 닮았잖아. 나는 그렇게 대답하고 앞질러 걸어갔다. 그리고 정자에 앉아 유튜브를 켰다. 이거 봐봐. 이걸 하면 자신감이 생긴대.

내가 비정규직으로 일하는 온라인 교육 플랫폼 회사는 카테고리별로 여러 강의를 송출했다. 그 강의를 전부 검수하여 편집점을 찾아내는 게 나의 주요 업무였다. 사주 풀이나 창작 교실과 같이 재미있는 강의도 많았고 타 플랫폼에 비해 퀄리티도 괜찮은 편이었다. 하지만 묘하게 다른 나라를 비난하거나 인종차별의 소지가 있는 내용이 더러 눈에 띄어 송출 전에 잡아낸 적도 있었다.

사장은 내가 그런 부분에서 예리하다며 좋아했다. 요즘은 사사건건 트집을 잡는 시대라서 이런 것들은 기민하게 캐치해 사전에 전부 편집해야 한다는 것이었다. 나는 정치적으로 민감한 부분들을 초 단위로 표시해둔 뒤 맥락 전부를 문서에 기록하고 특히 문제 될 여지가 있는 대사를 빨간색으로 표시해 두었다.

—허대리님. 이거 나 페미 같아요?

—그 정도는 아니에요.

—이 부분은요?

—팀장님께 물어봐야 할 듯.

그즈음 내가 상사와 나눈 카톡 대화는 거의 이랬다. 특정 강사들은 성차별적 언사가 유독 두드러졌다. 특히 정신분석이 가볍게 다뤄지는 강의에서 그런 태도가 많이 나타났다. 나는 일을 하면서 문득 내가 작아지는 기분이 들었는데, 분명 문제인 것 같지만 문제라고 말하는 게 더 문제적이라는 생각이 들어서였다. 도대체 무엇 때문에? 사장이 예리하다고 칭찬까지 해준 마당에. 그때 우연히 본 게 자신감 훈련에 관한 유튜브 영상이었다.

"이걸 하라고? 지금?"

"응, 이렇게 손을 뻗어서."

정자에 눕듯이 앉아 있는 맹지에게 직접 시범을 보여주었다. 팔을 쭉 뻗어서 비행기 자세를 하고 무릎을 굽혔다. 그리고 작은 소리로 웃기 시작하면서 무릎을 펴며 빠르게 걸었다. 그렇게 비행고도가 올라갈수록 더 크게 웃었다. 하하하하! 하하하하하! 하하하하하하하!

그리고 다시 무릎을 굽히며 내려가면서는 웃음소리를 점점 죽였다. 그걸 몇 번 반복했다. 하하하하하하! 하하하하하! 하하하하! 하하하하하! 하하하하하하! 등산복을 입은 사람들이 흘긋거렸다. 나는 그들을 애써 무시하려고 노력했다. 맹지가 휴대폰을 만지작거리다 손으로 얼굴을 가렸다. 난 못 해. 나는 앉아 있는 맹지를 일으켰다. 맹지는 다시 털썩 주저앉았다. 우리는 그렇게 한참 실랑이하면서 깔깔거렸다. 아, 알았어. 하면 되잖아. 맹지가 양팔을 쭉 뻗었다. 그러더니 꽤 오랫동안 그 자리에 서 있었다. 천천히 숨을 고르며 비행기 탈 준비를 하는 맹지의 귀가 붉게 물들어 있었다. 귀여운 녀석. 맹지는 하얗고 이마가 동그랬다. 나도 하얗고 이마가 동그랬다. 하얗고 이마가 동그란 사람은 운동을 못하나. 문득 그런 생각이 들었다.

　오랫동안 사귀었던 남자 하나는 순댓국을 먹은 다음날 연락이 두절되었다. 나는 울면서도 그런 생각을 했다. 들깻가루를 너무 많이 뿌렸나. 나도 모르는 사이 이에 전부 끼었던 게 아닐까. 아니면 내가 깍두기 국물을 넣으려던 남친의 손을 너무 매몰차게 때렸던가. 가장 큰 문제는 그가 돈을 빌려놓고 갚지 않았다는 것이었다. 우리의 관계가 끝났다고 채무 관계까지 끝난 것은 아닌데. 나는 아쉬운 사람으로 비치는 게 싫어 바보같이 먼저 그에게 연락하지 않았다. 그 돈이 어떤 돈인데. 나는 이후로도 그런 비슷한 인간을 몇 명 더 만났고 이제는 연애하기를 포기했다.

　나와 맹지는 그렇게 볼륨을 줄이고 키워가며 한참 비행기를 탔고 그러는 동안 나는 옛날 생각도 못한 채 맹지를 남미새 취급한 것이 문득 미안해졌다. 미안하다는 말을 하려는데 저멀리서 심상치 않아 보이는 아저씨 한 명이 나와 맹지를 향해 저벅저벅 걸어왔다. 캡을 쓰고 검은색 운동복 지퍼를 목 끝까지 채워 올린 아저씨였다. 왜소한 체격에 비해 각진 어깨가 눈에 띄었다. 선글라스 너머로 나와 맹지를 흘겨보는 것이 느껴졌다. 맹지는 그것도 모르고 숨을 가쁘게 내쉬며 비행기를 타고 있었다. 나는 그 아저씨가 우리에게 일침이나 일격을 가할 줄 알았다. 정말 우리 쪽을 똑바로 바라보며 다가오고 있었기 때문이었다. 하지만 아저씨는 조금 많이 부담스러울 정도로 가까운 거리에서 급하게 방향을 틀어 철봉으로 향했다.

"정말이야. 자신감이 조금 올라갔어."

맹지가 아무것도 모른 채 싱기된 얼굴로 말했다. 나는 부러 아저씨를 흘긋거리며 눈치를 주었다.

"가자."

"왜? 좀 쉬자."

맹지는 정자에 털썩 앉더니 숨을 몰아쉬었다. 그러자 아저씨는 보란듯 철봉을 두 손으로 힘껏 쥐었다. 광배를 이용해서 가슴을 철봉에 딱 붙인 다음 두 발을 허공에 차 올렸다. 그리고 공중에서 발을 가지런히 모은 채 안정된 자세를 유지했다. 중력을 거스른 사람처럼. 그러더니 빠른 속도로 뱅글뱅글 돌기 시작했다. 맹지는 감탄하면서 내 쪽을 흘긋거렸다. 나는 우리가 같은 생각을 하고 있음을 눈치챘다. 내가 먼저 맹지에게 물었다.

"우리 의식하는 것 같지?"

맹지가 고개를 세차게 끄덕거렸다. 우리는 넋 놓고 철봉 하는 아저씨를 구경했다. 거의 열 바퀴를 돈 아저씨는 가볍게 뛰어내려 나와 맹지를 바라보았다. 그 모습에 압도되어 손뼉을 칠 수밖에 없었다. 심지어 나보다 맹지가 먼저 손뼉을 치기 시작했다. 우리는 한동안 그를 향해 열렬한 박수를 보냈다. 아저씨는 고개를 살짝 끄덕하며 인사했다. 아저씨는 그렇게 철봉을 한 후 쿨하게 안산으로 떠났다. 우리는 멀어져가는 아저씨를 빤히 바라보다가 서로 마주보며 웃음을 터뜨렸다.

\*

"내 실수도 내 실수가 아닌 것처럼 보여야 해요. 석주씨는 얼굴에 너무 티가 나서 걱정이에요."

팀장이 내게 그랬다. 나는 그 카톡을 읽고 또 읽어도 내용을 온전히 이해할 수 없었다. 내 실수가 내 실수가 아니면 또다른 누군가의 실수가 되는 것 아닌가. 일은 벌어졌는데 모른 척하는 이들만 있다면 그것만큼 웃긴 광경도 없을 거였다. 내가 일으킨 문제에 대해 먼저 귀띔을 해준 이는 허대리였다. 강사 하나가 컴플레인을 제기했다나봐. 담당자가 너무 예민하다고. 페미 같다나 뭐라나. 나는 억울했다. 허대리님. 페미 같은 게 도대체 뭔데요? 이번에도 허대리는 고개를 저었지만, 조그맣게 속삭였다. 몰라요. 근데 그렇게 보일 수도 있을 것 같아요.

어쩌면 손쓸 수 없는 상황을 일부러 만들고 싶었는지도 모른다. 문제가 될 걸 아예 모르진 않았으니까. 그러나 왜? 내가 왜 나에게 손쓸 수 없는 상황을? 그건 늘 손쓸 수 있는 선까지만 일을 저질러버리는 나의 졸렬함에 대한 일종의 반항이었던 것 같다. 그렇게 나는 회사에서 잘렸다. 이번에 검수를 맡은 경영학 강좌 중 생산운영관리 및 조직관리 파트 삼분의 일가량을 삭제해야 한다고 강사에게 메일을 보냈기 때문이었다. 나는 문제되는 발언에 일일이 메모를 작성해서 상세한 피드백을 전달했다. 성별에 따라 의사 결정 과정이 명확하게 달라지기는 어렵습니다. 성별의 차이가 육십오 세 이후부터 사라진다는 것은 비논리적입니다. 문제를 과도하게 심사숙고하는 성향은 상황과 개인적 맥락에 따라 다른 것일 수 있습니다.

학원에서 수학 강사로 일하는 맹지는 일하는 시간 빼고 낮이든 밤이든 나랑 놀아주었다. 해고 통보를 받은 이후 집에만 있으며 외로워하는 나를 위해 며칠간 내 집에서 먹고 자며 루미큐브를 해주었다. 숫자 맞추기에 쥐약인 나는 루미큐브를 할 때면 한동안 끙끙거리며 이리저리 숫자 퍼즐을 맞추다가 금세 포기해버렸다. 원래대로 되돌려놓을 수 없을 만큼 망가진 숫자판을 맹지는 잘도 돌려놓았다. 맹지는 숫자판을 돌려놓은 후에 나에게 말했다. 석주야, 사진을 찍어. 그렇게 나는 되돌릴 수 없을 것 같을 때면 사진을 찍어두었다.

그러던 어느 날, 우리는 여느 때처럼 나란히 산책로를 걷고 있었고 저멀리 우뚝 서 있는 철봉을 본 맹지는 나에게 철봉을 해보자고 권했다.

"철봉 아저씨처럼 해보는 거야."

나와 맹지는 각자 철봉 앞에 달려가 누가 먼저랄 것도 없이 매달렸다가 한참을 끙끙거렸고 도저히 안 될 것 같아 내려왔다. 지나가던 어떤 남자가 맹지에게 물었다. 도와드릴까요? 맹지는 괜찮다고 말하며 남자를 향해 웃어 보였다. 나는 그런 맹지를 눈으로 흘겼다. 그리고 맹지 앞의 철봉 밑에 쭈그려앉았다.

"타."

"어깨에?"

내가 말없이 고개를 끄덕이자 잠시 고민하던 맹지는 다리 두 짝을 내 양어깨에 걸쳤다. 나름 묵직한 무게가 실렸지만, 그런대로 일어날 수 있을 것 같았다. 조금씩 몸을 일으켰다. 나와 맹지 둘 다 키가 작아서 그런지 맹지의 어깨가 철봉에 알맞게 닿았다. 맹지는 두 손으로 철봉을 잡고 끙, 힘을 주었다. 그러고는 힘겨운 목소리로 말했다. 석주, 나 성공했어.

"더 해봐."

"내려줘. 죽을 것 같아."

"남자도 있는데 뭘 죽어. 한번 더."

"쓰레기라며."

작은 목소리로 힘겹게 중얼거리는 맹지의 목소리가 어쩐지 얄밉게만 들렸다. 그러니까. 알면서 그러는 거야? 내가 몇 번을 말했는데. 나는 여전히 어깨에 맹지를 태운 채로 철봉에 매달려 있는 맹지에게 소리쳤다.

"왜 쓰레기 없이 살 생각은 안 하냐고. 노력 좀 해. 주워서 가져다 버리라고. 나도 충분히 너한테 잘해줄 수 있는데 왜 나 없으면 살 수 있고 쓰레기 없으면 못 살아? 내가 쓰레기같이 굴어줘? 그러면 나 없으면 못 살 거야?"

간신히 매달려 있던 맹지가 떨리는 목소리로 대답했다. 일단 내려줘.

*

전 애인, 그러니까 형석에게 빌려준 돈을 받아낸 것은 헤어지고 삼 년이 지난 후였다. 돈을 받아내지 않고는 정말이지 살 수가 없을 것 같았다. 빌려준 돈이라고 하기에도 뭣한 돈이었다. 이를테면, 그가 내기로 한 돈이었다. 나는 임신 중단 수술을 받았고, 수술비는 그가 부담하는 것으로 합의했다. 그렇게라도 그에게 책임을 지우고 싶었다. 나에게 평생 잊히지 않을 수도 있는 것이 그에게는 단숨에 잊힐까 두려웠다. 한때 나는 이런 생각이 찌그러진 마음에서 비롯된다고 생각했다. 하지만 문제는 다른 데 있었다. 그의 마음이 전혀 찌그러지지 않은 채로 온전한 것. 그것이 문제였다. 석주야, 마땅한 기회를 줘서

20

고마워. 삼 년이 지나 형석은 정말 그렇게 말했다. 그리고 돈을 내어주었다. 삼 년 전에는 몇십만원이라는 돈이 그렇게나 큰 돈이었는데. 무사히 대기업에 취직한 형석에게는 이제 가뿐하게 내어줄 수 있는 돈이 되었다.

맹지가 철봉을 쥐고 있던 손을 풀었다. 그러자 맹지의 무게가 급작스럽게 내 어깨에 온전히 실렸다. 나는 소리를 지르며 주저앉았다. 맹지가 잠시 숨을 몰아쉬다가 바닥에 주저앉아 있는 나를 쏘아보며 말했다.

"너는 그렇게 잘났어? 그래서 아무나 막 대충 앱으로 만나고 차단해?"

"최소한 사람 때문에 고생하진 않잖아."

"그럼 너 때문에 고생하는 사람들은?"

"걔넨 고생 안 해."

"그걸 네가 어떻게 아는데. 쓰레기를 만나거나 쓰레기가 되거나. 둘 중 하나밖에 선택지가 없는 거니?"

나는 할말을 잃고야 말았다. 맹지가 그런 말을 할 거라곤 생각하지 못했다. 머릿속에서 날카롭고 모난 말들이 마구잡이로 뒤섞였다. 나는 언제나 싸울 때 그런 말들을 했다. 네가 그렇게 잘났냐? 존나 어이없어. 씨발, 꺼져, 제발.

루미큐브를 할 때처럼 사진을 찍어놓을 수 있으면 좋을 텐데. 차근차근 되돌릴 수 있도록. 예상대로 나는 맹지에게 모욕적인 말들을 퍼부었다. 최대한 상처가 될 말을 집요하게 골라내어 뱉어냈다. 그때 캡을 쓴 철봉 아저씨가 우리를 흘깃 바라보고 지나쳤다. 맹지의 눈에 눈물이 고였다. 나쁜 년. 맹지가 한 말은 고작 그거였다. 그러고는 눈물을 훔치며 나를 지나쳐 산책로를 떠났다. 그렇게 나는 철봉 앞에 혼자 남겨졌다. 맹지가 쥔 철봉을 따라 쥐어보았다. 군데군데 칠이 벗어진 철봉은 차갑고 묵직하고 까끌거렸다. 맹지처럼은 안 산다. 나는 중얼거렸다.

그렇게 맹지와 연락하지 않는 채로 일주일이 흘렀다. 그날의 장면은 곱씹을수록 선명해졌다. 내가 했던 모든 말을 주워 담고 싶은 심정이었다. 결국 견딜 수 없는 마음에 맹지네 집에 찾아갔다. 전 남자친구 집도 이런 식으로 찾아갔다가 크게 욕을 먹었었다. 하지만 어쩔 수 없었다. 마음에 불편한 감정이 남아 있는 한 그것은 나를 이리저리 흔들어 엉망으로 만들어 놓았으니까. 전 남자친구와는 달리 맹지는 순순히 문을 열어 주었다. 다만 내 뒤에 놓인 커다란 캐리어를 빠르게 훑었다. 맹지와 함께 사는 고양이 베르가 고개만 빼꼼 내밀었다. 새끼 때부터 이상하게 그루밍을 하지 않아 지독한 냄새가 나는 고양이었다.

"나도 바를게."

"뭘?"

"물파스. 그리고 자격증을 딸 거야."

"무슨 자격증?"

"도배사 자격증."

그러자 맹지가 입을 커다랗게 벌리고 웃었다. 그게 무슨 소리야. 도배사라니. 너 미학과 나왔잖아. 그러더니 조용히 중얼거렸다. 하긴. 전공하고 얼추 맞긴 맞네. 나는 부러 뻔뻔한 표정으로 선언하듯 맹지에게 말했다.

"나는 눈 밑에 물파스를 바른 채 공부하고 기술을 배우면서도 너한테 화를 내지 않을 수 있어. 욕도 하지 않을 거야. 밥값도 네가 모조리 낼 필요 없어."

"도대체 왜 이러는 거야?"

맹지가 또다시 내 뒤에 놓인 캐리어를 훑으며 말했다. 미간이 살짝 좁아진 것 같기도 했다.

"우리 같이 살자."

그러자 맹지가 고개를 갸우뚱했다. 자격증을 딸 동안만. 나는 그렇게 말하며 멋대로 맹지의 집 현관으로 들어섰다. 베르가 하악질을 했다. 맹지의 집은 거실 하나, 방 두 개로 꽤 넓은 편이었다. 방 하나는 옷방으로 사용하고 있었다. 나는 옷방이 아닌 맹지의 방에 자리를 잡았다. 맹지가 그 모습을 팔짱을 낀 채 바라보고 있었다.

"이렇게까지 안 해도 돼."

"뭘?"

"되돌리려고 애쓰지 않아도 된다고."

맹지의 얼굴을 빤히 쳐다보았다. 형석이 했던 말이 떠올랐다. 마땅한 기회를 줘서 고마워. 나는 맹지의 손을 잡고 말했다. 나 도시락도 잘 써.

*

내일배움카드 덕분에 실업자 자격으로 도배 학원에 무료로 다니게 되었다. 수업은 아침 아홉시부터 저녁 여섯시까지 이어졌고 지각하지 않으려면 아침 일찍 일어나야 했다. 물론 맹지의 도시락을 싸기 위해서. 처음 도시락을 받은 맹지는 얼떨떨하고 민망한 표정을 지었지만, 시간이 지날수록 자연스럽게 맛 평가를 들려주었다. 무 조림은 달큰하고 오이 피클은 삼삼해. 나는 그런 말을 듣는 게 좋았다. 맹지는 적어도 내 앞에서는 더이상 애인에 대한 이야기를 하지 않았다. 그리고 통화는 가급적 밖에서 했다. 눈치가 보이는지 빈도수도 줄었다. 매일 저녁 시간마다 밖으로 나가던 게 이틀에 한 번, 나흘에 한 번으로 줄었다. 나는 맹지가 도대체 애인과 무슨 이야기를 하는지 궁금했다.

나와 맹지는 저녁을 먹기 전 크로스핏을 했다. 맹지는 더이상 살을 빼기 위해서 크로스핏을 한다고 이야기하지 않았다. 크로스핏은 너무 운동 그 자체였던 것이다. 그렇게 우리는 체력을 길렀지만, 특별히 좋아지는 것도 없이 서로의 부드러운 팔뚝 살 위로 볼록 솟은 작은 근육을 자랑했다. 베르는 더이상 내게 하악질을 하지 않았다. 이불을 깔고 엎드려 있을 때면 허리께에 올라와 작은 발로 마사지를 해주기도 했다. 그런데 냄새는 정말 여전했다. 그루밍을 하지 않는 고양이라니. 아무리 생각해도 보통내기가 아니었다.

다른 사람들은 그래도 삶이 조금씩 나아지는 것 같았는데, 이상하게 내 삶은 좀처럼 나아지지 않았다. 몇몇 남자와 원나잇을 했고 늘 그랬듯 전혀 만족스럽지 않았는데도, 하지 않으면 견딜 수가 없었다. 그러니까 견딜 수 없는 마음이 제일 견딜 수 없었다. 나는 견딜 수 없는 마음을 또다른 못 견딜 마음으로 돌려 막고 있었다. 나는 살기 위해 내 삶을 궁지에 몰아넣었다.

도배기능사 자격증을 따려면 여러 감점 요소에 주의해서 시험을 치러야 했다. 광폭지의 무늬를 최대한 살렸는지, 재단을 정교하게 해서 방 구조에 마침맞게 발랐는지. 필기시험은 없고 실기만 있었는데, 나는 도면을 보는 게 익숙지 않아 자주 여러 형태의 도면을 둘러보며 어떻게 도배지를 바를지 고민해보곤 했다. 그날도 나는 맹지의 방에서 엎드려 도면을 살펴보고 있었고 옆에서는 베르가 배를 훌러덩 깐 채 자고 있었다. 맹지를 기다리는 평화로운 저녁이었다. 그런데 문자가 왔다. 몇 달 전 원나잇을 했던 남자였다. 자기 성기 사진을 보내왔다.

나는 가만 그 사진을 보았다. 싫지도 좋지도 않았다. 그런데 실망스러웠다. 나는 그 사람을 좋아하거나 사랑하지 않았기 때문에 많은 것을 바라지 않았다. 다만, 성기 사진을 보내는 사람은 아니길 바랐다. 맹지는 오늘 늦게 올 것이다. 눈 밑에 물파스를 바르며 공부하는 오랜 연인과 시간을 보내고 있을 것이다. 나는 정말이지, 견딜 수가 없어졌다. 맹지 방의 촌스러운 장미무늬 벽지가 눈에 들어왔다.

도배지는 도배지이다. 하지만 도배지를 벽에 붙이면 그건 벽지가 된다. 벽지를 구태여 도배지라고 부르지 않으니까. 그러면 그 벽지를 뜯어내면 그때부터 그것을 도배지라고 불러야 할까 벽지라고 불러야 할까. 나는 상황이 바뀔 때마다 내가 바뀐다고는 별로 생각해보지 않았는데, 돌이켜봤을 때 지금은 아주 다른 내가 되어 있었다. 심지어 전혀 마음에 들지 않는 쪽으로.

맹지 방에서 제일 너덜거리는 모서리 부분 벽지부터 찢어버렸다. 베르가 깜짝 놀라 도망갔다. 방에 들어오지 않고 저멀리서 내가 벽지를 뜯는 모양을 구경했다. 가구가 단출해서 옮길 것은 얼마 없었다. 그새 맹지에게서 메시지가 와 있었다. 새로 도배를 해도 되겠냐는 물음에 대한 대답이었다.

—절대로 선드리지 마.

싫어. 속으로 생각했다. 침범하고 싶어. 우리가 더 나아졌으면 좋겠어. 오지랖 부리고 싶어. 네가 싫대도 우리가 더 행복해질 수 있는 걸 하고 싶어. 벽지를 뜯은 후 지저분한 벽을 헤라로 밀어 정리하기 시작했다. 벌써 자정이 넘어 있었다. 그런데도 맹지는 오지 않았다. 애인이 붙잡고 있을 것이다. 맹지는 애인이 외롭다고 하면 안타까워하니까.

눈꺼풀이 무거웠다. 어제도 한숨도 자지 못했다. 아침 일찍 일어나 맹지의 도시락을 싸야 하는데 잠이 오지 않은 탓이었다. 나는 헤라로 벽을 밀다 말고 거실로 나갔다. 선반에 있는 구급함을 열어 물파스를 찾았다. 화장실에서 거울을 보며 톡톡 두드려가며 눈 밑에 물파스를 발랐다. 그런데 양 조절을 실패해 너무 많이 발라버렸다.

두 눈이 아려오기 시작하더니 견딜 수 없이 뜨거워졌다. 그 자리에 주저앉아 두 손을 동그랗게 모은 채 눈을 가렸다. 눈물이 줄줄 흘렀다. 울음도 나왔다. 일을 저질러버린 건 분명 나이지만, 그렇다고 이런 고통을 감수할 생각은 추호도 없었는데. 나는 왜인지 억울했다. 모든 게 억울해져 더 큰 소리로 울었다.

그때 맹지가 현관 비밀번호를 누르고 들어왔다. 그리고 제 방 꼴을 보더니 한숨을 쉰 다음 거실에 엎드려 울고 있는 나를 보고 소리를 질렀다. 고개를 들어 맹지를 봤다. 눈이 뜨끈한 게 부어오를 대로 부어오른 것 같았다. 콧물도 흘렀다. 꼴이 말이 아닐 것이었다. 맹지는 그런 나를 잠시간 바라보더니 물었다.

"물파스 발랐어?"

내가 고개를 끄덕이자마자 맹지는 어디론가 전화를 걸었다. 구급차를 부를 거라고 생각했는데, 그대로 악에 받쳐 소리를 질렀다.

"너 물파스 바른 거 구라지, 쌍놈 새끼야."

＊

구급대원이 식염수를 내 눈에 흘려넣어주었다. 감지 마세요. 감지 마시라고요. 친절한 듯 신경질적인 구급대원의 목소리에 나는 파르르 눈꺼풀을 떨며 눈동자를 위로 치켜떴다. 구급차에서 내려 맹지의 부축을 받아 응급실 침대에 누워 기다렸다. 한참 후에 온 의사는 단호한 목소리로 물파스와 같은 화학약품이 눈에 들어가 알레르기 반응을 일으키면 실명으로 이어질 수 있다고 경고했다. 나는 그저 고개를 끄덕였다. 식염수로 다시 한번 눈을 씻어내고 안약을 넣은 뒤 왜인지는 모르겠지만 수액을 맞았다. 조금 건강해지는 느낌이었다. 맹지는 누워 있는 내 옆에 앉아 한숨을 내쉬고 혀를 차길 반복했다. 내가 물었다.

"일부러 그러는 거야?"

"응."

"도배지 사러 가자. 예쁜 걸로."

짐짓 쾌활한 척 내가 말하자 맹지가 허탈한 웃음을 흘렸다. 맹지는 내가 자기 방을 엉망으로 만들고 있을 거라는 예감에 당장 택시를 잡아탔다고 했다. 집으로 오는 내내 화가 치솟았고 결국에 다신 나를 보지 않을 작정까지 했다는 것이었다. 근데 네가 눈물을 흘리는 모습을 보니까 나도 눈물이 나는 거야. 나는 불쌍한 표정으로 고개를 끄덕거렸다. 그러자 맹지가 또 눈을 흘겼다.

"근데 물파스 바르는 거 진짜 또라이 같아."

"아무래도 그렇지?"

"응. 이제 알았으니까 그만해."

맹지가 그러면서 나를 안아주었다. 우리는 결국 새벽 세시가 되어서야 응급실을 나설 수 있었다. 맹지와 나는 집에 돌아와 씻고 누웠다. 엉망이 된 벽을 사방에 두고 누워 있으려니 마음이 불편했다. 맹지도 마찬가지였는지 나에게 물었다. 벽지 있냐. 나는 회심의 미소를 지으며 맹지에게 대답했다. 벽지가 아니라 도배지. 도배지는 사야 해. 대신 초배지가 있어.

맹지가 그 둘의 차이가 뭐냐고 물었다. 도배지를 바르기 전에 초배지를 바르는 거야. 왜 도배지를 바르기 전에 초배지를 바르냐고 묻기에 초배지를 바르지 않으면 시멘트 벽에 도배지가 붙지 않는다고 알려주었다. 그러니까 벽지란 도배지와 초배지가 함께 벽에 붙은 거네. 맹지가 말했다. 똑똑한 맹지.

해가 뜨고 있었다. 우리는 줄자를 이용해 방 구조를 실측하고 도면을 그렸다. 그리고 초배지를 신중하게 재단했다. 나는 숨을 참아가며 초배지를 잘랐고 맹지는 손 떨림이 있는 나를 도와 초배지를 잡아주었다. 처음에 맹지는 자기도 해보겠다며 초배지를 가로로 붙였다. 나는 부러 짜증을 내며 그것을 떼어냈다. 오늘 내내 신경질만 내던 맹지에 대한 소심한 복수였다. 초배지를 붙이는 동안 맹지는 종종 멀찍이 떨어져서 깔끔해진 벽면을 구경했다. 다 붙인 뒤에 우리는 그런대로 새집 같다며 좋아했다. 벽에서 떨어진 잔해, 먼지, 칼 같은 것들이 방바닥에 뒹굴고 있었다. 난장판이 된 방을 보니 허기가 졌다.

*

24시 콩나물 해장국집에서 해장국을 먹었다. 내가 수란을 바로 해장국에 넣어 풀자 맹지가 질색을 했다. 수란 하나를 더 시킨 맹지는 내게 수란 먹는 방법을 하나 더 알려주었다. 맹지를 따라 수란이 담긴 그릇에 김 가루를 넣고 국물을 조금 덜어서 섞은 뒤 맛을 보았다. 그렇게 먹으니까 정말 고소하고 맛있었다. 그런데 맹지가 갑자기 해장국을 먹다 말고 울음을 터뜨렸다. 왜 울어? 내가 묻자 젓가락으로 내 뒷벽을 가리켰다. 바다를 배경으로 찍은 갈색 푸들의 독사진이었다. 액자에는 파스텔로 그린 초상화도 함께 끼워져 있었다. 내가 다시 물었다. 왜 울어? 바다 앞에서 찍은 게 너무 마음이 아파. 맹지는 그렇게 말했고 나는 눈살을 찌푸렸다. 살아 있을 수도 있어. 나와 맹지는 해장국집 주인에게 넌지시 푸들의 근황을 물어보려 했지만, 그러지 못했다. 둘 다 그럴 수 없었다. 밥을 먹었는데도 이상하게 잠이 오지 않았다. 그래서 안산을 산책하기로 했다.

안산 자락에 올라서 이번엔 내가 먼저 제안했다. 철봉 하자. 맹지가 흔쾌히 고개를 끄덕였다. 나도 내가 갑자기 왜 눈에 물파스를 발랐는지 모르겠어. 그냥 견딜 수 없는 기분이 들었어. 그런 기분 알아? 온 세상이 나를 은근히 따돌리는 느낌 같은 거. 자연스레 내 어깨 위에 올라타는 맹지에게 말했다. 맹지는 조금 시큰둥하게 대답하며 딴소리를 했다.

"글쎄다. 근데 우리 조금 세진 것 같지 않아?"

맹지는 그렇게 물으며 웃었지만, 나는 웃지 않았다. 그런 것 같기도 했다. 대답은 하지 않았다. 맹지는 가슴을 철봉에 붙이고 떼기를 반복하면서 하나, 두울, 세엣, 숫자를 셌다. 맹지는 정말 그새 힘이 세졌다. 세 개까지 턱걸이를 한 맹지가 내려달라며 엉덩이를 들썩거렸다. 나는 조심스럽게 주저앉았다. 이제는 내 차례였다. 나는 맹지의 어깨에 올라타지 않고서도 턱걸이를 무려 두 개나 했다. 금세 머리카락 사이사이 땀이 솟는 것이 느껴졌다.

"너는 나한테 진짜 잘해줘. 눈 밑에 물파스를 바르고 공부를 하고 기술을 배우면서 정말 나한테 화를 내지 않고 욕도 하지 않았어. 심지어 도시락도 싸줬지. 방도 꾸며주고."

그렇게 말하는 맹지는 천연덕스럽게 보였다. 그때 저멀리서 선글라스를 낀 철봉 아저씨가 또 걸어왔다. 이제는 슬슬 지겨웠다. 어떻게 맨날 우리가 볼 때마다 산책을 하고 있을까. 아저씨의 직업이 궁금했다. 우리는 서로 눈빛을 교환했다. 그는 그때처럼 철봉으로 향했다. 그러고는 예의 그 놀라운 묘기를 보여주었다. 하지만 나와 맹지는 지금 그게 중요한 게 아니었다.

"근데 넌 지금 혼자 있고 싶지 않을 뿐이야."

맹지가 조용히 말했다.

"아니야."

"그럼?"

내가 아무 말도 하지 못하자 맹지가 덧붙였다. 너는 너를 돌봐야 해. 좀처럼 항변할 수 없었다. 사실이기 때문이었다. 나를 돌보려면 나를 돌아보아야 하는데, 나는 나를 돌아보는 데 미숙했다. 일은 졸렬하게 하지만, 누군가를 좋아할 때는 손쓸 수 없을 만큼 좋아했다. 사랑에 있어서는 늘 나를 함부로 대하고 선을 넘어버렸다.

바람이 불어왔다. 안산 자락에는 더운 공기와 시원한 공기가 절묘하게 교차하는 지점이 있었다. 그곳이 바로 이 철봉 앞이었다. 양다리를 쭉 벌리고 있으면 오른쪽 공기는 시원하고 왼쪽 공기는 더웠다. 그런데 그 공기가 한데 섞여 불어오는 순간이 있었다. 바로 지금, 이 순간이었다. 은은하고 시원한 바람이 나와 맹지 사이를 부드럽게 갈랐다.

"미안해."

맹지가 내 눈을 애써 피한 채로 말했다. 나는 천천히 고개를 끄덕이며 철봉 아저씨가 열심히 철봉 하는 모양을 바라보았다. 그래도 나는 네가 좋아. 맹지가 아주 작은 목소리로 덧붙였다. 나는 맹지를 보며 활짝 웃었다. 이쪽은 덥고 저쪽은 시원하지만, 딱 이만큼은 미온한 곳. 관심을 받지 못한 아저씨가 시무룩해진 채 금방 떠났다. 마음속으로만 아저씨에게 박수를 보냈다. 이번엔 맹지가 먼저 제안했다. 우리 자신감 훈련 할까? 이른 아침이었고 안산 자락에는 맹지와 나밖에 없

었다. 얼른 팔을 뻗은 채로 누가 먼저랄 것도 없이 훈련을 시
작했다.

아주 사소한 시절

초등학교 5학년 때까지만 해도 나는 놀이터에서 만난 아이들과 곧잘 친구가 될 수 있었다. 놀이터에 깔린 모래를 뭉쳐 정성스레 수로를 만들고 물을 부으면 개울이 될 거라고 믿어 의심치 않았다. 연못에서 길어온 물은 하염없이 모래 밑으로 스몄지만, 개의치 않고 땀을 뻘뻘 흘리며 바가지를 들고 다시 연못이 있는 곳으로 뛰어갔다. 내가 살던 지역은 인천에서도 나름 학군이 좋기로 유명한 곳이었다. 아파트 단지가 밀집되어 있어 가족 단위로 많이 살았고 그래서 그런지 놀이터나 연못이 딸린 정자 따위가 많이 설치된 동네였다.

나는 그 연못의 물을 참 신성하게도 여겼다. 그곳엔 잉어가 살고 있었으니까. 몸에 형광 무늬를 지닌 생물이 있다는 것을,

그 연못에 있는 비단잉어를 보고 알았으니까. 그날도 아이스크림을 먹으며 정자에 앉아 비단잉어를 구경하고 있었다. 그런데 분홍색 뿔테안경을 쓴 언니 한 명이 다가왔다. 언니는 반대편 벤치에 앉아 비단잉어를 구경하는 나를 구경했다. 그러더니 말했다. 한입만 줄래?

내가 먹고 있던 아이스크림은 더블비얀코였다. 바닐라 아이스크림을 다 먹으면 달콤하고 서걱거리는 사과맛 셔벗이 선물처럼 나오는 아이스크림. 나는 바닐라 아이스크림을 다 핥아먹은 참이었다. 조그만 플라스틱 숟가락으로 셔벗을 퍼먹으려는 찰나, 언니가 그렇게 물어본 것이었다. 나는 망설이다가 들고 있던 아이스크림과 숟가락을 함께 건넸다. 양보. 양보를 한다고 생각했다.

언니는 그 작은 숟가락으로 셔벗을 크게 한술 떴다. 그리고 입맛을 다신 다음 입을 벌렸는데, 입술 사이로 끈적끈적한 침이 쭉 늘어졌다. 그리고 숟가락을 입에 넣은 뒤 다시 쭉 빼면서 숟가락을 입에서 빼냈다. 그러자 가는 침 줄기가 숟가락 위로 늘어졌다. 고마워. 언니는 정말 한입만 먹었다. 그리고 볼일을 다 봤다는 듯, 유유히 연못을 빠져나갔다. 나는 망연히 언니가 한입 먹은 아이스크림과 숟가락을 번갈아 바라보았다. 그리고 언니의 침이 묻은 숟가락을 연못에 담가 닦았다. 한참을 닦았다. 나는 더러운 침이 묻은 그 숟가락을 신성한 물로 닦으면서 내 안 깊은 곳이 무너져내리는 것을 느꼈다. 짧은 시간이지만, 그간 살면서 줄곧 느껴온 감정의 실체를 깨달은 순간이었다. 이전에는 단지 그 감정의 실체를 몰랐을 뿐이었다. 나는 누가 들을까 아주 작은 목소리로 중얼거렸다. 씨발. 그러고는 주변을 두리번거렸다.

결국 나는 아이스크림을 통째로 연못에 버렸다. 연못은 더이상 신성하지 않았다. 언니의 침이 묻은 숟가락을 헹궜기 때문에. 내가 한 것은 아주 작은 양보였지만, 그 일로 말미암아 내가 신성하게 여기던 무언가도, 달콤한 셔벗도 잃고 말았다. 그렇게 아이스크림을 버린 뒤 더러운 기분으로 집으로 향했다.

아파트 공동 현관의 비밀번호를 누르고 들어가려는데, 등뒤에서 커다란 소리가 들렸다. 퍽. 그때 뒤를 돌아봐서는 안 됐다. 소리가 난 쪽으로 걸어가서는 안 됐다. 여기저기서 비명이 일고 얼마 안 돼서 구급차 소리가 들렸다. 나는 맞은편 단지에 둘러진 울타리 앞으로 달려가 얼굴을 들이밀고 아스팔트 바닥에 떨어진 남자의 시신을 가만히 바라보았다. 그가 바로 미정이의 아빠였다.

*

그때 나는 '몰컴'에 미쳐 있었다. 엄마와 아빠가 잠든 새벽이면 늘 깨금발로 거실에 나와 몰래 컴퓨터게임을 했다. 내가 하는 게임은 30인 마라톤이었는데, 말 그대로 삼십 명이 함께 괴물로부터 도망치며 온갖 장애물을 피해 달리는 것이었다. 게임이 끝나면 삼십 명 중 1등과 2등, 3등만 승자로 뽑혔다. 빠르게 굴러오는 불붙은 공을 피하고 허들을 뛰어넘다보면 금세 동이 텄다. 그러면 나는 엄마가 일어나는 시간에 맞춰 컴퓨터를 끄고 학교에 갈 준비를 했다.

그런데 그날은 모든 게 좀 달랐다. 새벽부터 불을 켜 환해진 안방에서 새나오는 엄마 아빠의 속닥거리는 소리를 듣자마자 뭔가 큰일이 났다는 것을 알아차렸다. 얼른 컴퓨터를 껐다. 아마 미정이 아빠의 죽음에 관한 일이겠지. 나는 부엌 하부 장에서 시리얼을 꺼냈다. 그릇에 부어 우유도 없이 손으로 퍼먹었다. 손이 조금 떨렸다. 엄마가 나오더니 깜짝 놀랐다. 언제 일어났니? 아까. 엄마는 숟가락을 꺼내 내게 쥐여주었다. 하지만 이제 숟가락이라면 꼴도 보기 싫었다. 나는 식탁에 숟가락을 올려두고 다시 손으로 시리얼을 집어먹었다. 그리고 학교에 갈 준비를 했다.

사실 나는 기분이 매우 이상한 상태였다. 가족이 내게 말해주지 않으려고 하는 사실을 이미 알고 있었기 때문이었다. 어른은 언제나 아이를 속이려고 든다. 탐정처럼 어른의 비밀을 캐내는 것. 그것이 대부분의 아이가 가장 좋아하는 놀이일 것이다. 태연하게 가방을 메고 현관을 나섰다. 그러자 엄마가 나를 불렀다. 희조야. 드디어 말해주는구나, 생각하며 조용히 돌아보자 엄마가 삐져나온 내 머리카락을 넘겨주면서 말했다. 우리 이사갈 거야. 나는 내 예상이 틀렸다는 사실에 조금 놀랐다. 이유는 물어보지 않았다. 엄마가 훌쩍였기 때문이었다. 나도 어쩐지 슬픈 기분이 들었지만, 슬픈 티를 내는 대신 소리 없이 웃었다. 나는 모든 걸 감내할 수 있는 아이라는 듯이.

그때는 조금 어른 같아 보이고 싶은 마음이 컸고, 어른 같아 보이려면 모든 걸 감내할 수 있어야 한다고 생각했다. 하지만 결국은 나름대로 무섭고 화가 났던 것 같다. 무서운 것을 엄마 아빠에게 들키고 싶지 않았지만, 누군가와는 나눠야만 했다.

학교에 도착하자마자 가방을 책상에 걸어두고 제일 겁이 많고 체구가 작은 아이에게 다가갔다. 그런 아이를 일부러 찾아 다가간 것은 내 안의 조악하고 열악한 마음 때문이었을 것이다. 어쨌든 그 아이에게 썬키스트를 건네주며 말했다. 엄청난 일이 있었어. 내가 얼굴을 가까이 들이밀고 말하자 그 아이도 궁금하다는 듯 얼굴을 갖다댔다. 우리는 서로의 숨결을 공유할 만큼 가까워져 있었다. 나는 가슴이 살짝 두근거렸다. 그 아이의 앞머리가 내 볼을 간지럽혀서.

"건너편 아파트에서 사람이 죽었어."

그리고 재빠르게 말했다. 피가 사방으로 튈 줄 알았는데, 까만 아스팔트 바닥이라 그저 더 새까맣게 물들었어. 나는 냄새를 맡았어. 이상하게도, 냄새가 나더라니까. 남자였는데 머리부터 떨어졌는지 아스팔트 바닥이 머리 쪽만 움푹 파여 있었어. 사람들이 막 고함을 질렀어. 나는 더 가까이 다가갔지. 그런데 그 남자가 눈을 뜨고 있었어. 나는 그 사람이 누군지 단번에 알아봤어.

나는 말을 하면서도 조금 놀랐는데, 나도 모르게 내가 과장을 하고 있었기 때문이었다. 중간쯤부터 아이가 귀를 막았다. 나는 조금 더 크게, 소리를 지르듯 말했다. 그러니까, 그게 누구였냐면……! 그러자 아이도 소리를 질렀다. 앞문이 열리고 선생님이 들어왔다. 아이가 안도한 듯 큰 소리로 울었다. 교실이 일순 조용해졌다. 선생님이 놀란 표정으로 우리에게 달려왔다. 무슨 일이니? 나는 그저 고개를 저었다. 그리고 우는 아이의 등에 손을 올리고 찬찬히 쓸어주었다. 마치 위로를 하는 것처럼. 맹세컨대, 나는 그 아이가 그 정도로 크게 반응할 거라고 생각하지 못했다.

*

나는 그저 미정이 아빠의 죽음을 목격했을 뿐이었다. 왜 세상은 아이가 어른의 비밀을 알려고 하면 질겁하는 걸까. 미정이는 학교에 나오지 않았다. 그리고 나는 담임선생님에게 불려갔다. 속이 메슥거리기 시작했다.

"희조야. 그런 일은 함부로 말하는 게 아니야."

선생님은 모른다. 우리 같은 아이들이 선생님의 한 마디 한 마디에 얼마나 큰 의미 부여를 하는지. 선생님도 똑같은 어린 시절을 보낸 적이 있을 텐데, 왜 쉽게 잊어버리고야 마는 것일까. 나는 다시 한번 다짐했다. 이 일을 절대로 잊지 않을 거라고. 언제나 기억하고 다짐하는 어른으로 아이들에게 남을 거라고.

"하지만 저는 목격자인데요."

"목격자라니, 그건 당치도 않은 말이다."

선생님은 내 말에 작게 한숨을 내쉬며 대꾸했다. 나는 그런 선생님에게 모종의 비밀을 토로하고 싶은 마음에 사로잡혔다. 그래서 그 말을 하고야 말았다.

"저는 은총을 목격한 거예요."

그러자 선생님이 나를 뚫어져라 쳐다보았다. 나는 선생님이 겁을 먹었다고 생각했다. 의외로 선생님은 침착한 목소리로 타일렀다.

"희조야. 그건 은총이 아니라 죽음이라는 거야."

"그래도……"

"죽음은 슬픈 거야. 반 친구가 그런 슬픈 일을 겪으면 다 같이 위로해주고 보듬어주어야 해."

　마지못해 고개를 끄덕였다. 하지만 선생님은 뭘 모르고 있었다. 미정이는 자기 아빠가 죽기를 바랐다. 나는 선생님이 아무것도 모르고 있다는 생각이 들자 어쩐지 더이상 속이 메슥거리지 않았다. 대신 이 상황이 전반적으로 우습다는 생각이 들었다. 선생님은 몇 마디를 덧붙인 후에 나를 돌려보냈다. 선생님은 곧 나의 엄마에게 전화를 할 것이다. 내가 하교하면 엄마는 조용한 거실에 앉아 신문 읽는 척을 하겠지. 그러면서 나를 힐끔거리다가 물을 것이다. 곤혹스러운 일을 당했다면서. 엄마는 늘 그런 식으로 말을 했다. 꼭 우리가 온전한 피해자인 것처럼. 그럼 나는 대답할 것이다. 응. 아주 곤혹스럽고 무서웠어, 엄마. 교실로 돌아가자 적막이 흘렀다. 아이들의 시선이 싸늘했다. 나는 내 자리로 가는 대신 미정이의 자리에 가서 앉았다. 그리고 조용히 미정이를 위해, 미정이 아빠를 위해 기도했다.

　미정이와 나는 청설모 팸이었다. 우리는 아몬드를 들고 뒷산에 올라가 말 그대로 청설모를 기다리며 시간을 보냈다. 청설모는 몹시 경계심 강한 동물이었다. 그래서 몇 달간을 마주치지도 못하고 아몬드만 놓아둔 채로 하산하곤 했다. 요즘 청설모는 우리가 가는 시간에 맞춰 근처 나무 우듬지에서 기다리고 있었다. 그 정도로 긴밀한 관계가 되었다. 우리는 청설모에게 루라는 이름을 붙여줬다. 루, 루, 하고 부르면 긴장을 늦추지 않은 채 주변을 둘러보며 슬그머니 다가왔다.

그날도 루를 기다리고 있었다. 루가 아주 천천히 우리에게, 정확히는 아몬드를 향해 다가올 동안 숨도 쉬지 않고 침착하게 기다렸다. 마침내 루는 처음으로 미정이의 손에 올라탔다. 그리고 미정이의 손바닥에서 아몬드를 덥석 집어 볼주머니에 넣고는 달아나버렸다. 나와 미정이는 눈을 동그랗게 뜨고 마주보았다. 너무 귀여워서. 그리고 드디어 교감에 성공했다는 사실이 기뻐서. 우리는 얼마간 말도 없이 산을 내려왔다. 그러다 문득 내가 말했다.

"교감 선생님이 6학년 성준 오빠 뺨을 때렸잖아."

"나도 봤어."

"왜 그런 거야?"

"그렇고 그런 짓을 했대."

"그렇고 그런?"

"그거 있잖아."

미정이가 귓속말로 내게 말했다. 키스. 나는 너무 놀라 숨을 들이켜며 말했다.

"혀도 넣었어?"

"당연하지."

"그런데…… 왜 때린 거야? 그렇다고 키스를 한 게 없던 일이 되는 건 아니잖아."

"나도 몰라."

언덕처럼 작은 산이었는데도 빠르게 내려가다보니 숨이 찼다. 우리는 가쁜 숨을 애써 고르며 6학년 성준 오빠에 관해 얘기했다. 그러다가 문득, 내가 볼멘소리로 말한 것이다. 교감은 죽어야 해. 한두 번 때리는 게 아니잖아. 뺨도 때리고 머리채도 잡고. 내 말에 미정이가 말했다.

"내가 죽기를 기도하는 사람은 전부 죽어. 그리고 나는 내게 세 번의 기회가 있다고 확신해."

"정말?"

"응. 재작년에 할머니가 돌아가신 것도 내가 기도해서야."

"근데 왜 세 번이야?"

"엄마가 그랬어. 신은 우리에게 세 번의 기회를 주신다고."

"그게 다야? 그럼 교감을 죽이자."

"안 돼."

미정이는 단호하게 말했다. 고작 교감을 죽이는 일로 한 번의 기회를 날릴 수는 없다고 했다. 대신 우리는 집에 가는 길에 경찰에 교감을 신고하기로 했다. 나와 미정이는 지구대에 들러 나쁜 교감 선생님을 신고하겠다고 말했다. 그러자 경찰 아저씨 한 명이 일어나 우리에게 서류를 내밀었다. 그리고 말했다.

"이건 진술서라는 거야. 이걸 쓰면 너희는 이 사건에서 결코 물러나지 못해. 교감 선생님이 어디를 어떻게 때렸는지 증언도 해야 하고, 직접 만나서 이야기도 나눠야 해. 할 수 있겠니?"

나와 미정이는 결국 신고하기를 포기했다. 결코 물러나지 못한다는 말이 너무도 커다란 압박처럼 느껴졌기 때문이었다. 우리는 꼭 아무 일도 벌이려 하지 않았던 것처럼, 미정이의 집에 가서 만두를 구워먹고 그림을 그리며 놀았다. 나는 그렇게 놀면서도 거실 벽에 크게 걸려 있는 미정이의 가족사진을 내내 힐끔거렸다. 정확히는 한복을 곱게 차려입은 미정이의 할머니를. 나는 미정이에게 그 세 번의 기회에 대해서 더 자세하게 묻고 싶었다.

*

나는 자주 미정이의 집에서 잤다. 엄마는 친구를 데려오는 건 허락하지 않았지만, 내가 친구네 집에 가는 건 얼마든지 허락해주었다. 미정이네 엄마는 나를 정말 딸처럼 아껴주었다. 저녁이 되면 스위트콘을 넣은 김치볶음밥을 해주었다. 나는 스위트콘을 몹시 좋아했지만, 엄마는 스위트콘을 절대 음식에 넣지 않았다. 유전자 변형을 통해 만들어진 질 나쁜 음식이라고 했다. 미정이의 엄마는 나를 위한 잠옷도 따로 마련해주었으며 등교 시간이 되면 미정이와 똑같이 정성스레 머리를 묶어주었다. 나와 미정이는 잠들기 전에 시시때때로 서로에게 고백 아닌 고백을 했다. 그러니까, 그즈음의 가장 큰 걱정거리나 비밀들을 털어놓았다는 뜻이다.

"우리 아빠는 해고당했어."

미정이가 나에게 말했다. 나는 당시 해고라는 단어의 뜻을 정확히 알지 못했다. 미정이는 해고의 뜻을 자세히 설명해주었다. 해고라는 건 말이야, IMF 때문에 회사에서 쫓겨난다는 뜻이야. IMF가 뭔데? 그러자 미정이가 조금 고민하더니 말했다. 아빠를 나가게 만든 것. 나는 고개를 끄덕거렸다. 이해는 하지 못했지만. 어쨌든 IMF는 나쁜 게 틀림없었다. 미정이가 중대한 고백을 하나 했기 때문에, 나도 내 불행을 이야기해야만 할 것 같은 기분에 사로잡혔다.

"우리 엄마는 나를 꼬집고 때려."

그러자 미정이가 눈을 동그랗게 뜨고 물었다. 어디를? 팔뚝이나 등짝 같은 곳. 형편없는 점수를 받아왔을 때나, 새벽에 몰래 야식을 먹다 들켰을 때. 그 말을 하는데 어쩐지 눈물이 고였다. 내가 훌쩍이자 미정이는 조용히 내 눈물을 닦아주었다. 그러고는 방밖으로 나가 잠시 뒤 무언가를 가져왔다. 휴대폰이었다.

"이건 우리 아빠 거야."

미정이는 그동안 자주 해왔던 일인지 능숙하게 휴대폰에 걸린 비밀번호를 풀고 문자메시지함으로 들어갔다. 미정이 아빠가 누군가와 주고받은 대화들이 빼곡하게 담겨 있었다. 미정이는 그중 문자 세 개를 내게 보여주었다.

— 지금 달아올랐어.
— 모든 걸 다 버릴 준비가 되어 있어?
— 세기의 주인공이 된 기분이야.

어떤 범죄에 가담했다는 느낌. 그 문자들을 보고 난 후의 느낌이었다. 나는 더이상 미정이의 비밀에 대해서 알고 싶지 않았다. 그런데 미정이는 자꾸 자기 비밀 이야기를 했다. 우리 아빠가 바람을 피우는 것 같아, 라고 모든 세상의 불행을 짊어진 아이처럼 이야기했다. 나는 미정이와 누가 더 불행한지 경쟁을 하는 것 같은 기분에 사로잡혔다. 나는 나의 불행이 평가절하당하는 것 같아서 화가 났다. 그래서 미정이에게 넌지시 물었다.

"아빠가 싫어?"

"응. 존나 싫어."

"그럼 죽여."

미정이가 나를 빤히 바라보았다. 가슴이 떨렸다. 마음을 들킬까봐. 최대한 태연하게 말했지만, 미정이가 나를 꿰뚫어보고 있다는 생각을 지울 수 없었다. 그래서 조그만 소리로 덧붙였다. 나도 엄마를 죽이고 싶어. 그러자 미정이가 말했다.

"니도 알겠지만, 나에게는 두 번의 기회가 있어. 내가 엄마 뱃속에 있을 때, 이름이 은총이었대. 나는 은총을 받은 아이라고. 나도 정말 그렇게 생각해. 그런데 두 번의 기회는 아주 신중하게 사용해야 하는 거야."

"은총……"

"네 말대로, 나는 아빠를 죽일 거야. 네가 나한테 잘 보인다면 네 엄마를 위해서도 기도해줄게."

미정이는 그 말을 끝으로 돌아누웠다. 나는 어쩐지 몹시 두려워져 잠을 잘 수가 없었다. 정말 미정이가 나의 엄마를 죽일까봐. 엄마가 나를 때리는 건 사실이었지만, 그렇다고 엄마를 죽이고 싶다는 생각은 해보지 않았다. 엄마가 심하게 때리는 건 주로 아빠와 싸운 날이었고, 그러지 않은 날은 견딜 만했으니까. 물론 싸우는 날이 더 많았지만. 엄마는 아빠가 보는 앞에서 나를 때렸다. 꼭 아빠에게 벌을 주듯이. 내가 이런 아이로 자란 건 꼭 아빠의 탓이라는 듯이. 그렇다고 하더라도……

"미정아, 난 우리 엄마가 죽기를 바라지 않아."

눈을 질끈 감고 그렇게 말했다. 하지만 미정이는 대답하지 않았다. 대신, 쌕쌕거리는 숨소리가 들렸다. 할 수 있다면 내가 내뱉은 말을 되돌리고 싶었다. 나는 미정이를 깨우기로 결심했다. 주방에서 물을 한 잔 떠온 다음에, 네가 자면서 기침을 많이 하더라며, 물 좀 마시라고 자연스레 깨울 심산이었다. 그렇게 주방으로 향했다. 그런데 거실에서 누군가 기척을 냈다.

"안 잤니?"

미정이의 아빠가 소파에 누워 있었다. 내 쪽을 보지도 않고 그렇게 말했다. 아마 미정이인 줄 안 것 같았다. 나는 내가 미정이가 아니라는 걸 알리기 위해 작게 기침 소리를 냈다. 그랬더니 미정이의 아빠가 벌떡 일어나 내 쪽을 한참 바라보았다. 절대로 봐서는 안 될 무엇을 본 사람처럼, 몹시 놀란 것 같았다.

"친구가 있었네."

"죄송해요."

"죄송하긴."

미정이의 아빠는 작게 웃으며 소파 옆의 스탠드를 켰다. 낮은 조도의 백열등이 미정이 아빠의 얼굴을 반만 비췄다. 몹시 수척했고 수염이 덥수룩했다. 그렇게 북슬북슬한 수염이 난 성인 남성은 처음 보았다. 그는 겁에 질려 보이기도 했다.

"미정이랑 많이 친하니?"

"네."

"어떤 아이니, 너는? 함께 다니는 친구를 알면, 그 사람에 대해서 알 수 있대. 나는 미정이에 대해 잘 모르거든."

쉬이 대답할 수 없는 질문이었다. 처음에 나는 미정이의 아빠가 당연히 미정이에 대해 묻고 있는 줄 알았다. 나는 미정이가 당신을 끔찍하게 싫어하노라고 말해버리는 상상까지 했다. 하지만 그는 나에 대해 물었다. 나는 조금 당황해서 자리에 가만히 서 있었다. 그러자 그가 소파에서 바닥으로 내려가 앉은 뒤 손으로 방금까지 앉아 있던 자리를 툭툭 쳤다.

"잠이 오질 않네."

조용히 말하는 그 목소리는 어쩐지 음습한 동굴 안에서만 들을 수 있을 것 같은 묵직한 저음이었고 그게 굉장히 안정적으로 느껴졌다. 나는 그의 목소리에 이끌려 소파로 향했다. 자리에 앉아 무슨 대답을 해야 할지 고민했다. 그러고 있는데 그가 다시 물었다.

"어떤 아이니? 너는."

"아저씨는 어떤 사람인데요?"

미정이 아빠는 내가 질문할 거라곤 예상하지 못했다는 듯 눈을 동그랗게 떴다. 그리고 조금 고민하더니 나직이 대답했다.

"매사가 엉성한 사람이지."

……그래서 자주 후회하는 사람이기도 하고. 미정이 아빠가 웃으며 작은 소리로 중얼거렸다. 그래서는 안 되는 걸 알고

있었지만, 그 순간에는 그의 모습이 너무도 안타까웠다. 지금 그가 느끼는 건 모든 걸 '들켜버린 것'에 대한 슬픔일까. 나는 그가 어쩌자고 '들켜서는 안 될' 짓을 했는지 궁금했다. 그가 먼저 고백을 하자, 내가 지닌 모든 비밀을 털어놓고 싶은 기분에 사로잡혔다. 내가 가진 불순한 생각과 이 세계를 향한 분노, 알고 있는 모든 나쁜 말들…… 또한 묻고 싶었다. 모든 걸 다 버린다는 건 무엇을 버린다는 의미인 거죠? 나는 숨을 한 번 골랐다.

"저는……"

대답을 하려는데 안방 문이 벌컥 열렸다. 얇은 슬립만 입은 미정이의 엄마가 나와 미정이의 아빠를 보았다. 그러더니 희미한 목소리로 말했다.

"배고파서 돌아버릴 것 같아. 뭐라도 좀 먹어야겠어."

미정이의 엄마는 주방으로 가서 물을 틀었다. 가스레인지에 냄비를 올리는 소리, 불을 켜는 소리가 차례로 들렸다. 그러다 이내 냄비의 물을 그대로 싱크대에 쏟아버렸다. 더이상 못 참겠다는 듯 부러 발소리를 내며 우리에게 다가와 나를 똑바로 보며 말했다.

"어쩌자고 다 망가져버렸어. 너도 우리가 그렇게 보이지?"

순간 미정이의 엄마는 꼭 나의 엄마처럼 보였는데, 그제야 새삼 미정이네 집 구조가 우리집과 아주 똑같다는 것을 깨달았다. 나는 그저 어설프게 고개를 저을 수밖에 없었다. 하지만 속으로는 다른 생각을 했던 것 같다.

*

미정이의 아빠가 죽고 나서, 미정이는 전학을 갔고 나는 6학년이 되었다. 미정이는 나에게 한마디 말도 없이 전학을 갔다. 오히려 다행이라고 생각했다. 미정이가 제 아빠를 죽인 사건과 별개로, 나의 엄마는 죽지 않았다는 사실이 다행스러웠다. 다만 아이들은 그 사건 이후로 내게 말을 걸지 않았다. 나는 암묵적으로 따돌림을 당했다. 하지만 괜찮았다. 쉬는 시간이면 주로 도서관에서 빌린 책을 읽으며 시간을 보냈다. 공부는 전혀 하지 않았다. 때문에 성적이 좋지 않아 매번 엄마에게 혼이 났다. 그러니까 6학년이 되어서도 달라진 것은 아무것도 없었던 것이다. 심지어 담임은 5학년 때와 그대로였는데, 담임조차도 그날 이후로 나에게 살갑게 대하지 않았다.

나는 엄마의 예고대로 이사를 했지만 전학을 가지는 않았다. 나중에 알고 보니 우리 가족이 이사를 하게 된 것도 IMF 때문이었다. 그러니까 IMF라는 것이 아빠를 '나가게' 만든 것이었다. 아빠도 '외부인'이 되었구나. 6학년이 된 나는 조금 더 고급스러운 어휘를 사용할 수 있었다. 그런 내가 스스로 대견했다. 우리 가족은 아파트 단지에서 한참 떨어진 허름한 동네의 상가 주택으로 이사했다. 걸핏하면 따뜻한 물이 나오지 않아 찬물로 머리를 감아야 하는 곳이었다. 일층에는 막걸릿집이 있어서 늘 고성방가가 일어났다.

겨울에는 거의 머리를 감지 않았고 기름진 머리로 등교했다. 아이들은 그런 나를 더 싫어했다. 이차성징이 빨리 와서 여드름이 많이 났고 옷을 대충 챙겨 입었다. 아빠가 외부인이 된 이후로 엄마가 출근을 했기 때문에, 내 옷을 골라줄 시간이 없었다. 나는 그때부터 패션 센스라곤 없었다. 학교에서도 혼자였고 집에 돌아와서도 혼자였기 때문에 생각할 시간이 많았다.

나는 도대체 어디서부터 인생이 잘못된 건지 찬찬히 돌아보았다. 이름 모를 언니의 침이 묻은 숟가락과 더블비얀코를 신성한 연못에 던진 게 잘못이었을까. 미정이 아빠의 죽음을 목격한 게 잘못이었을까. 아무리 생각해도 내 잘못은 없었다. 나는 아이스크림을 뺏겼고 누군가의 죽음을 목격했을 뿐인데. 해답은 찾을 수 없었다. 답답한 심경으로 아몬드를 들고 학교 뒷산에 갔다. 루를 보기 위해서.

미정이와 함께 루를 보러 오던 자리에 털썩 주저앉았다. 그리고 루, 루, 하며 루를 불렀다. 한참을 불러도 오지 않았다. 포기하려는 찰나, 저 먼 곳에서 바스락거리는 소리가 작게 들렸다. 루가 아기 청설모와 함께 나타났다. 조그마한 루보다 더 조그마한 청설모였다. 나도 모르게 작게 소리를 냈다. 와. 루는 아기 청설모와 함께 내 손에 올라타 아몬드를 열심히 볼주머니에 채웠다. 아기 청설모는 볼주머니도 작은지 두 개밖에 넣지 못했다.

"어쩌자고 다 망가져버렸어."

문득 미정이 엄마가 했던 말을 따라 중얼거렸다. 누가 들으라고 하는 말은 아니었다. 어쩐지 해보고 싶었다. 그 드라마 대사 같은 말을. 점점 똑같은 말을 되풀이하며 크게 소리를 질렀다. 그러자 루와 루의 아기가 도망갔다. 나는 점차 생각지도 않았던 말을 지껄이기 시작했다. 대체 어쩌라고. 도대체 뭘 바라는 거야. 나는 똑똑하지도 않고 예쁘지도 않은데. 친구와의 관계는 늘 불편하고 선생님은 나를 싫어하잖아. 미정이 같은 능력도 가지지 못했다고.

나는 살면서 누구도 나를 기꺼워하지 않을 거라고 확신했다. 그러니까, 가족에게 얻어터지며 사는 사람은 평생 예쁨 받을 수 없는 사람으로 자라는 것이다. 하지만 그게 엄마의 잘못이라고는 생각하지 않았다. 엄마도 나름 힘들었을 테니까. 그렇다면, 엄마는 무엇을 위해 나를 낳은 것일까. 결론은 이거였다. 엄마는 아이를 원했지만, 나를 원하진 않았다. 나는 엄마를 사랑하고 엄마는 나를 사랑하지만, 우리는 서로를 끔찍하게 여긴다. 엄마는 나를 낳음으로써 가난해졌다. 원래 엄마는 기업에서 일하던 사람이었다. 나를 낳느라 직업을 포기할 수밖에 없었다고 했다. 아빠는 입사와 퇴사를 반복한다고 했다. 나는 끈덕진 사람이지만, 그이는 아니야. 그런데 회사를 그만둔 건 나야. 왜일까? 그이는 사회의 일원이 되지 못하면 낙오자가 된다고 생각하거든. 엄마는 '낙오자'에 힘을 주며 말했다. 그리고 깔깔 웃었다. 쥐뿔도 모르는 거지. 우리는 결혼한 순간부터 낙오되고 있었던 거야.

*

미정이가 나의 엄마를 죽여주겠다고 선심 쓰듯 말한 이후로, 나는 허투루 말을 뱉지 않았다. 원인으로 말미암아 일어날 결과를 천천히 생각해보고 상황을 구성하는 사람이 되었다. 중학교 입학을 앞두고 제일 강렬하게 나를 매혹했던 주제는 그것이었다. 죽음과 은총. 완전히 생을 망각하고 사라질 수 있다는 것에 대한 강한 이끌림. 나는 6학년 막바지에 다다라서도 여전히 따돌림을 당하고 있었지만, 그래도 친구는 있었다. 두 명. 나보다는 덜하지만, 아이들한테 걸핏하면 무시당하고 욕을 먹는 아이들. 영성이와 진아였다.

영성이는 키가 크고 얼굴이 까무잡잡했고 진아는 통통했다. 우리 셋의 공통점이 있다면 공부를 정말 더럽게 못한다는 것이었다. 우리는 친구가 서로밖에 없었기에 같이 어울렸지만, 진아는 유독 나를 무시했다.

"진아야, 너 오늘 웬일로 치마를 입었어?"

내가 조금이라도 난감한 질문을 하면 진아는 금세 얼굴을 굳히고 말했다.

"그냥."

"오늘 뭐 데이트 있는 거 아니야?"

"희조야. 씨발, 네 주제를 알아."

그러면 나는 아무 말도 하지 않고 고개를 숙였다. 그다음 진아는 영성이와 아무 일도 없었다는 듯 시시덕거리며 대화를 했다. 영성이도 어쩐지 우리 사이의 보이지 않는 계급에 만족하고 있는 눈치였다. 하지만 맹세컨대, 나는 그들에게 굴복한 적이 없다. 그저 상황을 파악하고 있었을 뿐. 기회는 생각보다 빨리 찾아왔다.

수학 선생님은 특유의 '쪼'가 있는 사람이었다. 자기를 아이다 선생님이라고 불러달라고 했다. 걸핏하면 이렇게 말했기 때문이었다. "그것이? 아이다!" 묘한 사투리를 쓰는 중년의 여자 선생님이었다. 선생님은 걸핏하면 '아이다'라 하는 것으로 수학의 모든 명제를 증명하려고 했다. 지금 생각해보자면 끊임없는 부정을 통해 거시적인 긍정의 답안을 도출하기 위해 노력하는 사람이었다. 나는 그 선생님이 싫었다.

아이다 선생님은 사람이 굴욕을 느끼게 만드는 데 재주가 있었다. 매번 중간고사와 기말고사 결과를 토대로 조를 편성했는데, 제일 점수가 높은 학생을 조장, 그다음 높은 학생을 부조장으로 정했다. 그리고 점수가 낮은 학생들을 조장 옆에 앉혔고 꼴찌나 다름없는 학생들을 교실 뒤편에 세워놓은 뒤 한 명씩 스스로 원하는 부조장의 옆에 가서 앉게 했다.

나와 영성이, 진아만이 삼십 점도 채 맞지 못한 아이들이었다. 아이다 선생님은 시험을 못 본 아이들을 사물함 앞으로 불러내 세워놓고는 커다란 나무 주걱으로 엉덩이를 때렸다. 난도가 높은 문제를 틀렸으면 한 대, 쉬운 문제를 틀렸으면 세 대. 우리는 엉덩이가 불어터지도록 맞아야 했다. 거의 맞힌 게 없었기 때문에.

매타작이 끝나고, 우리는 애들의 눈치를 봤다. 스스로 부조장 자리를 찾아가야 했기 때문이었다. 아이들은 우리가 옆에 앉는 걸 몹시 싫어하는 눈치였다. 영성이와 진아가 먼저 걸음을 뗐다. 애들이 자리에 앉을 때마다 여기저기서 웃음이 터져 나왔다. 아이다 선생님이 큰 소리로 말했다. 그런 식으로 웃는 것은 예의가? 그러자 아이들이 대답했다. 아이다!

애들이 자리를 찾아간 후 나도 슬슬 눈치를 보며 적합한 자리를 찾기 시작했다. 그런데 남은 자리가 별로 없었다. 단 두 자리. 그 주위는 공부도 어느 정도 잘하는 동시에 반에서 입김이 센 애들이었다. 그리고 남자애들밖에 없었다. 그애들이 볼 때 내가 옆에 앉기를 선택한 아이가 그나마 덜 무서운 아이라는 뜻이었다. 내가 자리를 고르는 순간은 그 사실이 반 전체에 증명되는 순간이나 다름없었다. 부조장인 두 아이는 티 내시 않았지만 애들의 눈치를 보고 있었고 내가 그것을 모를 리가 없었다. 나는 그래서 누가 봐도 제일 노는 애의 옆에 앉아야 했다. 애들이 와하하 웃었다.

"뒤질래?"

내가 선택한 부조장 아이가 조그만 목소리로 속삭였다. 나는 모른 척했다. 아이다 선생님은 이게 무슨 하나의 공동체 놀이라도 되는 양 자랑스럽게 말했다. 이제 서로를 도와주면 되는 거예요. 우리는 뭐다? 하나다. 이번에도 함께 열심히 해봅시다. 나는 영성이와 진아를 번갈아 보았다. 모두 얼굴이 새빨갛게 달아올라 있었다.

*

"이럴 바엔 죽는 게 낫겠어."

먼저 얘기한 것은 나였다. 그러나 먼저 울음을 터뜨린 애는 영성이였다. 영성이가 울자 진아도 따라 울었다. 우리는 훌쩍거리며 집으로 향하는 중이었다. 우리 셋의 공통점이 또하나 있었다. 같은 동네에 산다는 것이었다. 나는 주변의 눈치를 보다가 아이들에게 은밀히 말했다.

"우리가 죽으면 아이디 년은 평생 죄책감에 시달리며 살 거야. 반 애들도. 하지만 죽지 않으면 내일도 모레도 같은 취급을 당하며 웃음거리가 되겠지. 그걸 뭐라고 부르는지 알아?"

"뭐라고?"

"굴욕이라고 하는 거야."

"좀만 참으면 중학교에 갈 거야."

영성이가 말했다. 그러자 진아가 훌쩍이며 불퉁하게 대답했다.

"어차피 옥련중학교 아니면 인천중학교잖아. 애들 다 거기로 갈걸."

"이사갈까?"

영성이가 그렇게 말했지만, 우리는 누구도 그럴 수 있는 애들이 아니었다. 이런 동네에 사는 아이들은 대부분 원한다고 이사를 할 수 있는 형편이 되지 않았다. 우리는 일단 제일 만만한 영보아파트 옥상에 올라가보기로 했다. 영보아파트는 진아가 사는 곳이었다. 그곳은 경비 아저씨가 없고 대체로 옥상이 개방되어 있었다.

아파트 옥상에 올라가보니 거센 바람에 환풍기가 웅웅거리며 돌아가고 있었다. 겁이 가장 많은 아이는 진아였다. 진아는 옥상에 발도 내디디지 못하고 집에 돌아가자고 했다. 나는 그런 진아의 손을 잡아끌었다. 아래만, 아래만 내려다보자. 그리고 결정하는 거야. 진아는 더럽다는 듯 내 손을 뿌리쳤다. 그러나 영성이의 어깨를 잡은 채 조심스럽게 옥상으로 나왔다.

우리는 거센 바람을 뚫고 난간으로 향했다. 영보아파트 옥상에는 달랑 철제 펜스만 둘러쳐져 있었다. 그것도 우리 턱끝까지 오는 높이에 불과했다. 나는 천천히, 난간을 잡고 아래로 고개를 내밀었다. 그러자 진아가 울음을 터뜨렸다. 하지 말라고 했다. 나는 그런 진아를 보며 웃었다. 영성이는 내 눈치를 보더니 따라 웃었다. 진아처럼 겁쟁이가 되고 싶지는 않은 모양이었다. 하지만 말라붙은 입술과 데굴거리는 눈알을 보면 단번에 알 수 있었다. 영성이도 잔뜩 겁을 집어먹고 있다는 걸.

나는 영성이와 진아를 뒤로한 채 난간 아래를 주시했다. 놀이터에서 아이들이 뛰어놀고 있었다. 예전에 살던 아파트와 같은 연못은 없었지만, 연못 물을 퍼 나르던 그 시절을 잠깐 떠올렸다. 그때는, 그래도 좋았는데. 그런 생각을 하다가 몸을 더 깊이, 아래로 숙였다. 그러자 미정이의 아빠가 떠올랐다. 심장이 터질 것 같았는데, 나쁘지 않은 기분이었다. 진아가 소리를 지르며 나를 잡아당겼다. 나는 난간에서 몸을 떼고 진아의 어깨를 꽉 붙잡으며 말했다.

"너는 그래서 살자는 거야? 내일도 놀림거리가 될 텐데?"

"엄마는 어떡해."

"네가 그렇게 욕먹고 처맞고 다닐 동안 네 엄마는 뭘 했는데? 그리고 니희 엄미 맨날 인터넷 소설만 읽잖아."

진아가 내 뺨을 때렸다. 하지만 사실을 말했을 뿐이었다. 진아네 집에 갈 때마다 집은 엉망이었고 진아의 엄마는 우리에게 대충 배달 음식을 시켜주었다. 그리고 컴퓨터를 붙잡고 자주 오열했다. 영성이가 다가와서 진아를 말렸다. 웬만하면 말리지 않는 아이였는데. 나는 맞은 뺨을 한 손으로 어루만지다가, 온 힘을 실어 진아를 똑같이 때렸다. 그리고 말했다.

"너네도 알다시피, 난 죽은 사람을 본 적 있어. 미정이 아빠말이야. 아저씨 얼굴은 정말 편안해 보였어. 나는 그래서 그 죽으려는 마음에 대해서 수도 없이 생각했고."

평생 이러고 살거나, 편해지거나. 둘 중 하나야. 너네 공부도 못하면서 맨날 학원에서 맞고 학교에서 맞고 그러고 계속 살 셈이야? 똑같은 문제를 똑같이 틀려서 똑같이 맞는다고. 내가 그렇게 말하자, 영성이와 진아는 침묵했다. 나는 다시 두 손으로 철제 펜스를 잡았다. 영성이가 내 어깨를 잡고 말했다. 이런 짓은 그만……

그때 나는 영성이에게 내가 하는 '짓'이 도대체 무엇이냐고 물어보고 싶었다. 하지만 영성이가 입은 청바지의 사타구니 부분이 축축하게 젖어들기 시작해서 그러지 못했다. 영성이는 오랜 시간, 아주 많은 양의 오줌을 쌌다. 영성이가 따돌림을 당하게 된 이유가 떠올랐다. 개근상을 받으려고 구령대에 올라가 섰을 때, 영성이는 모든 아이들이 자신의 뒤통수를 노려보는 그 순간에 오줌을 쌌다. 그랬다. 영성이는 두려울 때 오줌을 싸는 아이였던 것이다. 그런데 왜 영성이는 상을 받으면서 두려워한 걸까? 나는 문득 그것이 궁금했다. 어쨌든 오줌으로 축축해진 영성이의 까만 종아리가 생각나 조금 웃고 말았다. 그러자 영성이가 기괴한 표정을 지었다. 생전 처음 보는 표정. 누구에게라도 들켜서는 안 되는, 그런 표정이었다. 그때 옥상 문이 벌컥 열렸다. 낯선 어른이었다. 허겁지겁 계단을 마저 올라와 뭐 하는 거냐고 소리를 질렀다. 나는 영성이와 진아에게 눈짓하며 얼른 속삭였다.

"각자 집에 가서 알아서 죽자. 그럼 영영 학교에 가지 않아도 돼. 오늘 일은 비밀이야. 내일 우리 셋은 결코 학교에 가지 않는 거야."

"……죽지 않는 사람은?"

진아가 물었다. 나는 태연하게 대답해주었다.

"죽은 사람이 저주하겠지."

사실 미정이 아빠의 얼굴이 편안해 보였다고 한 것은 거짓말이었다. 나는 그의 얼굴이 어땠는지 전혀 기억나지 않았다. 결국, 내가 만든 죽음과 은총에 관한 이미지는 허구에 불과했고 그랬기 때문에 더 성스럽게도 느껴졌던 것이다. 그리고 곰곰 생각해보면 나는 '낙오'와 '낙하'라는 두 단어의 의미가 비슷하다고 생각했던 것 같다. 엄마에게 '낙오자'라는 단어를 들은 이후로 '낙하'에 대한 강한 열망을 가지게 되었기 때문이다.

*

다음날, 등교 시간이 한참 지나도록 영성이는 나타나지 않았고 나와 진아는 무슨 일이 일어났는지 직감했다. 진아가 불안한 눈빛으로 나를 바라보았고 나는 조용히 검지를 입에 갖다대었다. 우리는 약속이라도 한 듯 화장실에서 만났다. 진아가 라디에이터에 걸터앉아 양 손바닥으로 얼굴을 감쌌다. 그러고는 물었다.

"너는 왜 살았어?"

나는 아무 대답도 하지 않았다. 무서웠다는 말을 하고 싶지 않았다. 그리고 영성이와 진아 둘 중 누구도 그런 시도를 하지 않을 거라고 생각했다. 어찌 보면, 나는 영성이를 얕잡아 본 것이었다.

"진짜 영성이가 '시도'를 했을까?"

진아에게 조심스레 물었다. '시도'라는 말은 영성이가 죽지

는 않았을 거라는 얕은 희망이 포함된 말이었다. 하지만 진아
는 소리를 질렀다. 씨발. 영성이 잘못되면 가만 안 둬. 그렇게
우리는 조례 시간에 맞춰 교실로 들어갔고 담임 대신 학생주
임 선생님이 들어왔다. 그리고 백지를 돌렸다.

"경찰이 왔어. 솔직하지 않으면 큰 벌을 받게 될 거야."

그러면서 각자 영성이와 있었던 일을 모조리 쓰라고 했다.
나는 영성이와 어울려 다녔던 일들에 대해서, 영성이를 괴롭
혔던 애들에 관해서 썼다. 아주 빽빽하게. 뒷장까지 넘겨가면
서. 그리고 도무지 집에 들어오지 않는다고 했던 영성이 아빠
에 관해서도 썼다. 예상대로 진아와 나는 학생주임 선생님에
게 불려갔고 그날 있었던 일을 제외한 모든 일에 대해 실토했
다. 예컨대, 아이다 선생님의 일 같은 것.

그날 이후로 아이들은 나와 진아를 괴롭히지 않았다. 물론
나를 더러워하는 눈빛은 변함이 없었다. 하지만 괜찮았다. 아
무도 나를 건드리지 않았기 때문에. 아이다 선생님도 전근을
갔다. 대신 작고 마른 수학 선생님이 왔다. 나는 그 선생님이
좋았다. 뭘 해보려고 하지 않고 그저 수업만 했다. 진아는 나
를 무서워하는 것 같았다. 나도 그날 이후로 좀처럼 잠이 오지
않아서 매일 밤마다 컴퓨터게임을 했다. 불붙은 공과 온갖 괴
물이 쫓아오는 그 30인 마라톤 게임을. 자주 1등을 하고 2등
을 했다. 순위권에 들지 못하면 눈에 눈물이 고였고 모니터를

부숴버리고 싶은 충동에 사로잡혔다. 그렇게 한숨도 자지 않은 채로 등교를 하고 수업 시간 내리 잠만 잤다. 그러면 꼭 악몽을 꿨다. 나는 한동안 진아에게 따로 말을 걸지 않다가, 결국 쉬는 시간에 진아 몰래 필통에 쪽지를 넣어두었다.

*해결해야 할 문제가 있어.*

방과후, 겁을 잔뜩 먹은 진아를 데리고 뒷산으로 향했다. 이번에는 루를 부르지 않았다. 대신 평평한 바위를 찾아 그곳에 책받침을 깔고 공책 하나를 찢어 올려두었다. 오른쪽에 네, 왼쪽에 아니오를 적었다. 뭐 하는 거야? 진아가 물었다. 나는 진아를 빤히 보며 말했다. 알고 있잖아. 우리에겐 해결해야 할 문제가 있어. 물론 그 '문제'라는 것은 진아도 알고 있는 것이었다.

"너도 잠을 잘 못 자?"

"응."

"그럼 넌 뭐 해?"

"팬픽 읽지."

진아는 그렇게 말하고 킥킥 웃었다. 그래서, 뭐 하자는 거야? 나는 진아의 물음에 주먹을 쥐듯이 연필을 잡고 말했다. 영성이를 부르는 거야. 그리고 사과를 하자. 내 말에 진아가

진저리를 쳤다. 싫어. 나는 진아의 손을 꾹 잡고 연필을 쥔 내
손을 쥐게 했다.

"해야 해."

"왜?"

"잠 안 잘 거야? 우리는 제일 중요한 걸 하지 않았어."

"그게 뭔데?"

"배웅."

진아는 알쏭달쏭 알 수 없는 표정을 짓더니 이내 눈을 감았
다. 나도 눈을 감았다. 우리는 약속한 것처럼 천천히 연필을
돌렸다.


*분신사바 분신사바 오이테 구다사이, 분신사바 분신사바 오
이테 구다사이……*


공기가 살짝 차가워짐과 동시에 묵직하고 고요해졌다. 나와
진아는 숨을 멈추었다. 그때 누군가 종이에 올라온 느낌을 받
았다. 그 누군가는 우리의 연필을 뺏으려 하고 있었다. 나는
내 손을 이끄는 그 작은 힘에 깜짝 놀라 눈을 떴다. 진아도 눈
을 뜬 채였다. 나와 진아는 잠깐 서로를 바라보았다.

"너도 느꼈어?"

"응."

우리는 분명한 힘을 느꼈다. 나와 진아를 살짝 쥐고 아주 엉망진창으로 뒤흔들어버리는 그런 나약한 힘을. 그 순간 진아의 어깨 너머로 무와 루의 아기가 보였다. 쟤네들이 건드렸나봐. 그러자 진아가 뒤를 돌아 루와 루의 아기를 보았다. 나와 진아는 한껏 긴장한 어깨를 낮추고 숨을 토해냈다. 그리고 누가 먼저라고 할 것도 없이 울음을 터뜨렸다. 영성아, 미안해, 살아서 미안해. 루와 루의 아기는 우리가 큰 소리로 울자 또 재빨리 도망갔다. 도망 하나는 기가 막히게 잘 가는 동물이었다. 소동물은 언제나 경계를 늦추면 안 되니까. 한동안 그렇게 울어버린 탓에 해는 저물었고 우리는 연필을 묻은 뒤 작은 봉분을 하나 만들었다. 그리고 할 수 있는 한 최대한 자주, 그곳을 방문하기로 했다. 나는 따로 봉분을 하나 더 만들었는데, 그것이 누구를 위한 건지는 끝끝내 진아에게 비밀로 했다. 그리고 우리는 어떻게 그 경계심 강한 소동물, 루와 루의 아기가 연필을 건드릴 수 있었는지에 대해서는 절대로 말을 꺼내지 않았다.

집으로 돌아왔을 때, 엄마는 여느 때와 같이 식탁 앞에 앉아 신문을 읽고 있었다. 근심어린 표정, 왔니? 하는 힘없는 말투. 엄마는 나에게 아무 말도 해주려고 들지 않으면서도 표정만은 숨기지 않았다. 세상 모든 것들에 질렸다는 그 표정. 나는 언제나 그런 엄마에게서 도망치고 싶었다. 그래서 가방도 벗지 않은 채 엄마에게 말했다. 엄마. 그런 표정 좀 하지 마.

*

　나는 어영부영 중학교에 입학했다. 영성이는 끝내 돌아오지 않았다. 하지만 나중에 선생님이 이야기해주길, 영성이의 시도는 실패로 돌아갔다고 했다. 하지만 그 후유증으로 아주 오랜 시간 병원에서 지내야 한다고 말했다. 나와 진아는 아주 큰 안도감을 느꼈지만, 동시에 영성이가 우리 사이에 있었던 일을 모두 토로했을까봐 잔뜩 긴장했다. 그리고 아주 나쁜 사람이 된 기분에 사로잡혔다. 우리의 걱정과 다르게, 선생님은 무심하게 한마디만을 던질 뿐이었다. 영성이가 안부 전해달래. 나는 어쩐지 그 말을 듣고 안도한 한편, 나와 진아에게 '안부'를 전해주고자 하는 영성이의 저의가 무엇인지 생각할 수밖에 없었다. 진아도 그랬겠지만, 나는 영성이가 다신 돌아오지 않기를 바랐다. 우리는 너무 많은 것을 공유했고 그렇게 공유한 무언가는 절대로 누군가에게 들켜서는 안 되는 것임을 알고 있었기 때문이었다. 분명 연필을 물으며 영성이를 위해 기도까지 했는데도, 우리는 왜……

　어쨌든 나는 시간이 지날수록 영성이에 대해서, 나아가 미정이의 은총에 대해서 깊게 생각했다. 혹시 미정이의 은총이 내게도 주어진 게 아닐까. 나는 학교에서 만난 아이들을 모두 미워했지만, 그중에서도 영성이와 진아를 제일 미워했다. 잔뜩 겁에 질린 채로 나처럼 될까봐 전전긍긍하는 아이들이었기 때문에. 나를 싫어하는 아이들보다 나처럼 되기 싫어하는 아이들이 더 미웠다. 나는 어린 나이에 죽음에 대해서 꽤 깊게 생각했다고 스스로 평가했지만, 실상은 그렇지 않았던 것 같다. 그렇지 않고서야 어떤 식으로든 영성이의 죽음을 은총으로 받아들일 수는 없었을 것이다.

죽음에 대한 내 태도와 그로 인해 일어난 일들로 인해 아이들은 나를 애써 없는 사람 취급했다. 애들은 나와 가까운 친구들이 어떤 식으로든 모종의 불행을 겪는다고 생각했을 것이다. 영성이도, 미정이 아빠도 그랬으니까. 나는 사람들과 오랜 시간 동떨어지고 나서야 깨달았다. 내가 아이스크림을 연못에 버리고 느꼈던 그 감정은 혐오보다는 공포에 가까운 것이었다. 내가 가진 모든 게 아주 작은 것으로 말미암아 망가지고 무너질 거라는 공포. 애들은 나를 미워하는 게 아니다. 두려워하는 것이다. 자신들이 가진 것들, 그게 정확히 무엇인지는 모르겠지만, 아직은 어리기에 무르디무른 무언가를 내가 망가뜨리고 무너뜨릴까 두려워하는 것이다. 어른들 따위는 어느 시점부터 자신이 지니고 있던 무언가를 너무도 쉽게 잊은 채로, 마치 그저 주어진 것인 양 생을 살아간다. 다 망가져가는 것과 다름없는 생을. 나는 그것이 세계가 나를 '외부인'으로 만드는 교묘한 방식이라는 걸 깨우쳤다.

나는 일부러 다니던 초등학교에서 멀리 떨어진 신설 중학교에 지원했다. 다행히도 신설 중학교에 지원한 학생 수는 현저히 적었고 무사히 입학해 아무도 나를 모르는 곳에서 새로운 출발을 하게 되었다. 열심히 공부하면서 차근차근 성적을 올리는 중이다. 친구에게 함부로 비밀을 털어놓지 않으며 고작 그들이 원할 만한, 그럴듯한 비밀만 내어주는 청소년이 되었다. 그럼에도 나는 그 모든 일을 겪었기 때문에, 내가 어떤 어른으로 자라날지 알고 있다. 아빠는 대구에 일자리를 구해서 주말에나 돌아와 숙제처럼 나와 엄마를 데리고 외식을 한다. 덕분에 우리 가족의 관계는 좋아졌지만, 그 속에 무엇이 여전히 비어 있는지는 서로 충분히 알고 있다. 그래도 우리는 몇 번이고 다시 서로에게 사랑을 다짐한다. 다짐하고 또 다짐하면 그것이 종국에는 사랑이 된다고 믿는 사람들처럼.

나는 이따금 그때 살던 아파트 단지에 가서 미정이 아빠의 흔적을 본다. 더이상 비단잉어는 내게 어떠한 감흥도 주지 못한다. 나는 결국 이런 청소년이 되어버렸지만 간간이 내 마음에 흔적을 남긴 이들을 생각한다. 스위트콘을 가득 넣은 김치볶음밥도. 게임은 더이상 하지 않는다. 인생을 그렇게 낭비해버려도 괜찮다고 믿을 수 있게끔 하는, 아주 사소한 권력을 아이들에게 스스럼없이 쥐여주는 놀이라는 걸 알아버렸기 때문에. 난 그 모든 걸 깨닫고 난 후 평범한 일상을 영위하려 노력한다. 이따금 속이 뒤집힐 때면 내가 만들었던 또하나의 작은 봉분을 떠올린다. 그리고 어딘가에서 지독한 청소년기를 보내고 있을 미정이에게 묻는다. 이게 바로 네가 내린 은총이냐고.

우리는

계절마다

중학교 2학년의 무더운 여름, 미정이 돌아왔다. 미정은 나와 초등학교를 함께 다니던 친구였는데, 언젠가 훌쩍 이사를 가버리곤 연락 한번 해오지 않았다. 나는 인사를 하기 위해 교탁에 선 미정을 보면서 정말 많은 것이 변했다는 걸 실감했다. 미정은 몰라볼 정도로 말라 있었으며, 새까맣고 커다란 렌즈를 끼고 앞머리를 한껏 부풀린 모습을 하고 있었다. 다른 반 아이들도 우리 반 창문을 기웃대며 미정을 구경했다. 초등학교 때 우리는 엄마들이 입혀준 얇은 민소매 티셔츠에 쪼리만 신고 다녔다. 하지만 지금은 같은 교복을 입었어도 전혀 다른 그룹에 속한 아이들처럼 보였다.

나와 미정의 눈이 마주쳤다. 미정이 나를 보고 손을 흔들었다. 안녕, 희조. 그러자 모두의 이목이 나에게 집중됐다. 당시 나는 반에서 조용한 대신 꽤나 공부를 잘하는 아이였다. 그건 내가 적당한 관심을 받을 만한 아이에 불과하다는 뜻이기도 했다. 중학교 2학년 아이들은 정말 갓 허물을 벗어던진 생명체처럼 발칙하게 날뛰었다. 그러면서도 몇 가지 꿈을 소중히 품고 있었는데, 연예인이 된다든가 선생님이 된다든가 하는 직업적 목표가 대부분이었다. 나는 내심 그런 꿈들이 몹시 볼품없다고 느꼈지만, 겉으로는 내색하지 않았다. 시험이 끝나면 아이들은 무리를 지어서 내게 몰려와 답안지를 맞춰보았다. 애들은 점수를 알면 꼭 꿈의 실체를 그려볼 수 있을 것처럼 굴었다. 그럴 때는 애들이 퍽 귀엽게 느껴지기도 했다. 어쨌든 시험 기간은 내가 이 학교에서 주도권을 잡을 수 있는 몇 안 되는 때였다. 나는 이벤트 같은 그런 색다른 상황이 썩 마음에 들었고 그들이 계속 내게 몰려들 수 있도록 공부를 했으며 대충 해도 어느 정도 좋은 성적을 받을 수 있었다.

누군가 단순히 그 이유 때문에 공부를 했느냐고 묻는다면, 나는 그게 정말 단순한 문제가 아니었음을 말해주고 싶다. 어쨌든 미정이 돌아온 후로 나에게는 또 하나의 목표가 생겼다. 다시 미정과 친해지는 것. 문제는, 재회했을 때의 인상 그대로 우리의 노는 그룹이 전혀 달랐다는 것이었다. 미정은 전학 오기 전 학교에서 예쁘기로 소문난 아이였다고 했다. 선생님은 내가 미정과 아는 사이라는 이유로 짝을 지어주었지만, 미정은 수업 시간이 아니면 거의 나와 같이 있지 않았다. 마치 나를 본 순간부터 내 주제를 파악했다는 듯이 굴었다.

미정은 쉬는 시간마다 화장실 라디에이터에 걸터앉아 고데기를 하는 여자애들과 어울렸으며 손가락에서 은은한 담배 냄새가 나는 남자애들과 시시덕거렸다. 그들은 스스럼없이 다른 남자애들의 엉덩이를 걷어차곤 했는데, 미정은 그걸 보고 낄낄거렸다. 나는 미정에게 쉽사리 말을 걸 수는 없었지만, 어떻게든 다가가야만 한다고 생각했다. 그러니까, 나는 미정에게 물어볼 것이 많았다.

"내가 죽기를 기도하는 사람은 전부 죽어. 그리고 나는 내게 세 번의 기회가 있다고 확신해."

초등학교 시절 미정이 그렇게 말했을 때, 나는 단단했던 내 삶의 지반이 아주 무력하게 흔들릴 수 있다는 것을 실감했다. 미정의 그런 확신은 나에게 기묘한 힘을 주었다. 어쩌면 진짜로 우리가 세계의 아주 중요한 구성원일지도 모른다는 생각, 그것으로부터 나오는 힘이었다. 기도로 사람을 죽이는 존재는 흔치 않으니까. 그리고 그런 존재를 알고 있는 존재조차도. 마음 같아서는 당장 미정을 불러내어 다그치고 싶었다. 너에게 그 힘이 정말 존재했냐고, 네 아버지가 그래서 돌아가신 거냐고.

하지만 나는 더이상 미숙한 어린이가 아니었고, 미정 또한 그때의 미정이 아니었으며 우린 어느 정도 거리를 둔 채 서로를 질투하고 건너보고 동경하는 청소년이 되어버렸다. 그렇기 때문에 나는 기다리기로 했다. 미정이 스스로 나에게 다가올 때까지. 그리고 어느 날, 미정은 정말로 등굣길에 내게 다가와 '그때'의 일을 물어왔다.

"내가 말한 세 번의 은총을 기억해?"

*

나의 집과 미정의 집은 IMF 때 같이 망했지만, 이제는 신세가 좀 달랐다. 우리집은 그 이후로도 여전히 가난했지만 미정의 집은 어머니가 주거 밀집 지역에 BYC 매장을 차리면서 사정이 나아졌다. 시장과 가까운 곳에 위치한 매장에서는 보정 속옷과 스타킹뿐만 아니라 차렵이불과 아기 용품, 어디서 구해왔는지 모를 중고 사전까지 팔았다. 동네의 여러 아주머니들이 리본 달린 순면 팬티를 사기 위해 방문했다가 미정 엄마의 성화에 못 이겨 딸랑이에 옥편까지 사고 나서야 가게를 나설 수 있다고 했다. 그런 말을 내게 잘도 풀어놓는 미정의 분위기는 여태까지와 사뭇 달랐다. 나는 역시 미정이 나를 특별하게 생각한다고 믿었는데, 지금 생각해보면 그것 또한 미정의 의도였던 것 같다.

그날은 유례없는 폭염이었다. 엄마들은 꽁꽁 얼린 손수건과 물병 따위를 아이들에게 쥐여주었다. 나는 엄마가 준 축축한 분홍색 손수건을 목에 매고 등교하고 있었다. 하지만 미정은 땀을 뻘뻘 흘리면서도 평소처럼 예쁘게 교복을 차려입고 있었다. 다만 땀에 푹 젖은 셔츠 때문에 까만색 브래지어가 그대로 비쳐 보였다. 안 그래도 숨이 막힐 정도로 줄인 셔츠만 고집하던 미정이었다. 고급스러운 갈색 롱샴 백팩을 멘 채 꽉 끼는 셔츠와 치마에 커피색 스타킹을 신은 미정이 걷는 모습은 뒤뚱거리는 오리처럼 보였다. 나는 치마폭이 좁아 쫑쫑거리며 나를 따라 걷는 미정을 애써 무시하며 내가 해야 할 말을 조심스럽게 골라 던졌다.

"그때 일은 유감이야."

"무슨 일을 말하는 거야?"

미정은 모른 척하고 있었다. 네가 아버지를 죽이고 싶다고 말한 뒤에 정말 네 아버지가 아파트에서 떨어져 죽었잖아. 너도 그 사실을 알고 있지 않니? 나는 하고 싶은 말들을 속에 꾹꾹 담은 채로 나직이 말했다.

"우리는 루를 봐야 해."

그러자 미정의 얼굴에 화색이 돌았다. 루는 초등학교 시절 나와 미정이 등하교를 하며 지나가던 뒷산에 사는 청설모였다. 우리는 각고의 노력 끝에 루를 길들였고 아몬드 따위를 건네며 시간을 보내곤 했다. 그래, 그곳에 가자. 미정이 대답했다. 하지만, 아무도 우리를 보지 않을 때. 밤에 말이야. 그렇게 속삭이는 미정은 꼭 누군가에게 쫓기는 사람 같았다. 나는 미정에게 물었다.

"나랑 같이 있는 거, 쪽팔려?"

"응, 조금."

나는 코를 쥐어 땀을 훔쳤다. 그때의 또래 집단은 그랬다. 지독한 슬픔이나 고통 따위는 내색하지 않았지만, 너무도 쉽게 자신을 혹은 상대방을 우스꽝스럽게 만들곤 했다. 그것은 내가 또래 아이들에게서 견디기 힘든 것 중 하나였다. 그 이상한 낙차. 나는 미정에게 그렇다면 언젠가 선선한 밤에 루를 보러 가자고 제안했다. 루가 아기를 낳았다고, 나는 네가 없는 동안 루와 루의 아기를 정성껏 돌보아주었다고. 그러자 미정이 내 손을 덥석 잡더니 나에게 고맙다고 말했다. 나는 미정의 끈끈한 손을 잡고는 웃었다. 그 마음이 진심같이 느껴졌기에. 그래서 문득 고백하고 싶어졌다.

"거기에 네 아버지를 위한 봉분이 있어. 내가 직접 만든 것."

그러자 미정의 하얀 얼굴이 끔찍하게 일그러졌다.

그날부터 시작되었다, 사소하고 불쾌한 괴롭힘이. 그러니까 뭐랄까, 크게 체감되지는 않지만 무언가 거슬리는 일들이 단발적으로 발생했던 것이다. 일단 미정과 어울리던 남자애들이 나를 보며 쑥덕거리기 시작했다. 마치 들으라는 듯이, 그러나 꽤나 작은 목소리로. 걸레. 나는 분명 그 단어를 그들로부터 듣고야 말았다. 한번은 이런 일도 있었다. 특별활동 시간에는 통상 동아리 활동을 하기 마련이었는데, 그날따라 선생님이 우리를 불러놓고 수업 영상 하나를 보여주겠다고 했다. 자, 오늘은 성교육 시간이다. 그러자 애들이 환호했고 선생님은 멋쩍은 표정을 지었다. 나는 사실 선생님이 멋쩍은 표정을 지을 때부터 일이 심상찮게 돌아가리라는 걸 알고 있었던 것 같다. 그래서 그랬다. 주의를 돌리기 위해. 영상을 보다 말고 잠깐 물을 마시기 위해 교실 뒤 사물함으로 향했다. 물병에 물을 받고 잠시 사물함 옆에 서서 영상을 보았다. 성기 모형에 콘돔을 씌우는 장면이 나오고 있었다. 나는 그 작은 고무가 모형에 씌워지는 모습을 가만히 바라보았다. 나에게 그 장면은 꼭 다 큰 어른이 기이한 인형 놀이를 하는 것처럼 느껴졌다.

그때 현태규가 다가온 것이었다. 살금살금 걸어온 현태규가 갑작스럽게 내 양쪽 어깨를 꽉 쥐고는 제 몸을 앞뒤로 움직였다. 꼭 그 짓거리를 하는 것처럼. 그러고는 무력하게 흔들리는 내 고개를 보며 자기 무리와 함께 킬킬 웃었다. 나는 지금까지도 섹스를 섹스라고 하지 않고 그 짓거리라고 부르는데, 그건 선생님이 그 순간 그렇게 말해서였다. 그 짓거리 그만해리! 그러니까 그 선생님에게 문제는 현태규가 나에게 그런 일을 했다는 게 아니었다. '그 짓거리'를 했다는 것이었다. 나는 아무렇지 않은 척 자리에 가서 앉았다. 그리고 공책을 펴고 드레스를 입은 갈래머리 공주 그림을 그렸다. 현태규 무리는 다시 삼삼오오 환호하며 온통 '그 짓거리'에 대한 이야기뿐인 성교육 영상을 감상했다.

나중에 알게 된 사실인데, 현태규는 미정의 애인이었다. 현태규와 미정이 사귄 지 이십이 일째 되는 날이었다. 그들이 '투투'라며 돈을 걸었다. 나는 마지못해 이천이백원을 내밀면서 미정에게 어떻게든 말을 걸어보려 했다. 축하해. 그러자 미정은 새침하게 고마워, 한마디를 하고는 교실 맨 뒷자리로 돌아가버렸다. 그렇게 끝난 줄 알았더니, 잠시 뒤 윤다혜를 내 앞에 데려왔다. 윤다혜는 앞머리를 이마 끝까지 짧게 자르고 빨간 뿔테안경을 쓴 아이였다.

"너 그거 알아? 얘가 너 걸레라고 소문내고 다녀."

미정이 눈을 동그랗게 뜨고 말했다. 나는 입을 꾹 다물고 맥없이 고개를 저었다. 그러자 미정이 내게 얼굴을 들이밀었다.

안 빠쳐? 안 빠쳐? 그 시절, 일진에게 저항할 수 없는 아이들의 난제는 그것이었다. 어떤 대답을 해도 그들 마음에 들지 않을 거라는 사실을 안 채로 대답을 하는 것. 나는 머리가 새하얘졌다. 할 수만 있다면 미정에게 사과하고 싶었는데, 미정은 그것을 원하지 않는 것 같았다. 미정은 그저 내게 지독해지고 싶어하는 사람처럼 굴었다.

"……빠쳐."

"그럼 맞짱 떠."

나와 윤다혜의 눈이 마주쳤다. 윤다혜도 슬금슬금 미정의 눈치를 보기 시작하는 게 보였지만, 미정은 아무것도 모르는 척 껌을 씹을 뿐이었다. 나는 어쩐지 미정의 그런 모습에 기가 질리기보다는, 화가 났다. 지금 생각해보면 나는 언제나 그런 행동에 쉽게 화가 났다. 서로의 사이에 부려놓아진 것이 몹시 많음에도 불구하고 그것을 모른 척하는 사람들 특유의 행동. 그러니까 우리는 최대한 여러 방식으로 관계를 맺을 수도, 끊을 수도, 이어갈 수도 있는데 꼭 자신에게 주어진 방식은 하나뿐인 것처럼 구는 사람들에게 화가 났다. 왜냐하면, 그 상황에서 가장 배제되고 소외되는 존재는 나 자신이라는 걸 너무도 잘 알았기 때문에. 그래서 그랬다. 분명 홧김이었지만, 이 말을 뱉은 뒤로 상황은 돌이킬 수 없게 되어버렸다.

"윤다혜, 이 씨발년아."

*

윤다혜와 나는 방과후에 맞짱을 뜨기로 했다. 초등학교 때 미정과 함께 지나다녔던 바로 그 뒷산의 공터에서. 평소 같으면 루와 루의 아기를 떠올렸을 터였지만, 그럴 정신이 없었다. 나는 수업 시간 내내 가슴을 졸이면서 시간을 보낼 수밖에 없었다. 슬쩍 윤다혜의 자리를 쳐다봤는데, 윤다혜도 부산스럽게 다리를 떨고 있었다. 미정과 현태규 무리가 뒤에서 낄낄거리는 소리가 들렸지만 모른 척했다. 나는 이 상황을 어떻게든 피하고 싶었지만, 결코 피할 수 없다는 걸 알았다.

나는 인생이 적당한 시점에 최악의 결말로 끝나버릴 거라는 염세적인 기분을 느끼곤 했다. 하지만 최악의 결말은 존재하지 않고, 늘 최악의 순간만이 존재할 뿐이었다. 이제 와서 생각건대, 그 감각은 세계가 이루 말할 수 없는 불가해한 상황으로 구성되고, 나는 속절없이 휘말릴 뿐이라는 것을 그 시절에 이미 알아차렸기 때문에 발생하는 것이었다. 나는 생각지도 못한 상황에서 걸레가 되고 그 짓거리 하는 년이 되고 씨발년이 된다. 그건 내 의도도 누구의 의도도 아니다. 세계가 그렇게 나를 그 범주에 포함시키는 것이다.

나는 종례가 끝나고 미정과 현태규, 윤다혜, 그리고 나머지 무리와 함께 공터로 갔다. 나와 미정이 늘 함께 올랐던 그곳으로. 미정은 일부러 그런 건지는 모르겠지만, 정확히 루와 루의 아기를 만나던 곳으로 향했다. 나는 그곳에 있을 미정 아빠의 봉분을 떠올렸다. 밑에 파묻힌 건 연필 한 자루. 그건 애도를 위한 방식이었다. 그때는 그렇게 생각했다. 하지만 산을 오르는 그 순간, 내가 정말로 미정에게 잘못했다는 것을 깨달아버렸다. 그러니까, 그래서는 안 되는 것이었다.

예전에 미정의 집에서 잤을 때, 미정은 깊은 밤이랍시고 내게 많은 것을 잘도 털어놓았다. 그러니까 아빠의 불륜과 가난 같은 것들을. 나는 그것을 전부 다 들었는데도 왜…… 그건 애도가 아니었다. 나는 내 나름대로 허영투성이 의식을 치르고 싶었던 것뿐이었다. 미정은 아빠를 용서하지 않았다. 아빠의 죽음은 미정에게 분노만 더할 뿐이었을 것이다. 나는 미정에게 진심어린 사과를 하고 싶었다. 그러려면…… 정말 맞짱을 떠야 한다고 생각했다. 그게 미정이 원하는 것일 테니까. 윤다혜가 내 머리채를 휘어잡고 뺨을 때리고 배를 걷어차는 그 순간을 보고 싶어하는 것일 테니까.

"자, 방식은 원 펀치야. 돌아가면서 뺨을 때리다가, 슬슬 몸이 풀리는 쪽이 먼저 시작하는 거야. 누가 먼저 할래?"

현태규와 미정, 아이들은 나와 윤다혜를 빙 둘러싸고 자리에 앉았다. 침묵이 찾아왔다. 그들은 나와 윤다혜만큼 긴장하고 있었다. 그토록 폭력은 확실한 힘을 가지고 있다. 좌중을 압도하는 거센 힘을. 그 당시 우리에게 그 폭력의 의미 따위는 전혀 중요하지 않았다. 나와 윤다혜는 선 채로 서로를 노려봤다. 누구도 원하지 않지만 해야 하는 싸움이었다. 세상에는 그런 싸움도 있는 법이다.

시작은 내가 했다. 온 힘을 실어 윤다혜의 빰을 때렸다. 그러자 윤다혜도 바로 내 빰을 때렸다. 우리는 서로의 머리채를 잡았고 손톱으로 뒷목을 긁었으며 함께 주저앉았다. 아이들은 숨소리조차 내지 않았다. 정말이지, 조용한 싸움이었다. 간간이 신음만이 들려오는 이상한 싸움. 그도 그럴 것이 우리는 싸울 줄을 몰랐다. 그저 머리채만 잡으면 다라고 생각했다. 나는 싸우면서 점점 윤다혜에게 화가 나는 나 자신을 느꼈다. 서로의 의지가 아닌 것을 아는데도 불구하고 상대에게 분노하게 되었다. 결국, 다리를 뻗어 윤다혜의 복부를 있는 힘껏, 세게 찼다. 그러자 윤다혜가 뒤로 크게 넘어졌다. 그리고 울음을 터뜨렸다.

윤다혜가 훌쩍거리자 가장 먼저 웃은 사람은 현태규. 나는 입을 커다랗게 벌리고 와하하 웃음을 터뜨리는 그 새끼를 절대로 잊지 않겠다고 다짐했다. 아이들은 나를 향해 박수를 쳤고 나는 숨을 헐떡거리면서 현태규를 노려보았다. 그런 내게 현태규가 다가왔다.

"정신 났냐?"

미정이 현태규를 저지했다. 그러고는 절제되고 위엄이 서린 목소리로 애들을 둘러보며 말했다.

"다 내려가."

아이들은 정말로 다 내려갔다. 순식간에. 윤다혜도 몇 안 남은 친구들의 부축을 받아 절뚝거리면서 내려갔다. 윤다혜의 울음소리가 점점 멀어져갔다. 공터에는 나와 미정만 남았다. 모두가 떠나고 난 뒤 미정은 나를 바라보며 물었다. 어디 있어? 내가 모르겠다는 듯 고개를 젓자 짜증 섞인 어조로 다시 한번 물었다. 그 봉분 말이야. 그제야 눈물이 나왔다. 나는 훌쩍거리며 봉분이 있을 장소로 천천히 올라갔다. 신기하게도 그곳에는 여전히 작은 봉분이 남아 있었다. 미정은 내가 가리킨 그 봉분을 가만히 내려다보다가 발로 짓이겼다. 한참을 그렇게 짓밟다가 씩씩거리며 내게 말했다. 너도 해. 나는 미정을 따라 봉분을 처참히 짓밟았다. 봉분을 부수면 무언가가 아예 사라지기라도 할 것처럼. 한참을 그렇게 흙더미를 부수고 밟고 나서야, 미정은 웃었다. 나도 미정을 따라 웃었다.

*

집으로 돌아가니 엄마는 밥을 차리고 있었고 아빠는 소파에 누워 텔레비전을 보고 있었다. 최대한 조용히 들어가려고 했는데, 엄마가 그날따라 현관에 나와 직접 나를 맞았고 이내 엉망이 된 내 얼굴을 보고 깜짝 놀라 소리를 질렀다. 아빠가 달려왔다. 무슨 일이니? 나는 아무 말도 하지 않고 방으로 들어갔다. 가방을 내려놓고 침대에 누웠다. 누운 채로 머리에 손을 넣어보았는데 머리카락이 한 움큼 빠져나왔다. 힘도 좋네. 나는 눈을 감고 윤다혜를 떠올리며 중얼거렸다. 문득 치마 주머니에서 진동이 울렸다.

　　─주말에 같이 놀자.

　　미정의 문자였다. 이제 윤다혜는 다신 그 무리와 어울리지 못할 것이었다. 그리고 미정은, 내게 기회를 주었다. 나는 그것을 바로 알아차릴 수 있었다. 정말 이상하게도 그 순간 나는 깊은 안도감을 느꼈다. 노크 소리가 들렸다. 대답하지 않았다. 그럼에도 불구하고 노크 소리는 지겹도록 이어졌다. 나는 참지 못하고 문을 벌컥 열어버렸다. 엄마가 서 있었다. 밥 먹어. 그렇게만 말하고 엄마는 돌아갔다. 나는 고민하다가, 결국 식탁 앞에 앉았다. 나와 엄마는 아빠가 먹기 전까지 숟가락을 들지 않았다. 이따금 아빠는 일부러 꾸물거리곤 했는데, 자신의 권위를 확인하려는 것이었다. 나는 그것이 미워서 견딜 수가 없었다. 아빠는 가족과 떨어져 있기 싫다는 이유로 다니던 대구소재의 직장을 때려치웠고 지금은 이렇다 할 직업이 없었다.

　　"희조야, 우리는 가족이야."

　　"네."

"그 말이 무슨 뜻인지 아니?"

"뭔데요?"

"아주 안전하단 뜻이지."

그러니까 우리에게는 터놓고 말해도 돼. 엄마가 부드러운 목소리로 말했다. 나는 묵묵히 밥만 먹었다. 아빠가 큰 소리를 내며 젓가락을 내려놓았지만, 시선을 주지 않고 모르는 척했다. 나는 초등학교 시절 아빠가 컴퓨터를 부순 이후로 아빠에게 말을 걸지 않았다. 아빠가 교육의 일종이랍시고 하는 모든 일이 내게는 단순한 화풀이로밖에 보이지 않았기 때문이었다.

"괜찮아, 희조야. 우리잖아."

일단, 엄마가 말하는 '우리'가 도대체 어떤 우리를 뜻하는지 알 수 없었다. 나에게 '우리'인 이들은 그들, 그러니까 인위적인 울타리에 둘러싸인 채 갓 허물을 벗어던지고 날뛰는 동급생들이었다. 참 이상하다고 생각했다. 나는 그들을 그렇게나 무시했으면서도 어떻게든 그들과 '우리'가 되기 위해 애를 쓰고 있었던 것이다. 그 순간 아빠가 최대한 밝은 목소리로 내게 말했다.

"곧 동생이 생길 거란다."

나는 도대체 무슨 소리를 들은 건지 한참이나 고민했다. 그리고 깨달았다. 얼마 전부터 엄마는 종종 헛구역질을 하고 머리가 아프다고 했다. 엄마는, 아이를 가진 것이다. 임신이라고 불리는 그것을, 한 것이다. 나는 정말로, 정말로 모든 것을 잊어버릴 정도로 화가 났다. 누군가 내게 가족이라는 존재를 언제 처음 실감했냐고 물으면 나는 주저하지 않고 바로 그 순간에 대해서 말할 것이다. 아무도 말해주지 않았지만, 나는 동생이 생긴나는 것의 의미를 이미 알고 있었다. 그러니까, 가족이 하나 더 생긴다는 건 식구가 는다는 거고, 식구가 는다는 건 더 깊고 깊은 가난의 늪에 빠지게 된다는 거다. 나의 부모는 무슨 생각으로 내가 기뻐하기를 기대했던 걸까?

"……나, 너무 지쳐요."

아빠는 그 말을 듣고 멍하니 나를 바라보았다. 엄마는 큰 실수를 저질렀다는 걸 깨달았다는 듯이 입을 틀어막았다. 그리고 그제야 내게 질문다운 질문을 했다.

"너…… 왕따 같은 건 아니지?"

눈물이 흘렀다. 눈물이 너무 많이 흘러서 내 상황을 설명할 수조차 없었다. 아빠가 그런 내 어깨를 붙잡고 얼른 설명해보라며 소리쳤다. 하지만 지금 내 상황을 어디서부터 어떻게 설명할 수 있단 말인가? 나는 아무 말도 하지 않고 조용히 자리에서 일어났다. 그렇게 식사는 끝났고, 나는 방으로 들어가 그 안에서 나가지 않았다.

　미정은 토요일 저녁에 나를 사신의 집으로 초대했다. 미정과 멀어지기 전에 나는 곧잘 미정의 집에 놀러가곤 했는데, 그때와는 사뭇 다른 느낌이라 잔뜩 긴장한 상태였다. 나는 엄마가 친구 집에 놀러갈 때처럼 시장에서 참외 한 봉지를 사가지고 갔다. 미정이 사는 곳은 오래된 복도식 아파트였는데 들어가보니 내부는 꽤나 깔끔했다. 나는 사실 또다시 복도식 아파트에서 살기로 한 미정의 엄마가 잘 이해가 가지 않았다. 미정의 아빠가 바로 이런 아파트에서 떨어져 죽지 않았던가.

　내가 기억하는 미정의 엄마는 딱 갖출 것만 갖춘 전형적인 젊은 엄마의 모습이었다. 그런데, 불과 몇 년밖에 지나지 않았는데 미정 엄마는 전혀 다른 사람처럼 보였다. 흑단 같은 긴 머리를 땋아 오른쪽 어깨에 늘어뜨리고 검은색 드레스를 입고 있었다. 레이스가 풍성하게 달린 옷이었는데, 조금 부담스럽게 느껴질 정도였다. 게다가 진한 색조 화장까지 더한 미정의 엄마는 초등학교 때 내 머리를 묶어주고 김치볶음밥을 해주었던 그 사람과는 완전히 다른 사람이었다.

　"알지? 우리 엄마."

　미정이 제 엄마의 팔짱을 끼며 발랄한 목소리로 말했다.

　"안녕하세요."

나는 어정쩡한 자세로 미정 엄마에게 참외 봉지를 내밀었다. 그러자 미정 엄마는 뭘 이런 걸 사오냐며 내 머리를 쓰다듬어주었다. 그러고는 참외를 깎아주겠다며 나를 소파에 앉히곤 부엌으로 향했다.

"우리집 어때?"

나는 집 내부를 서둘러 두리번거리며 말할 거리를 찾았다.

"고풍스러워."

그건 사실이었다. 딴판이 된 미정 엄마처럼 집도 마찬가지였다. 어렸을 때 미정이 살던 집은 내가 살던 집과 별다를 바 없는 평범한 모습이었는데 지금은 전혀 달랐다. 나는 거대한 갈색 가죽소파에 앉아 가구들을 유심히 들여다보았다. 나무로 된 가구들은 광택제를 얼마나 발랐는지 몹시 반들거렸다. 가운데 텔레비전을 올린 채 우뚝 서 있는 앤티크한 장식장, 거실과 부엌 사이에 놓인 커다란 대리석 식탁, 화려한 장식의 뻐꾸기시계까지.

확실한 건, 지금의 분위기가 좀더 미정 엄마의 취향이라는 거겠지. 나는 그렇게 생각하며 멍하니 장식장 속 인형들을 바라보았다. 미정은 내 옆에 앉아 초등학교 때 함께 했던 일들에 대해 이러쿵저러쿵 떠들었는데, 그 모습이 약간 들떠 보였다.

"우리 햄스터 훔친 거 기억나?"

"기억나지."

"내가 팬티 속에 햄스터를 넣었잖아. 그런 다음 같이 마트를 나섰지."

"화단에 햄스터를 풀어줬고."

"그걸 네가 뭐라고 했더라."

"기억 안 나."

사실 내가 그때 했던 말을 기억하고 있었다. 하지만 기억나지 않는 척했다. 그런 말을 했던 나 자신이 부끄러워서. 그때의 내 모습은 나 혼자만 기억하고 싶어서. 그러니까, 내가 미정에게 했던 말은…… 해방이었다. 초등학교 시절의 나는 마트에 있는 햄스터를 훔쳐서 아파트 화단에 풀어주는 것을 해방이라고 여겼던 것이다. 하지만 이제 나는 그것이 결코 해방이 아님을 알고 있었다. 그것은 내던져짐 그 자체였다.

미정 엄마는 참외를 예쁘게도 깎아왔다. 나는 씨를 걷어낸 참외를 먹으면서 달라진 미정 엄마의 모습을 흘끗거렸다. 그러다 미정 엄마와 눈이 마주쳤다.

"많이 예뻐졌네."

그렇게 말하는 미정 엄마의 목소리는 한껏 꾸며낸 듯이 들렸다. 우아한 분위기를 풍기기 위해 노력하는 목소리였다. 나는 그런 미정 엄마의 모습이 문득 불쾌하게 느껴졌다. 그래도 누군가의 엄마인데. 이런 식이면 안 되지 않나? 그런 마음이 들어서, 나는 나의 엄마를 떠올렸다. 언제나 힘없는 목소리로 나를 반기는 그 태도. 엄마도 괜히 그러는 게 아닐 것이었다. 나름대로 책임과 의무가 있으니까. 그래, 책임과 의무. 나는 속으로 두 단어를 중얼거려보았다. 그러자 미정 엄마가 어딘가 단단히 잘못되었다는 확신이 불쑥 솟아올랐다. 그래서 그랬다. 나는 미정 엄마가 절대로 가질 수 없는 것에 대해 이야기하고픈 충동이 일었다.

"우리 엄마는 임신했어요."

그때 나는 아주 자랑스럽게, 그런 말을 잘도 내뱉었다. 그리고 미정 엄마를 바라보며 무언가 느끼는 게 있기를 바랐다. 그런데 미정 엄마는 지극히 무구한 표정으로 나를 향해 미소 지으며 말했다. 축하한다. 그러자 미정도 박수까지 치며 환호했다. 파티 하자, 파티. 동생이 생기는 걸 기념하는 거야. 그제야 나는 동생이 생김으로 인해 내 인생이 완전히 뒤바뀌게 되리란 걸 실감했다. 미정 엄마는 내게 먹고 싶은 게 있느냐고 물었다. 나는 참외 한 쪽을 포크로 찍으며 일말의 고민도 없이 대답했다.

"스위트콘을 잔뜩 넣은 김치볶음밥이요."

미정 엄마는 우리를 위한 요리를 뚝딱 만들어서 식탁 위에 차려주었다. 초등학교 때 줄곧 해줬던 김치볶음밥은 물론, 계란말이에 어묵까지 휘리릭 부치고 볶아서 내주었다. 마지막으로 냉장고에서 맥주 캔을 꺼내 우리 앞에 놓아주었다. 나는 깜짝 놀라 미정 엄마를 바라보았는데, 미정은 익숙한 일이라는 듯 손가락을 놀려 캔을 땄다. 개운한 소리가 났다.

"처음 마셔보니?"

미정 엄마의 물음에 내가 고개를 끄덕거렸다. 그러자 미정 엄마가 검지를 입에 갖다대더니 속삭였다. 우리끼리만 아는 비밀인 거야. 나는 떨리는 마음으로 커다란 맥주 캔을 바라보았다. 그러고 나서 조심스레 미정이 했던 것처럼 손가락을 놀려 캔을 따려고 했지만, 실패로 돌아갔다. 미정 엄마가 대신 맥주 캔을 따주었다. 나와 미정, 미정 엄마는 서로의 맥주 캔을 부딪치며 짠, 소리를 냈다. 그것을 꿀꺽꿀꺽 마셨다.

단숨에 기분이 무척 좋아졌다. 미정 엄마는 나와 미정에게 왜 아이들은 술을 마시면 안 되는지 이해가 안 간다고 했다. 술은 하늘의 축복이야. 미정 엄마는 그렇게 말하면서 맥주 한 캔을 단숨에 들이켰다. 나는 미정 엄마를 보며 또 나의 엄마를 떠올리고 말았지만, 그런 생각은 금세 잊었다. 술이 있었기 때문이었다. 정말이지, 왜 어른들은 좋은 건 다 저들만 하려고 하는 걸까. 나는 그렇게 약간 어른이 된 기분을 즐기며 홀짝홀짝 맥주를 마셨다. 그리고 그들의 대화에 자연스럽게 끼기 위해 노력했다.

"희조야."

미정 엄마가 내 이름을 나직이 불렀다.

"네?"

"내가 어떻게 우리집을 다시 일으켰는지 아니?"

"어떻게요?"

"안 먹고, 안 쓰고, 후진 사람 취급받으면서 악착같이 버텼다."

나는 달리 할말이 없어 그저 고개를 끄덕였다.

우리는 한참을 먹고 마셨다. 저녁 시간이 훌쩍 지났지만, 좀처럼 집에 가고 싶은 마음이 들지 않았다. 나는 조심스레 미정 엄마에게 물었다. 자고 가도 돼요? 그러자 미정 엄마는 흔쾌히 허락해주었다. 심지어 엄마에게 직접 전화를 걸어주겠다고 했다. 미정이 환호했다. 옛날 생각 난다, 그치? 나도 웃으며 고개를 끄덕거렸다. 미정이 내게 손을 내밀었다. 가자. 내 방 구경시켜줄게.

미정의 방은 난잡했다. 온갖 화장품이 늘어선 책상에는 자습서가 성의 없이 쌓여 있었다. 미정은 방을 구경시켜준다더니 들어오자마자 자신의 분홍색 철제 침대에 누워 문자를 했다. 실실 웃어가면서. 나는 그런 미정을 힐끗거리면서 들꽃 무늬의 노란 벽지를 손으로 쓸어보았다. 방바닥에는 자물쇠가 달린 다이어리가 아무렇게나 널브러져 있었다. 나는 그 조악한 자물쇠를 가만히 바라보다가 미정에게 물었다.

"누구랑 문자해?"

"태규."

"너 현태규 진짜 좋아해?"

재빠르게 휴대폰 자판을 누르던 미정의 손가락이 잠시 멈췄다. 그리고 다시 천천히 자판을 누르다 멈추기를 반복했다. 마침내 미정이 나를 바라보았다. 거실에서는 몰랐는데, 얼굴이 아주 붉어져 있었고 눈동자는 흐렸다. 나는 미정의 그런 흐트러진 모습을 보면서 가슴이 조금 빠르게 뛰는 것을 느꼈다.

"착하잖아."

"착해서 좋아해?"

"무슨 말이 하고 싶은 거야?"

"우리 말이야."

"응."

"그때 말이야."

"입맞춘 거 말하는 거지? 교감이 6학년 성준 오빠 뺨을 때린 날. 그래서 우리가 경찰에 신고한 날."

그날에 대한 이야기를 미정이 먼저 할 거라곤 예상하지 못한 채였다. 심지어 '입을 맞췄다'고 표현할 거라곤 상상도 하지 못했다. 나는 미정의 의중을 파악하려고 미정의 얼굴을 빤히 바라보았는데, 보면 볼수록 미정의 표정은 미궁 그 자체였다. 나는 누워 있는 미정에게 천천히 다가갔다. 그리고 얼굴을 가까이 들이밀었다. 그러자 미정이 고개를 돌려 피했다. 나는 그 모습에 용기가 생긴 나 자신을 느낄 수 있었다. 그래서 그랬다. 미정의 뺨을 잡고 얼굴을 들이민 채로 말했다.

"너에게는 아직 한 번의 은총이 남아 있다는 걸 알아. 할머니와 아버지, 그다음의 죽음에 대해선 말한 적 없잖아."

"그건 그냥 그때……"

"현태규를 죽여. 난 개가 존나 싫거든."

나는 그렇게 말하고 몸을 일으켜 미정의 방에서 나갔다. 미정이 내 뒤에 대고 물었다.

"어디 가?"

"화장실."

"작은 일 볼 때는 물 내리지 마."

"왜?"

"그게 우리집 룰이야."

화장실에서는 정말이지, 정체 모를 찝찝한 냄새가 났다. 변기에는 노란 오줌이 모여 있었고 나는 차마 그곳에서 볼일을 볼 수 없었다. 칫솔도 한 개밖에 없었다. 나는 미정과 미정 엄마가 칫솔을 함께 쓰는 거라고 추측했다. 그것은 아주 그럴듯한 추측이었다. 나는 찬물로 세수를 하면서 미정에게 현태규를 죽이라는 말을 한 나 자신이 썩 마음에 든다고 생각했다.

다시 미정의 방으로 돌아갔을 때 미정은 잠들어 있었다. 아니, 잠든 척하는 것일 수도 있었다. 상관없었다. 나는 미정을 가만히 바라보다가 우리가 뒷산에서 잠시 입을 맞췄던 순간을 떠올렸다. 각자의 우울한 나날에 대해서 떠들면서 보이지 않는 앞날을 공유하던 그 순간을. 어쩐지 얼굴이 가까워졌고 미정이 먼저 다가와 내 입술을 살짝 깨물었던 것을. 나는 그 순간을 떠올리며 그제야 확신했다. 내가 미정에게 느끼는 이상한 열정은 나만의 것이 아님을. 나와 미정은 현태규 새끼가 결코 끼어들 수 없는 관계였던 것이다.

칠이 벗어진 하얀색 장롱 앞에는 미정의 롱샴 백팩이 놓여 있었다. 나는 소리가 나지 않게 최대한 조심하며 그것을 메보았다. 전신 거울에 롱샴 백팩을 멘 내 모습을 비춰봤다. 정말이지, 어울리지 않았다. 그러니까, 그게 문제였다. 우리는 아주 비슷한 사람인데도 불구하고 결코 어울리지 않았다. 그건 누구의 문제도 아니었다.

"비밀로 해줄게."

미정이 누워 있는 그 자세 그대로 내게 말했다.

"뭘?"

"태규 죽여달라고 한 거."

"너도 좀 솔직해져. 걔 싫잖아."

"죽여버리고 싶을 만큼 싫어한다고 모든 게 해결되지 않아."

롱샴 백팩을 멘 채로 나는 누워 있는 미정을 가만히 바라보다가 고개를 끄덕였다. 미정은 별다른 말을 하지 않았다. 하지만 미정이 모종의 후회를 하고 있다는 것을 알 수 있었다. 누군가가 죽기를 바라는 마음을 가진다는 건 좋지 않은 일이다. 나도 알고 있었지만, 그럼에도 미정과 달리 내 마음속에 일어나는 현태규에 대한 증오를 잠재울 수 없었다. 미정은 이상하게 늘 나보다 한 발짝 앞서 있었다.

*

그날 이후로 나는 엄마를 졸라 교복을 타이트하게 줄였고 미정과 스킨푸드에 가서 비비 크림을, 에뛰드하우스에 가서 틴트를 샀다. 처음에는 어색했지만, 시간이 지날수록 나에게 맞는 화장법을 알게 되었다. 학교에서는 자연스럽게 윤다혜의 역할을 맡았다. 군것질거리를 사오고 숙제를 베끼도록 내어주고 무리 중 누구나 쓰다듬을 수 있도록 머리를 들이미는 역할. 현태규와 무리들은 내게 무슨 짓을 했는지 전혀 기억이 안 나는 것처럼 굴었다. 나는 그들과 어울리면서도 앙심을 그대로 품고 있었다. 하지만 앙심을 드러내는 일은 결코 일어날 수 없었다. 나는 그럴 주제가 되지 못했으니까.

어느 날 미정은 한껏 들뜬 얼굴로 내게 갈 곳이 있다고 했다. 어디? 비밀이야. 미정은 그렇게만 말하곤 종례 후 나를 어

딘가로 데려갔다. 허름한 상가의 옥탑이었다. 그곳에는 현태
규와 그의 무리들이 있었다. 여기가 어딘데? 내가 묻자 미정
이 아무렇지도 않게 말했다. 윤다혜 집. 그러니까, 유다혜의
아버지가 지방에서 일하기 때문에 윤다혜 혼자서 자취를 하고
있고 그곳을 현태규 무리가 아지트로 사용한다는 것이었다.
나는 잔뜩 어지럽혀지고 곳곳에 곰팡이가 핀 그 집을 둘러보
며 눈살을 찌푸렸다.

이윽고 파티가 시작되었다. 파티라고 해봤자 소주며 맥주를
늘어놓고 마시며 야채타임 같은 과자 몇 종류를 먹고 담배를
피우는 것이 다였다. 그들은 한껏 술에 취한 채 게임을 하고
춤을 추고 노래했다. 그중 한 커플은 저들끼리 방으로 들어가
한참을 나오지 않았다. 나는 어정쩡하게 자리를 지키다가 현
태규 무리 중 한 명이 윤다혜에게 치근덕대는 모습을 보았다.
윤다혜는 어깨를 움츠리며 피하고 있었다. 딴청을 피우며 최
대한 모른 척했지만, 내 신경은 온통 그쪽에 쏠려 있었다. 쪽,
하는 소리가 들리고, 하지 마, 하는 윤다혜의 풀죽은 목소리가
들렸다.

"그만하라잖아."

그렇게 말한 것은 미정이었다. 미정이 그 남자애와 윤다혜
사이에 파고들어 앉았다. 그러자 현태규가 다가와 미정의 손
을 잡아끌었다.

"왜 초를 쳐."

"싫다잖아."

"얘가 싫은 게 어디 있어."

그 순간, 나와 미정의 눈이 마주쳤다. 나는 미정에게 정말로
묻고 싶었다. 너는 이 새끼가 정말 착하다고 생각하는 거니?
미정도 그런 내 마음을 알아차린 것 같았다. 그런데 미정은 현
태규에게 화를 내기는커녕 나를 보며 말했다.

"야, 눈 깔아."

그러자 일순 분위기가 이상해졌다. 나는 한껏 띄워 올린 앞
머리가 갑자기 부끄럽게 느껴졌다. 견딜 수 없이 처참한 기분
에 사로잡혔다. 늘 미정을 동경해왔지만, 이건 아닌 것 같았
다. 나는 왜 나 자신이 이런 취급을 받도록 내버려두는가. 자
리를 박차고 일어나 밖으로 나갔다. 미정이 곧바로 나를 따라
나왔다.

"뭐가 문젠데."

미정이 물었다.

"네가 내 인생을 망쳤어."

나는 그 말을, 하고야 말았다. 우리가 짧은 키스를 나눈 이
후로, 미정의 아빠가 돌아가신 이후로, 내가 그것을 미정의
'은총'이라고 생각하게 된 이후로 나는 돌이킬 수 없는 음침한
청소년이 되고야 말았다. 세상은 죽음에 대한 열망을 지닌 청

소년을 그런 식으로 판단했으니까. 하지만 도대체 그렇지 않은 아이들이 존재하기나 한단 말인가?

"웃기지도 않아. 은총이니 뭐니, 그거 다 거짓말이었어. 널 겁주려고 그랬던 거야."

나는 그런 말을 잘도 지껄이는 미정에게 다가갔다. 우리가 공유했던 내밀한 무언가가 전부 거짓일 수는 없었다. 나는 단 한 번도 은총이라는 단어가 거룩한 무언가라고 생각해본 적이 없었다. 그러니까, 내가 아는 은총은…… 우리가 지닌 열띤 욕망. 그것이었다. 미정과 나의 얼굴이 점점 가까워졌다. 내가 생각하고 있는 무언가를 너도 생각하지 않니. 나는 미정이 그럴 거라고 확신했다.

그때 뒤늦게 현태규가 미정을 따라 나왔다. 둘이 왜 그래? 나 몰래 사귀어? 실실거리면서 그렇게 말한 다음 미정의 볼에 가볍게 뽀뽀를 했다. 미정이 현태규를 밀쳤다. 그러자 현태규가 자신의 몸을 미정의 몸에 밀착시켰다. 미정은 소리를 지르며 다시 현태규를 밀쳤다. 현태규의 마른 몸이 옥상 난간에 세게 부딪혔다.

"아, 씨발."

현태규가 미정의 뺨을 때렸다. 철썩, 하는 큰 소리가 났다. 나는 꼭 내가 뺨을 맞은 것 같은 충격에 휩싸였다. 눈앞이 새하얘졌다. 어떤 생각도 할 수 없었다. 그냥 현태규 이 새끼를 죽여버려야겠다는 생각밖에 들지 않았다. 그래서 그랬다. 현태규에게 덤벼들었다.

"이 걸레년이."

현태규는 잠시 당황한 것 같았지만, 손쉽게 나를 떼어내고 발로 걷어찼다. 나는 바닥에 나동그라졌다. 그때 윤다혜가 현관문을 열었고 나동그라진 나를 바라보았다. 눈이 잔뜩 풀려 있었다. 나는 그런 윤다혜를 보자 더욱 견딜 수 없는 마음이 되어버렸고, 다시 한번 이 세상에는 아주 견고한 결함이 존재한다는 것을 실감했다. 그 순간, 미정이 현태규를 껴안았다. 그러고는 있는 힘껏 난간을 향해 내달렸다. 퍽, 묵직한 자루 떨어지는 소리가 났다.

*

현태규는 심각한 부상을 입었고 그것은 미정도 마찬가지였다. 그리고 그 사건 때문에 내가 질 나쁜 무리와 어울린다는 사실을 내 부모가 전부 알게 되었다. 아빠는 참지 못하고 내게 손찌검을 했고 엄마는 배를 부여잡고 오열했다. 도대체 왜 그러는 거니. 우리가 할 수 있는 건 다 해줬잖아. 나는 내가 왜 이러는지 모르겠다는 부모의 말이 더 이상하게 들렸다. 내가 모르면, 그들은 알아야 하는 것 아닌가?

그 일과는 별개로 나는 미정이 그리웠다. 들리는 소문에 의하면 미정이 또다시 전학을 갈지도 모른다고 했다. 병원 앞을 몇 번이나 서성거렸지만, 쉽사리 들어갈 용기가 나지 않아 돌아오기를 반복했다. 그러다가, 미정 엄마로부터 전화가 걸려 왔다.

—미정이가 기다린다. 네가 보고 싶대.

나는 미정 엄마의 말이 진짜일지 의문이 들었지만 일단 미정을 만나기로 마음을 먹었다. 그때처럼 시장에서 과일을 사들고 병실을 찾았다. 그곳에는 미정 엄마와 미정, 그리고 윤다혜가 있었다. 나는 윤다혜가 있다는 사실에 조금 놀랐지만 아무렇지 않은 척했다. 미정 엄마는 나에게 자리에 앉으라고 했다. 나와 윤다혜는 침대에 누워 있는 미정을 앞에 두고 나란히 앉은 모양새가 되었다. 그리고 맞은편에 미정 엄마가 팔짱을 끼고 섰다.

"그러니까, 내가 너희들을 부른 건."

미정의 엄마가 잠시 뜸을 들이다가 말했다.

"너네는 결코 걸레가 아니라는 말을 하기 위해서야."

어쩐지 위엄이 서린 목소리였다. 나는 처음으로 미정 엄마에게서 어떤 어른다운 힘을 느꼈다.

"자, 따라 해봐. 나는, 걸레가, 아니다."

나와 윤다혜는 괜스레 미정의 눈치를 봤다. 우리가 우물쭈물하자 미정 엄마가 더 큰 소리로 우리에게 말했다. 나는, 걸레가, 아니다. 나와 윤다혜는 조그만 목소리로 미정 엄마의 말을 따라 하기 시작했다.

"나는…… 걸레가…… 아니다……"

"우리는 시궁창에 살고 있나."

"우리는…… 시궁창에…… 살고 있다."

"시궁창에는 더러운 쥐들뿐이다."

"시궁창에는…… 더러운…… 쥐들뿐이다."

나와 윤다혜는 그 말들을 천천히 따라 했다. 이상하게 눈물이 났다. 내가 훌쩍거리자 윤다혜도 훌쩍거렸다. 미정도 마찬가지였다. 우리 셋은 그렇게 이상한 주문을 외며 기묘한 슬픔에 사로잡혔다. 미정 엄마가 침대를 빙 둘러 와서 나와 윤다혜를 뒤에서 안아주었다. 그리고 말했다. 우리는 더럽고 지저분한 곳에 살아. 그렇지만 결코 그들과 같아질 필요는 없단다. 나는 남편이 죽고 나서 활력을 되찾았어. 그건 내 탓이 아니지 않니?

미정의 병문안을 마치고 나서 윤다혜와 나는 터벅터벅 집으로 향했다. 골목에 들어서자 윤다혜가 주변을 둘러보더니 담배를 꺼냈다. 너도 할래? 우리는 담배 하나를 번갈아 피웠다. 매캐한 연기가 가슴속을 훑고 지나갔다. 먼저 말을 꺼낸 건 윤다혜였다.

"맞짱 떴을 때 말이야."

"응."

"난 네가 이겼다고 생각 안 해."

"나도."

"그럼?"

나는 대답하지 않았다. 대신 윤다혜가 들고 있던 담뱃갑을 빼어 내 가방 안에 쑤셔넣었다. 야. 귀한 건데. 윤다혜는 그렇게만 말하고 내게서 담배를 다시 가져가지 않았다. 그렇게 우리는 헤어졌다. 집에 가는 도중에 미정에게서 문자가 왔다. 장문의 문자였다. 나는 그 문자를 읽은 뒤 그냥 삭제해버렸다. 조금 후회했지만, 이윽고 후회 따윈 하지 않는 채로 삶을 새롭게 시작해야겠다고 다짐했다.

집에 도착하니 엄마가 아기 옷들을 정리하고 있었다. 이모들에게 받았어. 네가 입었던 옷을 물려줬는데, 그걸 다시 받았어. 엄마는 묻지도 않았는데 말했다. 나는 그런 엄마가 구질구질하다고 생각했다. 빛이 엄마의 얼굴을 반쯤 비추고 있었다. 몹시 따뜻한 오후였다. 문득 더이상 덥지 않은 날씨를 실감했다. 여름이 지나고 있었다. 나는 가을이 되어도 겨울이 되어도 학교에 나갈 것이고, 학교는 그러려고 있는 곳이라는 생각이 들 만큼 나에게 언제나 냉정하겠지. 동생이 태어나면 조금 달라질까. 그럴 린 없다고 생각했다. 그리고 엄마에게 말했다.

엄마, 나는 여기에서 아주 멀리 떨어진 고등학교에 갈 거예요. 그러자 엄마가 대답했다. 그건 차차 생각해보자꾸나. 나는 엄마의 조금 부른 배를 보며 이번만큼은 이들이 절대로 내 삶의 결정권자가 되지 않도록 할 것이라고 다짐했다.

그
얼굴을

마주하고

고등학교 졸업을 앞두고 있었지만, 나는 늘 그렇듯 무망했다. 언젠가 죽음을 앞둔 할머니가 손주들을 쪼르르 세워두고 얘기한 적이 있었다. 얘들아, 무망한 게 제일로 무섭다. 할머니는 침대에 묶인 채로 그런 말을 했다. 나는 그 얘기를 듣고 몹시 놀랐다. 그럼 할머니는 기어코 무엇을 열망하면서 평생을 살아왔단 말인가. PC방 컴퓨터로 싸이월드에 접속한 뒤 주위를 둘러보고 조심스럽게 담배를 꺼내 피웠다. 키보드에 재가 떨어지는 게 신경 쓰였지만, 신경 쓰이지 않는 척했다. 그것이 중요했다. 내가 내보이는 모든 모양새에 무심함이 묻어나야 한다. 그게 어른들의 세계에 잠입하는 방식이다.

　출석 일수를 채우고서는 더이상 학교에 나가지 않았다. 딱히 갈 이유가 없는데다가 어차피 나를 포함한 대부분의 학생들이 그런 식이었다. 수능은 보지 않았고 그것에 대해서 담임도 나에게 별 계도를 하지 않았다. 내가 그저 그런, 사고는 치지 않으나 결코 바뀌지 않을 학생임을 알아본 것이다. 나는 사감에게 기숙사를 퇴소하겠다고 말하곤 서둘러서 짐을 챙겨 나왔다. 그렇게 나온 지 열흘째였다. 엄마와 아빠에게서 번갈아가며 여러 통의 전화가 걸려왔지만 받지 않았다. 찾지 말라는 문자만 남겨둔 채로. 어차피 고등학교에 입학한 뒤 부모는 나를 절반쯤 포기했고 몇시에 들어오든 상관하지 않았다. 아마 집으로 들어가게 되면 아빠는 어떻게든 일을 주선해줄 것이고 나는 하고 싶지 않은 일을 하며 엄마에게 일정 금액의 돈을 내어주게 될 것이다. 그리고 퇴근 후에는 자연스럽게 동생을 돌보게 되겠지. 부모는 그것을 내게 순리라고 표현했다.

이혁주의 쪽지가 와 있었다. 나 지금 컴퓨터실. 학교 존나 지겹다. 나는 얼른 답장을 보냈다. 나도 씨발ㅋㅋ 근데 너 어디 살아? 이혁주가 말했다. 나 아직 옥련동. 올래? 나는 재떨이에 담배를 비벼 끄며 망설이다 답장을 보냈다. 생각해볼게. 그러자 이혁주가 자기 휴대폰 번호를 알려주었다. 문자해. 이혁주는 나를 잘 기억하지 못했다. 내가 미니홈피 앨범에 올려둔 단 몇 장의 사진만 보고 내게 관심이 생긴 것 같았다. 그러나 나는 이혁주를 똑똑히 기억하고 있었다. 수시로 여자애들의 어깨에 손을 올리고서는 은근슬쩍 가슴에 손을 대던 그 모습을. 나는 이혁주의 미니홈피에 들어가서 한참 동안 사진을 구경했다. 익숙한 얼굴들이 보였다. 그중에 단연코 눈에 띄는 아이는 미정이었다. 물결펌을 한 새카만 머리에 그와 대비되는 하얀 얼굴을 한 미정이. 나는 이전과 다를 것 없는 미정의 모습에 조금 실망했다.

하지만 그건 미정의 잘못이 아니다. 나도 내가 중학교를 졸업하고 아주 다른 사람이 되었다고 믿었지만, 그건 사실이 아니었다. 나는 그저 최악의 길을 걸어온 나머지 최악이 된 사람일 뿐이었다. 나는 이혁주의 미니홈피에서 미정이 단 댓글을 찾아 미정의 홈피에 파도를 타고 들어갔다. 미정의 미니홈피에서는 내가 가장 유치하다고 생각하는 발라드 노래가 배경으로 흘러나왔다. 미정의 미니미는 한 손을 허리에 짚고 화려한 원피스를 입은 채 선글라스를 끼고 있었다. 도토리 좀 썼네. 그런 생각을 하며 담배를 다시 피워 물었다.

할머니가 호흡기를 단 후로 엄마는 주말마다 한 번씩 나를 할머니에게 데려갔다. 그리고 자꾸 인사를 하라고 했다. 나는 도대체 우리가 무슨 인사를 해야 하는지 알 수 없었다. 누군가의 생이 끝나버릴 뿐인 생리 현상을 그와의 영원한 작별로 편리하게 의미화해버리는 어른들의 태도가 우스웠다. 끝이라는 것이 그렇게 간단하게 정해진다면 우리는 진작 고통받는 일

없이 살고 있을 텐데. 그래서 엄마가 화장실에 갈 때마다 몰래 할머니에게 내 속마음을 털어놓곤 했다. 전혀 작별하지 않을 것처럼. 그런데 그것 또한 나름대로 꽤나 모순적인 태도였는데, 나는 할머니가 결코 호흡기를 떼지 못할 걸 알면서 모든 것을 지껄였기 때문이다.

할머니, 나는 있지요, 무망도 열망이라고 생각해요. 그런데 왜 살고 죽는 건 마음대로 안 되죠? 살고 싶어요, 죽고 싶어요? 나는 어제는 죽고 싶었고 오늘 할머니를 보니 살고 싶어졌어요. 그러면 할머니는 눈을 크게 뜨고 나를 바라보았다. 말라서 불거진 광대가 안쓰럽게 느껴졌다. 어떤 날은 울기도 했다. 화장실에서 나온 엄마는 내가 우는 걸 보고 나를 안아주었다. 그러면 나는 흐느끼며 말했다. 할머니는 내 자랑이야. 그건 진심이었다.

현수 언니에게서 전화가 왔다. 희조야, 어디? 나 이 앞에 PC방. 현수 언니가 나오라고 했다. 이제 슬슬 출근해야지. 오리가 저녁 사준대. 오리가? 응. 걔 나 좋아하잖아. 나는 알았다고 말한 후 컴퓨터를 껐다. 내 옆자리의 남자가 거칠게 키보드를 내리쳤다. 며칠째 보는 남자였다.

*

　현수 언니와 나는 오리가 사주는 저녁을 먹고 함께 출근했다. 홀복으로 갈아입고, 내가 설거지를 하는 동안 언니는 쿠션으로 자기 뺨이며 이마를 세게 때렸다. 오리가 오늘 21년산 먹겠대. 언니, 대박. 오리 진짜 돈 많나봐. 그러자 현수 언니가 듣는 사람도 없는데 속삭였다. 상속을 엄청 받았대. 자기 입으로 말했어. 나는 고개를 끄덕이고 투명한 유리잔을 조명에 비춰보았다. 왜곡된 얼굴이 스쳐지나갔다. 상대방이 신중하지 않은 태도로 뱉은 말은 절대로 믿어선 안 된다. 나는 태연한 얼굴로 언니에게 말했다. 난 언니가 좋아. 나는 신중한 태도로 내 진심을 말했다. 현수 언니는 듣지 못한 것 같았다. 언니는 마지막으로 거울을 보며 양손으로 원피스 끝자락을 잡아 내린 뒤 숨을 들이마셨다. 힘을 주어 홀쭉해진 배로 묵직한 구두 소리를 내며 홀로 나갔다.

　할머니는 손해보험사에서 아주 오랫동안 일했고 임원급으로 승진하고 나서 사 년을 더 해먹었다. 할머니는 그걸 꼭 해먹었다고 표현했다. 구두를 신고 회사에 출근할 때마다 적진에 향한다는 마음으로 나섰다고 했다. 그래서 나는 누군가의 구두 소리를 좋아한다. 할머니는 당신의 어머니, 그러니까 증조할머니가 죽을 때까지 기어코 임원직을 유지하며 회사를 다

넜다. 왜 그랬어요? 언젠가 내가 묻자 할머니는 명료하게 대답했다. 부조금 받으려고. 아주 독했지. 그런데 왜 지금 우리는 이래요? 그 돈을 다 북한 돈에 투자했지 뭐니. 그랬더니 이번에 금강산 폐쇄됐잖아.

나가기 진 나도 다시 한번 옷매무새를 점검했다. 그리고 마지막으로 휴대폰을 확인했다. 아까 전 미정으로부터 온 부고 메시지를 다시 눌러보았다. 누군가의 부고를 받는 일도 처음이었는데, 하필이면 그게 미정 엄마의 부고였다. 나는 아직까지도 나와 미정, 미정 엄마가 밤새도록 술을 마시며 떠들었던 그날을 선명히 기억하고 있었다(미정 엄마는 중학생이었던 우리에게 흔쾌히 캔 맥주를 직접 따 주었다). 그때 미정 엄마에게서는 절대로 누군가에게 함부로 휘둘리지 않으려는 결기가 느껴졌고, 나는 미정 엄마의 삶을 닮고 싶어했다. 그러니까, 내가 누군가를 이용하더라도 그것이 그 누군가에게 절대로 해를 끼치지 않는 삶. 어떤 사건에 휘말리더라도 그 속에서 꼿꼿이 허리를 편 채 눈을 부릅뜨는 삶. 그때 나는 미정 엄마가 그런 삶을 살고 있다고 믿었다. 그런데 삶이라는 게 정말 누군가에게 해가 되지 않는 방식으로 이뤄질 수 있는 건가? 기어코 해가 되고 마는 것이 삶 아닌가.

나는 현수 언니의 옆에 앉아 바 밑에 있는 진열장에서 잔을 꺼내며 오리에게 인사를 건넸다. 내가 잔에 얼음을 채우자 오리가 술을 따라주었다. 정말 21년산이었다. 현수 언니 덕분에 인센티브를 받을 수 있게 되었다. 나는 포트와인과 일반 와인의 차이를 설명하는 오리의 말을 들으며 열심히 고개를 끄덕였지만, 속으로 미정 엄마의 장례식이 치러지고 있는 동네까지 갈 택시비를 계산하고 있었다. 영국이 백년전쟁에서 패배하면서 보르도 와인 수입이 어려워지자 포르투갈 와인을 수입하기 시작하면서 만들어진 게 포트와인이야. 근데 초창기에 선박 가득 싣고 온 와인을 열어보니 다 식초가 되어버린 거야. 발효된 거지. 그래서 브랜디를 넣어 발효를 막은 게 포트와인이고. 내가 팁을 주자면 마카오 포트와인이 싸고 질이 좋은데, 왜냐하면……

"식민지였잖아요."

내가 말하자 오리가 나를 가만히 쳐다보았다. 현수 언니가 손으로 내 허벅지를 쓰다듬었다. 그만. 그건 그만하라는 뜻이었다. 오리가 포크로 나를 가리키며 제법이라는 듯 고개를 끄덕였다. 그러고는 과일 치즈를 두 개 찍어 한입에 넣은 뒤 지갑에서 만원짜리 한 장을 꺼내 나에게 주었다. 맞혔으니까 주는 거야. 나는 덥석 돈을 받고 들뜬 목소리로 오리에게 그런 건 도대체 다 어떻게 아느냐고 물어보았다. 그러자 오리가 나보고 취향을 가지면 된다고 말했다. 나는 취향이라는 단어를 곱씹으며 술을 크게 한 모금 마셨다. 그런 다음 자리에서 일어났다.

휴게실 겸 화장실 세면대에 술을 뱉는데, 의자에 앉아 담배를 피우던 매니저 언니가 나를 불렀다. 희조야. 늘어진 침을 손등으로 닦고 매니저 언니를 바라보았다. 매니저 언니가 자기 옆자리를 손바닥으로 치며 앉으라고 했다. 내가 자리에 앉자 매니저 언니가 턱으로 바깥을 가리키며 물었다.

"오리 또 왔네."

"네. 현수 언니 본다고요."

"그래서 그렇구나."

"뭐가요?"

"요즘 들어 기고만장한 거."

할말이 없어 그냥 웃었다. 매니저 언니가 뭐가 웃기냐고 물어보았다. 나는 아무 말도 하지 않고 그저 고개를 저었다. 매니저 언니는 자기가 누군가를 욕할 때 늘 맞장구쳐주는 사람을 옆에 데리고 다녔다. 매니저 언니의 옆자리에 한번 앉았다 하면 하릴없이 하는 이야기를 들어주고 담배만 피우면 되었기에 꽤나 편했다. 하지만 현수 언니에 대해서 하는 말만큼은 거들어주고 싶지 않았다.

"너도 참. 맹해가지고. 가봐. 오늘 마감 잘하고. 열쇠는 우편함에. 알지?"

나는 자리에서 일어나 웃음기를 지우고 허리를 꼿꼿이 폈다. 큰 종이컵에 커피를 반 잔만 탄 뒤 문을 열고 나가는데 뒤에서 매니저 언니가 작게 한마디 했다. 하여튼, 못생긴 것들끼리. 나는 못 들은 척하고 바깥으로 나와 문을 닫으며 중얼거렸다. 씨발년. 그런 다음 다시 오리의 앞자리에 앉았다. 술을 한 모금 머금고 커피를 마시는 척 종이컵에 술을 뱉었다. 그렇게 한두 번 하니 술잔이 금세 비었다. 오리가 한 손으로 술을 따라주었다. 다른 한 손으로는 현수 언니의 손을 잡고 있었다.

현수 언니와 함께 일한 지 일 년이 다 되어갔다. 그사이 할머니는 죽었고 나는 발인 다음날까지도 일을 했다. 그래서 그때는 마치 사는 것과 슬픔이 별개의 문제처럼 여겨졌다. 슬퍼할 장소와 웃어야 할 장소가 명확하게 나뉘어져 있었으니까. 나는 할머니가 죽기 전, 병원에 갈 때마다 내가 가진 비밀을 속삭였는데, 그때는 그것이 마치 내게 주어진 유일한 놀이처럼 여겨졌다. 그런데 엄밀히 말하자면, 어딘지 조금 불쾌한 느낌이 드는 내밀한 놀이……

그러나 나는 대부분 할머니에게 사랑을 속삭였고 내가 가진 마음가짐이 어느 정도나 할머니로부터 이어받은 것인지 설명했다. 그건 나의 어떤 자긍심 같은 것이었는데, 어느 날은 이 세계의 믿을 수 없는 악의에 완전히 굴복한 상태로 할머니에게 고백했다. 할머니 저 남자랑 잤어요. 저를 자주 지명하던 사람인데, 다감한 사람이었어요. 그런데 그 이후로 다신 오질 않네요. 할머니는 정정할 때 언제나 나에게 함부로 다리를 벌리지 말라고 했다. 그것이 내 삶을 완전히 망쳐놓을 거라면서.
나는 그 말이 너무도 망측하게 들려 무시하기 일쑤였다. 그렇
지만 이제 누워 있는 할머니에게 그 사실을 실토하게 된 것이
었다. 할머니, 그런데 나는 단 한 번도 할머니의 말을 허투루
들은 적이 없어요. 삼시 뒤 할머니 눈에 눈물이 고였다. 나는
휴지로 톡톡 두드려 닦아주었다.

*

현수 언니는 내가 마감을 할 때까지 기다려주었다. 물론 일
을 도와주지는 않았지만, 옆에서 다리를 꼰 채로 심심하지 않
도록 계속 말을 걸어줬다. 하필이면 사는 집 방향이 같아서 조
금 부담스러웠다. 또 이 앞 PC방에서 밤을 새울 계획이었는
데, 언니와 나가게 되면 영락없이 집 쪽으로 가야 될 것이었
다. 내가 우편함에 열쇠를 넣자마자 언니가 가자, 하며 팔짱을
꼈다. 나는 속수무책 언니를 따라가면서 적당한 시점에 친구
를 만난다고 둘러대기로 마음먹었다. 그런데 언니가 먼저 선
수를 쳤다.
"너 갈 데 없지?"
"응?"
"며칠째 옷 두 벌로 버티고 있잖아."

나는 아무 말 없이 머리를 쓸어넘겼다. 현수 언니가 담배 두 개비를 꺼내 한 개비를 나에게 줬다.

"재워줄게."

나와 현수 언니는 담배를 다 피우고 언니의 집으로 향했다. 현수 언니의 작은 원룸에서 우리는 라면을 먹은 뒤 같이 씻었다. 언니는 발가벗은 채로 오리가 내게 만원을 건네던 몸짓을 우스꽝스럽게 따라 하며 깔깔거렸다. 나도 따라 웃었다. 그러다 갑자기 생각나서 말했다. 언니, 매니저 언니가 우리보고 못생겼대. 그러자 현수 언니가 발끈했다. 지는, 다 고친 주제에. 그러면서 매니저가 살을 빼기 위해 새벽마다 백팔배를 한다고 했다. 그게 말이 돼? 내가 묻자 현수 언니가 곰곰 생각하더니 고개를 끄덕였다. 그렇지. 나 엿 먹으라고 거짓말한 거 같아. 진짜 시도할 뻔했거든. 나는 언니와 대화하는 내내 마음이 조금 편했다. 다 씻고 언니는 침대에, 나는 바닥에 누웠다. 비록 장판에서 쩍쩍 소리가 나고 냉장고 소리가 신경 쓰일 정도로 좁은 1.5평짜리 원룸이었지만 괜찮았다. 찜질방이나 PC방이 아닌 곳에서 자는 게 무척 오랜만이었다. 그런데도 잠이 잘 오지 않았다. 자꾸 미정이 보낸 부고 문자가 생각이 났다. 중학교를 졸업한 지 꽤 오래됐음에도 그때의 기억들은 수시로 나를 괴롭히곤 했다.

요새 미정을 떠올리면 그다음으로 전혀 다른 또 한 장면이

불현듯 머리를 스친다. 아주 깊은 밤에, 엄마와 단둘이 차를 타고 할머니의 집에 가던 날. 할머니가 처음으로 호흡기를 단 날이었다. 그날 엄마는 우리가 할머니의 집에서 '찾아내야 할 것'이 있다고 했다.

"평생 할머니 수발 다 들고, 재산마저 뺏기면 그게 등신 천치가 아니고 뭐니?"

밤의 도로는 한적했다. 앞이 잘 보이지 않아 조금 무서웠다. 엄마도 그랬는지 자동차의 한쪽 라이트가 고장이 났다고 툴툴거렸다. 그런 지 오래라면서. 고치자니 차라리 차를 사는 게 낫겠는데, 중고차를 사면 다 늙어서까지 타기 어려울 것 같고 새 차를 살 돈은 없다고 했다. 그러면서 밤 운전을 할 때 야생동물을 만나면 어떻게 해야 하는지에 대해 알려주었다.

"사람들은 야생동물을 만나면 어떻게든 치지 않으려고 핸들을 꺾잖아. 그러면 안 돼. 치고 가야 돼. 그래야 안전한 거야. 그게 살 길이라고. 핸들을 확 꺾지 않도록, 그게 큰 사고를 막기 위한 길이야."

나는 엄마가 야생동물을 앞에 두고 가속페달을 밟는 모습을 상상했다. 죽어나가는 동물들도. 길 위에 패대기쳐진 수많은 짐승의 사체들을 떠올리자 나는 그것이 몹시도 끔찍하게 여겨졌고, 그런 말을 아무렇지도 않게 내뱉은 엄마에게 화가 났다.

"그럼 난 엄마가 붙잡은 핸들을 꺾을 거야."

그러자 엄마가 단호하게 말했다.

"나는 그런 너를 뿌리칠 거야."

"난 그런 엄마의 어깨를 밀쳐낼 거야."

"그럼 우리는 더이상 가족이 아니게 되겠지."

"난 그런 엄마를 죽일 거야."

엄마가 갓길에 차를 세웠다. 그러고는 나에게 그런 말을 해서는 안 된다고 단호하게 일렀다. 나는 엄마보다 더 단호한 목소리로 말했다. 그렇다고 해서 그게 내 잘못이 되는 건 아냐. 아무것도 모르는 엄마가 잘못인 거야. 내가 무슨 일을 당했는지 알기나 해? 엄마는 나를 빤히 바라보다가 다시 차를 출발시키며 말했다.

"너야말로 모르는 게 너무 많아. 나는 있지, 희조야. 지금 미치기 일보 직전이야."

내가 겪어왔던 일련의 사건들에 대해 아무 말도 하지 않았던 것처럼 엄마도 당신이 겪은 일련의 사건에 대해 일언반구도 하지 않았다. 나는 그게 문제라고 생각했다. 빤히 보이는데 보이지 않는 척하는 것. 서로가 떠안은 일들에 지쳐 상대의 상처에는 그저 눈을 감아버리는 태도. 우리가 그런데도 서로를 친밀한 사이라고 정의 내릴 수 있는 것인가?

나는 현수 언니의 마른 등을 바라보며 나를 이렇게 만든 일련의 사건들을 떠올렸다. 시시때때로 폭력에 노출되었던 어린 시절, 들짐승처럼 날뛰던 동급생들의 멸시와 맞물린 우리집의 가난 같은 것들. 그런데, 나는 이상하게 인제 와서는 그 모든 것이 아무것도 아닌 것처럼 여겨졌다. 오리를 보면 나를 붙잡고 섹스하는 흉내를 내던 현태규의 킬킬거리는 웃음이 떠올랐고 매니저 언니를 보면 남자애들에게 온갖 수모를 당하고도 자기 입지를 선점하고자 부단히 애를 쓰던 윤다혜의 처절함이 떠올랐다. 매니저 언니에게 찍힐까봐 일부러 내게 말을 걸지 않는 막내들을 보면 따돌림 당하는 게 두려워 나를 따돌리던 영성이나 진아의 얼굴이 생각났다. 그리고 현수 언니는……보면 볼수록 미정을 닮은 사람이었다. 나는 나를 싫어하는 애들보다 나처럼 되기 싫어하는 애들을 증오했지만, 결국 내가 좋아하는 사람은 전부 나처럼 되기 싫어하는 사람뿐이었다.

"언니. 나 만만하지."

현수 언니가 몸을 뒤척이더니 여전히 벽을 본 상태로 대답했다.

"아니."

"솔직히."

"만만해."

"왜?"

"다 보이거든."

"뭐가?"

"네가 널 싫어하는 게."

그러면서 현수 언니는 나를 돌아보았다. 그리고 말했다. 그러니까 구라라도 좀 치란 말이야. 널 보면 여기가 꽉 막혀. 그래서 가끔은 진짜 미워 죽겠어. 언니가 가슴팍을 쳤다. 나는 고개를 끄덕였다. 언니가 한숨을 푹 쉬더니 자리에서 일어났다. 산책이나 가자. 그러더니 나를 밖으로 데려갔다. 편의점과 놀이터를 지나 아파트 단지 사이를 한참이나 걸어갔다. 곧 붉은 벽돌에 미장이 엉망인 빌라 한 채가 나왔다. 언니는 검지로 이층의 한 집을 가리켰다. 불이 환하게 켜져 있었다.

"저기가 어딘지 알아?"

"어디야?"

"매니저 집."

"어떻게 알았어?"

내가 묻자 언니는 어깨를 으쓱했다. 그러고는 곧바로 돌을 주워 힘차게 이층으로 던졌다. 창문은 너무도 쉽게 깨졌다. 나와 언니는 소리가 나자마자 등을 돌려 내달렸다. 한참을 달린 뒤 언니가 숨을 헐떡이는 채로 예쁘게 웃으며 말했다. 나 지금 너한테 보여주는 거야. 어떻게 살아야 되는지. 나는 그것이 너무도 이상하다고 생각했다. 왜 사람들은 자꾸 자기가 사는 방법을 알려주려고 드는 걸까. 마치 내가 잘못 살고 있다고 생각하는 것처럼.

*

　　오랜만에 만난 이혁주는 키가 훨씬 더 커져 있었다. 꽤나 신경을 쓴 차림새였다. 졸업한 중학교의 운동장에서 만난 우리는 천천히 동네 한 바퀴를 돌았다. 나는 이혁주를 만나서 미정의 근황에 대해 물어보고 싶었다. 미정 엄마가 어떻게 됐는지까지도. 사실 마음 깊은 곳에는 내가 잘 살고 있다는 사실을 은근하게 뽐내고자 하는 욕구도 있었다. 나는 결단코 그때의 내가 아니며(스스로 그렇게 생각하지 않음에도 불구하고), 나름대로 내 삶을 잘 꾸려가고 있고 누구도 침범할 수 없는 나만의 세계를 만들었다는 걸 보여주고 싶었다.

　　둘 다 중학교 시절의 이야기는 거의 하지 않았다. 특히 이혁주가 그 시절에 대해 이야기하기를 필사적으로 피하려는 것이 느껴졌다. 그러다보니 어색한 침묵이 자주 감돌았다. 단둘이 동네를 함께 걷는데도 이혁주가 나를 쪽팔려하지 않는다는 게 신기하게 느껴졌다. 이혁주는 내년에 진학하게 될 학과의 보수적인 전통에 대한 불만을 토로했다. 머리도 짧게 깎아야 하고 신입생은 미팅도 금지된다고 했다. 그냥 하면 안 돼? 내가 묻자 이혁주는 나를 보며 살짝 웃더니 말했다. 까라면 까야지. 군대도 똑같을 텐데.

　　한참 동네를 돌고 나니 딱히 할 게 없었다. 그래서 다시 PC방으로 돌아가려고 했지만 이혁주가 나를 붙잡았다. 얘기 좀더 하다 가. 어디에서? 내가 묻자 곰곰 생각하던 이혁주가 자신의 아지트가 있다고 했다. 나는 군말 없이 이혁주를 따라갔다. 익숙한 길목을 지나 아파트 단지로 들어선 뒤 나는 이곳이 아주 낯익다는 것을 깨달았다. 어린 시절 내내 내가 살던 곳, 내가 어릴 때 놀이터에 수로를 만들기 위해 하염없이 물을 푸러 왔던 그 작은 인공 연못이었다. 나는 이 연못을 아주 신성하게 여기곤 했었다. 어쩐지 조금 들뜬 기분이 되어 정자 위로 올라가 연못을 유심히 살펴보았다. 맑고 깨끗하던 그 연못은 지금 녹조로 뒤덮인 채였고 물고기 한 마리 살지 않았다. 조금 의아한 기분이 들어 연못으로 가까이 다가갔다. 암녹색 물 위로 내 얼굴이 비쳐 보였다.

"이상해."

내가 중얼거리자 이혁주가 물었다.

"뭐가?"

"정말 깨끗한 물이었는데. 비단잉어도 있었고."

"이 아파트 너무 오래돼서 요즘은 관리도 잘 안 하나보더라고. 집값도 떨어지고."

"왜?"

"사람이 자꾸 죽어서."

속삭이듯 말하는 이혁주의 숨결이 귀를 간지럽혔다. 불현

듯 이혁주가 이미 다 큰 성인처럼 느껴졌다. 나는 어쩐지, 내가 그 시절 그 깨끗했던 연못에 먹다 만 아이스크림을 버린 이후부터 연못이 완전히 맛이 가버렸다는 생각을 지울 수가 없었다. 참으로 신성한 물이었는데. 니는 그 시절 이 물을 이고 지고 나르면서 놀이터에 거대한 수로를 만들기를 원했고 그게 정말로 가능하다고 생각했다. 모든 게 가능할 것 같던 때였다. 하지만 지금 나는 아무것도 할 수 없어 옴짝달싹 못하는 신세에 불과했다. 나를 옭아매는 사람은 없었지만, 어쩐지 이 세계가 이상한 방식으로 나를 옭아맨다는 생각을 지울 수가 없었다.

"유감이지."

나는 이혁주의 마지막 말에 얼굴이 확 달아오르는 것이 느껴졌다. 도대체 어쩌자고 이혁주는 '유감'이라는 단어를 아무렇지 않게 쓴다는 말인가? 줄곧 유치하고 성적인 농담만 던지던 그 남자애가 어느덧 이렇게 번듯하게 커버려가지고는, 나를 이 연못에 데려올 수 있다는 말인가. 나는 기분이 더러워진 나머지 이혁주의 기분 또한 더럽게 만들고 싶었다.

"여기서, 미정이네 아빠가 떨어져 죽는 걸 직접 봤어."

나의 얼굴을 가만 바라보던 이혁주가 무심한 말투로 대답했다.

"알아."

"뭘 아는데?"

"정미정이 그랬어. 네가 자기 아빠에 대한 이야기를 함부로 떠벌리고 다녔다고. 그래서 자기는 너랑 똑같은 사람이 되지 않으려고 노력했대."

나는 가만히 그 이야기를 듣고만 있었다. 내가 미정 아빠의 이야기를 누구에게 떠벌리고 다녔던가. 나는 그저 미정 아빠를 위해 기도했을 뿐인데. 초등학교 시절, 담임에게 그것을 은 총이라고 이야기했던 순간이 떠올랐다. 그래 맞다, 그 체구가 작은 아이. 나는 그 아이에게 말했다. 건너편 옥상에서 묵직한 게 떨어졌어. 나는 그것이 옷더미인 줄로만 알았어. 쓰레기를 창문 밖으로 버리는 사람은 많으니까. 여기까지 말했을 때 그 아이는 귀를 막았다. 듣지 않으려고 소리를 질렀다. 고백하건 대 그때 나는 그 아이의 사소한 반응 하나하나에서 작은 희열 을 느꼈다.

말하려는 내 목소리는 점점 더 커지고, 듣지 않으려는 그 아이의 비명도 커졌다. 아이들이 하나둘 교실로 모이기 시작했고, 나는 그런 걸 신경쓸 겨를이 없었다. 소리가 났어. 픽, 땅이 꺼지는 소리가 말이야. 사람들이 막 고함을 쳤어. 나는 더가까이 다가갔지. 그런데 그 남자가 눈을 뜨고 있었어. 나는 그 사람이 누군지 단번에 알아봤어. 그러니까, 그게 누구였냐면……! 그리고 선생님이 달려왔다. 나는 끝내 그게 누구라고는 말하지 못했지만, 그게 누구를 말하는지는 그때 누구나 알고 있었다.

"나는 미정이 아빠를 본 적이 있어."

내 말에 이혁주도 망설이다가 대답했다.

"나도 한 번. 새아빠 말하는 거지?"

"새아빠?"

"응. 자기 자식까지 쓰레기 버리듯 버리고 미정이 엄마랑 같이 산다던데."

그런 이야기는 미정이 나에게 직접 해야 할 이야기라고 생각했다. 어릴 적 우리가 각자의 불행의 몫을 나누고자 했던 것처럼. 지금 생각해보면 그때 우린 당연히 그래야 했다. 그 작고 물러터진 어린 마음에 어떻게 그런 큰 비밀과 불행을 담아 놓을 수 있단 말인가.

"나는 진짜 미정이 아빠를 말하는 거야. 그때 미정이가 자기는 세 번의 은총을 내릴 수 있다고 했어. 그중 한 가지 은총이 제 아빠가 죽은 거랬어. 평생 제 아빠가 죽기를 바랐다고도 했고. 또 한 가지 은총은 할머니의 죽음이었지. 나는 그 말을 정말 믿었고 미정이 대신 미정이 아빠를 위한 봉분을 만들었어. 미정이는 그걸 내가 보는 앞에서 짓이겼고. 들떠서 서로를 바라보며 웃기도 했어. 우린 그랬다고. 그런데 도대체 우리 사이에 무슨 문제가 있었던 건데?"

"희조야, 너 존나 소름 끼쳐."

"혁주야, 네가 잘 살 수 있을 것 같아? 씨발 너 존나 막 살았 잖아. 난 그걸 평생 못 잊어. 너하고 네 친구들 다 좆 될 거고 내가 그렇게 만들 거야."

이혁주가 순식간에 손을 치켜올렸다. 나는 눈을 감지 않으려 노력했다. 이혁주는 한숨을 한번 쉰 뒤 미친년, 읊조리고는 침을 뱉은 다음 연못을 떠났다. 나는 연못에 혼자 남겨졌다. 이제는 비단잉어 한 마리 살지 않는 버려진 연못을 한참 바라보다가 주위를 둘러보았다. 날이 추웠지만 햇살이 좋았고 어린 시절 이곳에서 놀던 때를 떠올리기에는 충분한 풍경이었다.

여태껏 나는 내가 이 모양 이 꼴이 되고 우리가 이 모양 이 꼴이 된 게 누구의 잘못도 아니라고 생각했는데. 어린 시절부터 나는 늘 이런 식이었구나. 이게 나였구나. 나는 사는 동안 내 이야기의 완벽한 '외부인' 흉내를 내고 있었던 것이다. 그래. 흉내. 그것은 흉내뿐이었다. 사실, 나는 이 이야기에서 완벽한 '내부인'이었다. 그러니까, 정확하게 말하면 나는 내 서사에 완벽하게 가담한 인물이었다. 그 사실을 깨닫자 온전한 슬픔이 몰려오기 시작했다.

*

　이혁주를 만나고 되돌아오는 길에 내 삶의 전반을 곰곰 돌이켜보며 재구성해봤다. 미정은 나에게 어떤 분노를 느끼고 있었다. 그래서 내게 접근했고 나는 미끼를 문 것이었다. 지독한 괴롭힘에 시달렸지만, 나는 미정을 끝까지 의심하지 않았다. 미정이 나를 그렇게 생각한다고는 전혀 상상하지 못했다. 미정의 존재가 내게 은총과도 같았기 때문이었다. 왜? 그냥 그렇고 그런 애들 중 하나일 수도 있었는데. 나는 또 내가 의아해졌다. 하지만 최근 한 가지 알게 된 사실이 있었다. 나는 사람을 한번 믿으면 걷잡을 수 없이 좋아하게 된다는 것. 현수 언니를 좋아하게 되면서 알게 된 사실이었다.

　출근하자마자 전날 마셨던 잔들을 설거지했다. 뒤늦게 현수 언니가 도착했다. 나는 언니의 그런 점이 마음에 들었다. 쉬이 속내를 드러내지 않지만, 둘만 있을 때는 기어코 속내를 내어놓고 마는 점이. 그런데 오늘 언니는 꼭 어제 우리가 한방에서 자지 않은 것처럼 행동했다. 둘밖에 없는데도 불구하고.

　"큰일났네."

　현수 언니가 홀복으로 갈아입으며 중얼거렸다. 왜? 내가 묻자 언니는 오리에게 꾼 돈이 있는데 이제 와서 갚으라고 성화를 부린다고 했다. 오리는 돈 많지 않아? 내가 말하자 언니가 한숨을 푹 쉰 뒤 자기가 안 자줘서 저런다며 머리카락을 쓸어 넘겼다. 그냥 자면 되잖아. 그러자 언니가 나를 노려봤다. 너는 오리랑 잘 수 있어? 나는 고개를 저었다. 봐봐. 함부로 말하지 마. 나는 고개를 끄덕였다.

"얼만데?"

"이백만원."

"언니 그 돈도 없어?"

"응. 넌 있어?"

"있지."

현수 언니가 내 손을 꼭 붙잡더니 애처로운 표정으로 쳐다보았다. 한 번만. 월급 나오면 꼭 갚을게. 나는 별로 고민하지 않고 순순히 알았다고 했다. 그리고 한 번에 백만원씩, 이백만원을 언니의 계좌로 이체했다. 그 대신 다음달까지 나 언니 집에서 재워줘. 그러자 언니가 나를 꼭 껴안아주었다. 이로써 집을 구하기까지는 시간이 좀더 걸리게 생겼지만, 아무래도 상관없었다. 언니가 좋으니까. 나는 이상하게 마음을 내어주는 일보다 내어준 마음을 거두는 일이 더 어렵게 느껴졌다. 그래서 내가 미정을 절대 미워할 수 없었던 것이다.

깊은 밤 할머니네로 향하던 그날, 나와 엄마는 할머니의 집에 들어가 한참 동안 집안 구석구석을 뒤졌다. 장롱 깊숙한 곳에 숨겨져 있는 패물이며 봉투들을 찾아냈고 심지어 누빔 이

불 하나하나를 칼로 찢어 뜯어보기 시작했다. 꼭 좀도둑이 된 것만 같아 가슴이 세차게 뛰었고 기분이 약간 들떴다. 엄마는 할머니가 첫째 오빠에게 아파트 한 채를 사주고 둘째 오빠에게는 의령에 있는 땅의 명의를 옮겨주었다고 했다. 그러면서 자신에게는 달랑 혼수 몇 개 해줬을 뿐이라며, 평생 왔다갔다 하며 보살피는 일은 자기 몫이었는데 어떻게 이럴 수가 있느냐고 했다.

나는 엄마가 아직까지 애지중지하는 편수 냄비며 압력 밥솥 같은 것들이 다 할머니가 사준 것임을 알고 있었다. 엄마가 그 것들에 수시로 기름을 두르고 새것처럼 닦아내며 이십 년이 된 물건이라고 자랑하곤 했으니까. 반면 첫째 삼촌은 값이 세 배나 올라버린 그 아파트를 진작 팔아버린 지 오래였으며 둘째 삼촌은 값이 오르지도 팔리지도 않는 땅 때문에 재산세만 낸다고 툴툴거리기 일쑤였다. 나도 그것이 부당하다고 생각했다. 그래서 엄마를 위해 값어치가 될 만한 것을 찾아주고 싶었다. 하지만 나와 엄마의 기대만큼 별다른 게 나오지는 않았다. 우리는 이웃의 눈을 피하기 위해 불도 켜지 않고 손전등에만 의지해 집안을 휘저으며 난장판으로 만들었다.

신문을 일일이 스크랩해 붙여놓은 주식 시황 공책과 코트 주머니에서 발견한 십만원, 친척들의 전화번호를 일일이 적어 둔 수첩, 도금인지 순금인지 구분 가지 않는 반지…… 그것이 내가 찾은 전부였다. 할머니는 젊었을 때 두 집 살이를 했던 할아버지를 두고두고 증오했고 은퇴 후 기다렸다는 듯 이혼했다. 그리고는 증조할머니가 돌아가시기 전 살던 단층 집에 눌러앉아 살기 시작했다. 평생을 아파트에서만 살았던 할머니는 그 허름한 집을 정성 들여 가꿨다. 할머니는 병원에서 살든, 42평 아파트에서 살든, 낡은 단독주택에서 살든 다 오래도록 그곳을 지키던 사람처럼 어울렸다.

결국 별다른 수확을 얻지 못한 우리는 집안을 난장판으로 둔 채 차로 돌아왔다. 엄마는 통장 두 개를 펼쳐서 꼼꼼히 잔액을 확인한 다음 고작 삼십이만원이 들어 있다며 엉엉 울었다. 어떻게 다 죽어가는 사람 통장에 삼십이만원이 전부일 수 있냐며, 속에 불이 붙은 것처럼 화가 나고 불쌍하다고 했다. 그러면서 할머니가 정성 들여 만든 주식 시황 공책을 펼치고는 파랗고 빨간 화살표가 그려진 페이지들을 유심히 들여다보았다.

현수 언니는 속이 좋지 않다며 조기 퇴근을 했다. 나는 그래서 평소보다 두 배는 되는 손님들을 오롯이 다 받아야 했다. 매니저 언니는 다른 언니들과 노닥거리기만 했다. 이쪽저쪽 옮겨 다니며 손님들의 대화 상대를 하는 건 온전히 나와 막내들의 몫이었다. 술을 버리는 것도 한계가 있어 취기가 오를 대로 올랐을 때, 오리가 문을 열고 들어왔다. 둘러보며 현수 언니를 찾던 오리는 언니가 없다는 걸 알고 나가려다가, 나를 보고 자리에 앉았다. 그리고 제일 싼 맥주를 주문했다. 단골에게 으레 하듯이 몇 가지 간단한 마른안주를 준비하려는데 매니저 언니가 다가와 땅콩만 내가라고 했다. 나는 작은 그릇에 땅콩 한줌을 담아 오리에게 내밀었다. 그러자 오리가 웃으며 땅콩 한 알을 내 쪽으로 던졌다.

"장난해?"

"아니요."

"내가 뭣같이 보여?"

"아니요."

"내가 여기서 돈 얼마 썼는지 알아?"

"아니요."

"단아는 어디 있어?"

단아는 현수 언니의 가명이었다. 나는 몸이 많이 안 좋아서 조퇴를 했다고 말해주었다.

"너 작업하지."

"네?"

"너 술 뺄는 거 다 알아."

"아닌데요."

오리는 한숨을 푹 쉬더니 됐다, 하며 맥주를 벌컥벌컥 마셨다. 그리고 내 잔에도 맥주를 반쯤 따라주며 말했다. 잘 생각해. 네가 처먹는 이 술이 내가 좆 빠지게 일해서 번 돈이라고. 나는 아무 말 하지 않고 맥주를 마셨다. 오리는 내가 마시는 모양을 처음부터 끝까지 지켜보았다. 눈앞이 흐리고 머리가 어지러웠다. 현수 언니는 왜 조퇴를 했을까. 별로 아프지 않아 보였는데. 나는 퇴근 후 언니의 집에 갔을 때 언니가 꼭 약을 먹은 뒤 곤히 자고 있기를 바랐다.

*

택시에서 내리자마자 가로등 밑에서 토악질을 했다. 아무래도 속이 좋지 않았다. 나는 비틀거리며 연석에 앉아 담배를 꺼냈다. 새벽 세시의 거리는 한산했다. 단지 내의 아파트도 거의 불이 꺼져 있었다. 맞은편 장례식장만 환했다. 나는 무엇 때문에 아직까지도 과거에 천착하며 살고 있나. 그런 생각이 들었다. 나는 할머니가 죽어서도 할머니의 삶이 끝나지 않았다고 믿었다. 왜냐하면 할머니의 삶은 내 속에서 다양하게 변주된 채로 그대로 존재하고 있으니까. 그것은 좋든 싫든 어쩔 수 없는 일이었다.

할머니의 삶이, 죽음이 나를 구성하는 건 불가피한 일이다. 그러니까, 어떤 식으로든 내가 지금의 나로서 존재하는 건 어릴 시절이 존재하기 때문이다. 그렇게 생각하니 미정에게, 미정 엄마에게 화가 났다. 왜 그런 식으로 살아서 나의 삶을 이렇게 망가뜨렸는가. 장례식장 입구를 한참 서성이다가 미정에게 전화를 걸었다. 한참 고민했지만, 결국에는 아무런 준비도 없이 전화를 걸고 말았다. 하지만 미정은 끝까지 전화를 받지 않았다.

괜스레 화가 났다. 나는 어떻게든 살기 위해 여기까지 왔는데. 돌이켜보면 우리는 늘 이런 식이었다. 항상 어긋나고 묘하게 비틀린 채로 서로를 못마땅해했다. 하지만 나는 미정과 나사이에 확고한 애정의 기류가 있었다고 확신한다. 그것이 나를 여기까지 오게 한 것이다.

스크린으로 빈소를 확인했다. 7호실이었다. 가장 구석에 자리잡은 빈소는 예상대로 협소하고 조촐했다. 텅 빈 빈소 내 완장을 찬 중년의 남자 한 명이 구석진 테이블에서 육개장을 앞에 두고 소주를 마시고 있었다. 남자가 나를 보고는 헐레벌떡 일어나 인사를 했다. 나도 인사를 했다. 미정 엄마의 영정 사진은 화질이 낮고 보정이 많이 된 사진이었다. 국화꽃을 놓고 상주와 맞절을 했다.

"실례지만……"

"미정이 친구예요."

"그러니?"

내가 미정의 친구라고 말하자 남자의 얼굴에 화색이 돌았다. 그는 자신을 미정의 아빠라고 소개했다. 나는 온화한 인상의 그 아저씨를 한참이나 바라보았다. 미정 아빠는 분명 죽었는데. 그제야 이혁수가 했던 말이 떠올랐다. 그 아저씨가 이 아저씨구나. 자식을 쓰레기 버리듯 버린 그 사람이구나. 미정 엄마는 왜소하고 볼품없어 보이기까지 하는 이 아저씨가 뭐가 좋았을까. 아저씨는 가보려는 나를 테이블로 잡아끌었다. 밥을 먹고 가라며, 여기까지 오는데 힘들지 않았냐며. 나는 엉겁결에 아저씨의 맞은편에 앉아 밥과 국이 담긴 일회용 그릇을 받아들었다.

"미정이랑은 어떤 친구?"

"초등학교, 중학교 친구요."

"오래된 친구구나. 이름이 뭐니?"

"이희조요."

"네가 그 희조구나."

"저를 아세요?"

"미정이한테 얘기 많이 들었다."

아저씨는 그렇게 말하고는 자연스럽게 내 잔에 소주를 따라주었다. 너희도 곧 있으면 성인이잖아. 괜찮아. 그렇게 말하는 아저씨에게서 별다른 저의는 느껴지지 않았다. 나는 육개장 국물을 한입 뜨고는 소주를 마셨다. 속이 쓰릴 줄 알았는데 이상하게 괜찮았다.

"무슨 얘기요?"

"응?"

"무슨 얘기를 들으셨냐구요."

내가 묻자 아저씨는 당황한 듯 나를 쳐다보더니 턱을 치켜든 채 곰곰 생각했다. 그러고는 대답했다.

"비밀 친구."

비밀 친구라고 하더구나. 나는 속으로 중얼거렸다. 비밀 친구…… 다시 단어를 쪼개어 되뇌어보았다. 비, 밀, 친, 구…… 나는 순식간에 기묘한 감정에 휩싸였다. 절망과 기쁨, 분노가 뒤섞인 몹시 이상한 감정이었다. 나는 순간 미정을 꼭 만나야 한다는 생각에 사로잡혔다. 지금 내게 '찾아내야 할 것'이 있다면 그건 바로 미정이었다.

"미정이는 어디에 있어요?"

"글쎄다. 남자친구랑 나갔는데. 그래도 의지를 많이 하는 모양이야. 든든한 애잖아."

나는 미정이 근처에 있을 거란 생각에 황급히 숟가락을 내려놓고 아저씨에게 인사한 뒤 빈소를 빠져나왔다. 택시 한 대도 지나가지 않는 도로에 한참을 서 있다가 큰길을 향해 천천히 걷기 시작했다. 부조금조차 내지 않았다는 사실을 깨달았다. 살갗이 아려오는 추위였다.

저멀리서 검은 두 사람의 형체가 내 쪽으로 천천히 걸어왔다. 나는 직감적으로 그들이 미정과 미정의 남자친구라는 걸 알 수 있었다. 가로등 가까이로 올수록 둘의 실루엣은 선명해졌다. 나는 우뚝 그 자리에 서서 그들을 바라보았다. 그들도 나를 바라보았다. 나는 거의 소리를 지를 뻔했다.

미정의 남자친구는 현태규였다. 내 등뒤에서 어깨를 잡고 그 짓거리, 그러니까 섹스 흉내를 내던 현태규. 윤다혜에게 억지로 입을 맞추려는 이혁주를 저지하는 미정에게 얘가 싫은 게 어디 있어, 라고 말하던 현태규. 나를 걸레년이라고 부르던 현태규. 언젠가 미정과 꼭 대화를 나눠야 한다는 생각에는 변함이 없었다. 그러나 미정 옆에 현태규가 있는 한 나는 미정과 결코 무언가를 나눌 수 없었다. 그 시절 우리는 매일같이 역겨운 삶을 끔찍이도 반복하곤 했지만, 지금은 아니었다. 나는 그럴 생각이 단연코 없었다.

현태규는 가로등 아래에서 담배를 피우며 나를 바라볼 뿐 다가오지 않았다. 그런데 미정이만, 미정이만 천천히 내게 다가왔다. 잘게 볶은 앞머리가 미정의 하얀 얼굴을 더 도드라져 보이게 했다. 상복을 입은 미정은 초췌해 보였다. 나를 천천히 훑어보던 미정이 팔을 들어 내 어깨를 천천히 쓸어내렸다.

"고마워."

"아니야."

"다신 보지 말자."

먼저 그렇게 말한 이는 미정이었다. 나는 꼭 미정이 내게 이 어처구니없는 세계에서 도망치라고 말하는 것처럼 느껴졌다. 그런데 그건 지극히 나의 입장이었을 뿐이겠지. 결국, 미정에게 물어보고 싶은 것이 몹시 많았지만, 물어볼 수 없었다. 아무것도 묻지 못한 채로 미정을 지나쳐 현태규에게 다가갔다. 그리고 현태규의 뺨을 거세게 내리친 뒤, 얼굴에 침을 뱉었다. 현태규는 내게 어떤 해코지도 하지 않고 손을 들어 얼굴에 묻은 침을 닦아냈다. 나는 최대한 느린 발걸음으로 현태규를 지나쳐 앞으로 앞으로 나아갔다.

한참을 걸은 끝에 택시를 잡아탔다. 라디오에서 오늘 새벽, 어떤 중견 가수 한 명이 급작스럽게 사망했다는 소식을 전했다. 그리고 고인의 노래 한 곡을 틀어주었다. 그 절절한 멜로디를 들으며 미정에 대해 생각했다. 돌이켜보면 나는 언제나 미정에게 묻는 사람이었다. 미정은 그런 내게 언제나 대답해주는 사람이었다. 그런데 내가 던졌던 그 무수한 물음들은 늘 미정을 아프게 했던 것 같다.

현수 언니 집 앞에 도착해 문을 두드렸지만, 한참 동안 기척이 없었다. 포기하고 PC방에 가려는데 문이 열렸다. 언니는 어쩐지 파리해 보였다. 문틈으로 보이는 반쪽짜리 원룸 사방에 페트로 된 소주병이 나뒹굴고 화장실 변기에는 토사물이 묻어 있었다. 나는 언니의 어깨를 잡고 얼굴을 살펴보았다. 언니는 덜덜 떨고 있었다. 나는 그런 언니를 안아주었다. 한참을 안겨 있던 언니가 나를 바라보며 물었다. 내가 웃긴 거 보여줄까? 그리고 집안으로 성큼성큼 걸어들어갔다. 침대에는 유리 조각이 널브러져 있고 창문은 산산조각 나 있었다. 세상에, 나랑 똑같은 짓을 하는 새끼도 있네? 아 씨발 존나 웃겨. 언니가 계속 웃었다. 나는 웃음을 멈추지 않는 언니를 부축해 바닥에 눕힌 뒤 깨진 창문 너머로 얼굴을 내밀어 밖을 바라보았다. 어두운 골목길, 누군가가 나를 바라보고 있었다. 아주 잠자코 바라보고 있었다. 밤이 깊어 얼굴은 보이지 않았고 옷을 두껍게 껴입어 여자인지 남자인지조차 분간이 가지 않았다. 내가 뒤를 돌아 언니에게 짐작 가는 사람이 있느냐고 묻자 언니가 힘없이 대답했다. 너무 많지. 나는 누워 있는 언니 맞은편에 같은 모습으로 쪼그려 누웠다. 찬바람이 들어오면서 온몸이 덜덜 떨렸다. 나는 아랑곳하지 않고 한 손으로 언니의 볼을 쓰다듬으며 말했다.

"언니, 내가 다 알아서 할게."

주머니에서 휴대폰 진동이 계속 울렸다. 나는 그것이 미정일 거라고 확신했다. 문득 할머니가 죽기 전날, 내가 할머니에게 했던 말이 떠올랐다. 희미해진 할머니의 몸냄새를 맡으려 애쓰며 속삭였던 그 말. 할머니, 나는 존나 못 사는 방식으로 잘 살 거예요. 무슨 말을 하는지도 모르고 지껄였던 그 말이 내 가슴팍에 박혔다. 아주 사소한 시절 우리는 계절마다 서로를 염오하고 끔찍한 생활을 반복했지만 결국, 그때의 나도 나일 뿐이었다. 나는 작게 코를 골며 잠든 현수 언니를 보며 우리가 무슨 사이인지 생각해보다가, 비밀 친구라는 단어를 곱씹었다. 오늘만큼은 참으로 살고 싶다고 생각했다. 살고 죽는 것. 그게 내가 가진 유일한 열망이다.

사
랑
과

결
함

잠을 많이 자면 머리가 이상해진다. 그런데 나는 그 이상해지는 느낌이 좋다.

고모가 나에게 한 말 중 유일하게 동의할 수 있는 말이었다. 해가 질 무렵부터 꾸벅꾸벅 졸다가 침대에 누워 다음날 오후가 될 때까지 자고 깨고를 반복했다. 그런 생활을 일주일간 지속하다가 멀뚱히 천장을 바라보며 천천히 고개를 끄덕거리고 말았던 것이다. 수긍. 나는 처음으로 고모의 말을 수긍했다. 잠을 오래 자다보면 고즈넉하게 늙는 기분이 들었다. 남몰래 시간이 흘러가는 그 느낌이 치열하지 않아서 좋았다. 나는 얕은잠에 빠져드는 그 순간을 놓치지 않으려 애썼다. 잠들기 직전의 희미한 의식을 붙잡으려고 노력했다. 하지만 번번이 놓치고 말았다. 이따금 문득 깨어났을 때, 이번에는 거의 성공할 뻔했다는 느낌이 든 적도 있었다.

코끝이 시렸다. 이불을 둘둘 말고 있어 몸은 따끈따끈했는데 코만 시렸다. 엄지와 검지로 코를 쥔 채 생각했다. 이대로는 안 되겠다. 전기장판을 꺼내야지. 그제야 몸을 일으키고 냉장고에서 단백질 음료를 하나 꺼내 마셨다. 몸을 돌려 주위를 둘러보다가 한숨이 나왔다. 아무렇게나 쌓인 배달 음식 쓰레기들이 널브러져 있었고 바닥에는 머리카락과 먼지가 한데 뭉쳐 뒹굴고 있었다. 근래 밤마다 마른기침을 많이 하고 비강이 잔뜩 부었는데 단순히 비가 많이 와서 비염이 도졌다고만 생각했다. 어떻게 단순히 비가 많이 와서라고만 생각할 수 있지. 나는 내가 의아했다.

모카 포트로 커피를 끓이면서 최근 일주일 중 가장 생산적인 일을 하고 있다는 생각이 들었고 그렇게 생각한 나 자신이 웃겨서 중얼거렸다. 생산적인 일. 전기장판을 꺼내 이불 밑에 깐다면 오늘 하루는 그것만으로 최고로 생산적인 하루가 될 것이었다. 추출한 커피에 끓인 물을 붓고 발코니에 가서 호로록 마셨다. 비가 내리고 있었다. 올해는 정말 비가 많이 내린다. 또 거실 벽이 젖겠구나. 그러던 중 수에게서 문자가 왔던 것이다. '줄 게 있어.' 애써 문자를 무시하려고 했다. 하지만 모바일 고지서를 클릭하려다 실수로 수의 메시지를 클릭해버렸다. 그러자 수에게 뜰 읽음 표시가 신경 쓰였고 인터넷에 '읽음 표시 안 뜨게 하는 법'을 검색했다.

나는 장례식장에 수가 오는 게 진심으로 불편했다. 그래서 두 번을 거절했고 그럼에도 수는 정말 왔다. 굳이 조문하러 오려는 사람의 방문을 세 번이나 거절하는 건 예의가 아니라고 주위들었기 때문에 말릴 수 없었다. 수는 으레 어른들이 하는 것처럼 자연스럽게 부조를 하고 영정 사진 앞에서 조의를 표했고 상주와 맞절을 했으며 그 옆에 서 있는 나를 가볍게 안아주었다. 그리고 육개장은 괜찮으니 떡과 귤만 좀 가져다달라고 했다. 수는 소주를 마시며 말했다. 나는 네 고모가 좋은 사람이라고 생각해서 온 거야.

수의 목소리는 가늘고 높아서 어딘지 무른 사람 같은 인상을 주었다. 하지만 나는 그래서 수를 사랑했다. 대수라는 이름이 너무 촌스럽고 남성적이니 수라고 불러달라고 부탁했던 수를 사랑했다. 나의 아버지는 낯선 이가 자신의 이름을 알아듣지 못할 때 김, 상, 남, 상남자 할 때 상남 말이요, 라고 말하는 사람이었기 때문에. 하지만 내가 수와 육 년간 함께했던 시간을 뒤로하고 헤어짐을 결심했던 것 또한 저런 식의 태도 때문이기도 했다. 그러니까, 네 고모가 좋은 사람이라고 생각해서 온 거야, 라는 식의 태도.

수는 소주 한 병을 다 비우고 갔고 엄마는 나에게 속 쓰릴 텐데 육개장 한 그릇이라도 먹이지 그랬냐며 핀잔을 주었다.
나중에 만나면 꼭 밥이라도 든든히 먹여라. 엄마는 언젠가 내
가 수와 다시 만날 것을 알고 있다는 듯 굴었다. 나는 수에게
빚을 지고 말았다는 생각이 들었고 그 빚이 내 의지로 생긴 게
아니라는 점 때문에 속이 끓었다. 나는 결국 커피를 다 마시고
담배를 한 대 피운 뒤 수에게 전화를 걸었다. 얼마 지나지 않
아 수가 전화를 받았다. 어. 나도 응답했다. 어. 수는 잠시 뜸
을 들이다가 말했다. 줄 게 있어. 나는 손등으로 눈을 비비며
대답했다. 어디로 가면 돼?

*

　순정은 아버지의 열다섯 살 터울이 지는 누나였다. 할아버
지는 아버지가 태어나고 얼마 지나지 않아 교통사고를 당해
세상을 떴고 할머니는 아버지가 여섯 살 때 위암으로 돌아가
셨다. 순정은 젊은 나이에 간병 일을 하며 아버지를 키웠다.
고등학교 졸업 후 공장에서 일하던 아버지는 갑자기 대학에
가겠다고 결심했다. 결국 아버지는 삼수 끝에 대학에 입학했
고 그 뒷바라지를 다 한 후에야 제 삶을 돌아본 순정은 자신이
이미 마흔을 바라보는 나이가 되었고 결혼 적령기가 한참 지
났다는 걸 깨달았다. 그러니까 내가 이러다 큰일나겠구나, 얼

른 시집가야겠단 생각밖에 안 한 거야. 그렇게 말하는 순정은 어쩐지 들떠 보였다. 언놈은 몇 가닥도 안 되는 머리에 무스를 바르고 나오지, 언놈은 나방에서 기피를 마시는데 재떨이에 가래를 쿠아악, 정말 그랬다니까. 그러면 아홉 살이었던 나는 순정의 무릎에 앉아 턱을 치켜들고 물었다. 규철 아저씨는?

그때 우리 가족은 방 두 개짜리의 낡은 이십 평 복도식 아파트에서 아버지와 엄마, 나와 순정까지 넷이서 함께 살았다. 순정은 그 당시 내가 자신을 순정이라고 불러주길 바랐다. 순정은 자신의 이름을 좋아했다. 하지만 언젠가부터 순정을 그저 고모라고 부르게 되었는데, 왜인지는 기억이 나지 않는다. 하지만 처음으로 순정을 순정 대신 고모라고 불렀을 때, 담담히 돌아보던 순정의 그 모습만은 기억에 남아 있다.

한 층에 여섯 세대가 다닥다닥 붙어 있었기에 나는 같은 층의 친구들과 쉽게 친해질 수 있었다. 주로 세 명이서 몰려다니면서 롤러블레이드를 타거나 역할극을 했다. 역할극을 할 때는 주로 내 방이자 순정의 방으로 갔다. 맞벌이를 하는 집이 우리집밖에 없었기 때문이었다. 순정은 우리를 위해 거실로 자리를 피해주었고 빌려온 비디오 따위를 보며 진득하게 앉아 담금주를 마셨다. 나와 친구들은 밀폐되고 퀴퀴한 냄새가 나는 작은방에 둘러앉아 가상의 남편을 설정했다. 주로 조성모와 유승준, 한경일이었다. 조성모가 가장 인기가 많았고 그다음이 유승준이었다. 우리는 나름 치열하게 자신이 그날그날 원하는 남편을 사수했지만, 암묵적으로 한 수 물러날 때도 있었다.

순정과 엄마는 우리가 그저 소꿉장난 비슷한 놀이를 한다고 여겼을 것이다. 하지만 아홉 살짜리가 고리타분한 놀이를 한다고 생각하는 건 어른들의 착각일 뿐이었다. 우리는 한 명씩 방의 모서리에 등을 보인 채 서서 눈을 감았다. 그러면 다른 한 명이 모서리에 선 사람의 바지를 벗기고 또 나머지 한 명이 팬티를 벗겼다. 모서리에 선 사람은 정말 수치스러워서 견딜 수 없다는 듯이 소리를 질렀다. 그러고는 다시 아무렇지 않은 표정으로 팬티와 바지를 추켜 입은 뒤 물러났고 다음 타자가 모서리에 섰다. 그렇게 한 바퀴를 돌린 후 우리는 재빨리 인형을 티셔츠 속에 구겨넣었다. 그런 다음 서로의 손을 잡고 각자의 남편을 부르며 고통스러운 표정을 지었다. 우리의 상상 속에서 서로의 손을 다정스레 잡아준 이는 남편이었으며 함께 선명한 출산의 고통을 겪고 있었다.

어느 날은 작은 다툼이 생겼다. 그날따라 누구도 암묵적으로 한 수 물러나려 들지 않았다. 셋 모두 조성모 아니면 유승준을 남편으로 삼겠다고 어깃장을 놓았고 한경일을 남편으로 삼겠다는 사람은 없었다. 그때 나는 유난히 양보를 하지 않는 규리가 문득 얄미워졌다. 규리야말로 조성모를 남편으로 삼은

횟수가 유독 많았다. 나는 새침하게 말했다. 규리야, 드세고 제멋대로인 여자는 결혼 못 하는 거 알지? 그러자 규리가 기다렸다는 듯 쏘아붙였다.

"그러는 너네 고모는? 소박맞았잖아."

그때 나는 소박의 의미를 이미 잘 알았다. 남편이 아내를 내치는 것. 그제야 왜 순정이 우리집에서 함께 살게 되고부터 고모부를 규철 아저씨라 부르라고 했는지 알 수 있었다. 나는 얼굴 쪽으로 피가 잔뜩 몰리는 것을 느끼며 자리에서 일어났다. 어디 가는데? 화장실.

최대한 아무렇지 않은 척 대답한 뒤 방문을 열었을 때, 그곳에는 순정이 있었다. 나도 모르게 숨을 훅 들이켰다. 순정은 난생처음 보는 싸늘한 표정으로 나와 친구들, 좁은 방에 널브러진 인형을 둘러보았다. 인형 하나는 다른 친구의 티셔츠 속에 들어가 있었다. 순정은 미천한 백성 위에 군림하는 왕처럼 큰 소리로 외쳤다.

"정말 불경한 아이들이구나."

그 순간 누군가 딸꾹질을 시작했다. 돌아보니 규리가 눈에 눈물이 그렁그렁 맺힌 채로 입을 틀어막고 있었다. 하지만 딸꾹질은 멈추지 않았고 장난감 오리에서나 나올 법한 꽥꽥거리는 소리가 몇 분간 지속되었다. 순정은 한숨을 쉬고 규리 옆에 앉아 손으로 규리의 코와 입을 단단히 틀어막았다. 견딜 수 있을 때까지 견뎌봐. 그러면 멈출 거야. 번들거리는 순정의 손가락 마디마디에는 잔주름이 깊고 정성스레 잡혀 있었다. 순정은 규리가 더이상 참을 수 없다는 듯 신음을 흘리며 틀어막은 손등을 할퀼 때까지 규리를 놓아주지 않았다. 그리고 놀랍게도 딸꾹질은 단숨에 멈췄다.

*

수를 만난 곳은 동대문역 근처에 있는 중식당이었다. 사귀었을 당시 자주 왔던 곳이니만큼 자연스레 메뉴를 주문했다. 공심채볶음과 가지튀김, 옥수수면 두 그릇. 처음에는 하얼빈 맥주를 시켰다가 나중에는 소주로 주종을 바꿨다. 서로 술을 주거니 받거니 하며 시답지 않은 근황을 나누었다. 나는 수에게 이런 얘기를 했다. 내 모티베이션은 불안이래. 누가 그래? 의사가. 그러자 수는 골똘히 생각하더니 그런 것 같기도 하다며 고개를 끄덕거렸다.

"왜?"

"너는 약속이 파투날까 걱정되면 늘 떠보잖아."

"내가 언제?"

"여행 가기 전날에 수건 챙겼냐고 물어보고, 약속 삼십 분 전에 무슨 색 셔츠를 입었냐고 물어보잖아."

"그게 왜 떠보는 거야."

"떠보려는 것만은 아니라고 할 수 있겠지. 하지만 완전히 아니라고 할 수 있어?"

나는 말없이 잔을 들어 수와 짠을 했다. 귀신 같은 자식. 그렇게 서로 이런저런 이야기를 꺼내놓으면서도 수가 가져온 커다란 쇼핑백이 신경 쓰였다. 현대백화점 쇼핑백이었는데 심지어 가장 최근에 출시된 친환경 디자인이었다. 술값은 내가 계산해야 하나. 2차도 간단히 해야겠다. 안에 뭐가 들었는지는 모르겠지만, 어쩐지 그래야겠다는 생각이 들었다. 육개장 한 그릇이라도 먹이지 그랬니. 엄마의 비난 섞인 목소리가 귓전을 울렸다.

"사실 이것 때문에 보자고 한 거야."

조심스럽게 아랫부분을 받쳐 쇼핑백을 건네는 수는 꽤 긴장한 표정이었다. 나 역시 아래를 받쳐 받아들었는데 묵직하고 단단하고 나름 커다란, 곡선을 가진 무엇이었다. 왠지 모를 기대에 부풀었던 나는 쇼핑백 안을 확인하고 터져나오는 허탈한 웃음을 참지 못했다. 이걸 왜 나한테? 아니, 이게 왜 너한테? 물음표가 와다닥 머릿속에 떠올랐지만, 쉽사리 말을 꺼낼 수 없었다. 수가 건넨 건 다름 아닌 로봇 청소기였다.

"내가 갖고 있을 게 아닌 것 같아서."

수는 그렇게 말하고 작게 기침을 한 뒤 맥주 한 병을 더 시켰다.

"이게 왜 너한테 있어?"

"받았으니까."

나는 소주와 맥주를 일 대 일 비율로 섞는 수를 가만히 바라보았다. 저 황금비율은 내가 알려줬다. 소주잔 기준으로 소주한 잔, 맥주 한 잔을 따라 섞으면 기가 막히게 양주 맛이 났다. 무슨 양주라고는 말할 수 없지만, 적당히 독하고 적당히 단맛이 나는 양주 맛. 그러니까, 소맥은 소주의 맛과 맥주의 맛을 적당히 조합해 균형을 맞추는 게 중요했다. 뭐든지 적당히. 웃기는 말이지만 어디에도 들어맞는 말.

"누구한테?"

정말 물어보고 싶지 않았지만, 물어보지 않고는 견딜 수 없었다. 스크래치가 잔뜩 나고 딱 봐도 연식이 오래된 것으로 보이는 그 로봇 청소기는 내가 고모에게 선물로 준 것이었다. 엄밀히 말해 선물이라기보다는, 뇌물 공여에 가까웠지만.

"몇 번 만났어. 내가 금융 관련 문제를 해결해드렸거든."

그래서 말했잖아. 정말 좋은 사람이었다고. 네가 모르는 게 있어. 수는 그렇게 말하고 양주 맛이 나는 소맥을 들이켰다. 나는 수가 단순히 은행에 몇 번 동행하는 걸 가지고도 '금융 관련 문제'라고 이야기할 수 있는 사람이라는 걸 알았다. 여기서 화가 나는 맥락은 내가 수에 대해 모르는 게 있다거나, 수가 고모를 감히 좋은 사람이라고 평가한다거나 하는 게 아니었다. 그 '금융'이라는 단어를 쓰기까지, 주의깊게 적합한 단어를 골라냈을 그의 세심함이었다. 나는 그런 종류의 세심함을 대할 때마다 수가 정말 나에 대해 한 치도 알려고 하지 않았다는 것을 깨달았다. 그렇게 신중하게 골라내며 선별한 단어가 종국에는 나를 초라하게 또는 아프게 만들었기 때문이었다.

하지만 수는 선하고 다감한 사람이었다. 환경에도 관심이 많아 현수막을 재활용해 만든 에코백을 들고 다니고 지하철 바닥에 놓인 돈통을 지나치지 못하는 사람. 내가 약속을 한 시간이나 늦어도 덕분에 책 한 권을 다 읽었다며 넉살 좋게 웃는 사람. 한번은 내가 자전거를 타다 넘어진 적이 있었다. 수는 자기가 타던 자전거를 팽개치고 단숨에 달려와 내 까진 무릎을 살펴보았다. 그리고 아까워서 어떡해, 예쁜 무릎, 아까워, 하며 심지어 털까지 난 내 무릎을 너무도 소중하게 여겨주었다. 그리고 결정적으로 내 고모의 금융 관련 문제를 해결해주었다.

나는 그 금융 관련 문제가 도대체 무엇인지 물어보고 싶었지만, 쉽사리 질문이 나오지 않았다. 장례를 치른 지도 얼마 되지 않았는데 돈 문제에 민감한 사람처럼 보일까 걱정이 되었다. 나는 얼마 남지 않은 소주와 맥주를 잔에 전부 붓고는 탈탈 털어 마셨다. 수가 어정쩡하게 상체를 일으키며 왜 그래,

했다. 수는 내가 불편해할 때 그 이유를 전혀 알지 못했고 그러다보니 언제 어떨 때 불편해하는지를 몰라 늘 전전긍긍했다. 나는 시원하게 잘 마셨다는 의미로 눈을 동그랗게 뜨고 입꼬리를 올려 장난스레 웃었다. 그리고 말했다. 가자! 나와 수는 소주 두 병에 맥주 세 병을 마셨다. 음식값을 포함해 칠만 원 정도가 나왔다. 나는 카드를 내미는 수를 가까스로 밀어내고 혼자 계산을 했다. 중식당 문을 나서며 말했다. 나 집까지 데려다주면 안 되냐.

*

순정은 규리가 말한 대로 늘그막에 애 딸린 남자와 결혼을 한 뒤 일 년도 지나지 않아 소박맞은 사람으로 소문이 나 있었다. 그런데 순정은 그 소문을 낸 당사자가 나의 엄마, 민애라고 확신했다. 왜 그런 확신을 했는지는 아무도 알지 못했다. 순정은 일을 그만두고 몇 번 선을 보다가 소문대로 결혼과 이혼을 같은 해에 치른 후 몇 달 뒤 내 방에 자기 짐을 부려놓았다. 그리고 고모부를 규철 아저씨라고 부르라고 해놓고선 나에게 이혼에 대해 일언반구도 하지 않았다. 물론 엄마와 아버지도 그랬다. 사실 누구도 뭐라 하지 않았을 뿐 그때 순정은 모든 걸 놓아버린 사람처럼 굴었다. 술을 많이 먹었고 대다수

160

사람을 미워했다. 하지만 엄밀히 말해 적어도 나는, 고모에 대해 그렇게 말할 수 없는 사람이었다. 누구보다 순정의 사랑을 흠뻑 받고 자란 아이였기 때문에.

순정은 일주일에 두 번 미사를 드렸다. 항우울제 및 각종 신경안정제로 무겁고 나른해진 몸을 이끌고도 기어이 성당에 나갔다. 그때마다 빠짐없이 나를 데려갔다. 세례를 받기 위해서는 예비신자 교육에 육 개월 동안 참가해야 했다. 그게 너무 싫어서 괜히 자는 척을 할 때도 있었다. 내가 좋아했던 것은 그저 아름다운 미사포를 쓴 순정 옆에서 예배를 드리고 순정이 받아먹은 영성체를 받아먹는 것이었다. 처음 순정이 영성체를 받아먹는 장면을 보았을 때, 나는 그것이 너무도 먹음직스러워 보여 견딜 수가 없었다. 그래서 냉큼 손을 내밀었고 순정은 난감해하며 내 조그만 두 손을 한 손으로 덮어 내렸다.

세례를 받지 못한 사람은 영성체를 받을 수 없어. 나는 순정의 단호한 목소리에 입도 벙긋하지 못했다. 순정은 그런 구석이 있었다. 어린이를 꼼짝 못하게 할 수 있는 절제된 위압감. 하지만 다음 미사 때부터 순정은 눈치를 좀 보다가 자기 입에 넣었던 영성체를 재빨리 꺼내 내 입에 넣어주었다. 눅눅해진 영성체는 한순간에 혀에 녹아들었다. 그렇게 순정은 미사 때마다 영성체를 자기 입에서 내 입으로 옮겨주었고 나는 잘도 받아먹었다. 나중에 천주교 신자인 친구에게 이 이야기를 들려주었는데, 그제야 그 행위야말로 몹시 불경했다는 것을 알게 되었다. 아직도 그때 신부님이 읊은 구절이 기억난다. 너희는 모두 이것을 받아먹어라. 이는 너희를 위하여 내어준 내 몸이다.

한편 순정은 엄마를 끔찍이도 싫어했다. 이유라면 어떤 게 있을까. 사람이 사람을 미워하는 이유야 많겠지만 아무리 미워도 그럴 수가 있나 싶을 정도로, 순정은 엄마를 미워했다. 엄마는 아버지와 결혼할 때만 해도 몸만 오라는 말을 철석같이 믿었다고 했다. 아버지가 정말 그렇게 말했고 또 순정도 세간살이나 집 평수는 천천히 늘려가는 맛이 있다며 맞장구를 치기도 했다. 그런데 엄마가 막상 왔을 때 순정은 이미 취할 대로 취한 얼굴로 손가락질을 한 것이었다. 어느 새댁이 밥솥 하나도 없이 살림을 차리냐!

엄마는 그날 당장 백화점에 가서 개중 가장 비싼 휘슬러 압력밥솥을 산 뒤 품에 안고 집으로 돌아왔다. 정말 순정은 밥솥 하나 사오지 않은 엄마가 그렇게나 싫었던 것일까. 당시 나는 순정이 소박맞은 이유가 엄마에게 못되게 굴어서라고 생각했다. 그때는 그런 게 당연한 업보라고 생각했으니까. 보도에서 손을 들고 길을 건너는 질서처럼. 엄마에게 옳지 못한 소리를 할 때마다 순정이 그런 식으로 자기 삶을 해치고 있는 거라고 굳게 믿었다. 그래도 부정할 수 없는 사실은, 나는 나에게 사랑을 흠뻑 주는 고모를 흠뻑 사랑했다는 것이다. 그 어린 나이에도 순정 앞에서 절대로 엄마의 편을 들면 안 된다는 걸 알았다. 그 시절의 나에게 사랑이란 그런 식으로 모종의 불안을 동반하며 아슬아슬한 선을 넘나드는 무엇이었다.

언젠가 엄마가 알탕이 먹고 싶다고 한 적이 있었다. 그때까지 나는 알탕을 한 번도 먹어본 적이 없었는데, 엄마는 와득 깨물면 입안에서 톡톡거리는 식감이 나는 김치찌개라고 설명했다. 얼마나 흥미로운 맛인가. 팝핑 캔디의 김치찌개 버전일까? 나는 단숨에 가자! 했고 엄마도 가자! 했다. 그런데 막상 먹은 알탕은 생각했던 그 맛이 아니었다. 정확히 무슨 맛을 기대했는지는 설명할 수 없지만 어쨌든 '그 맛'은 아니었다. 알도 알처럼 생기지 않고 징그럽기만 했다. 나는 속상해서 울음을 터뜨렸고 엄마는 꿋꿋이 내 몫의 알탕에 든 알까지 모조리 건져 간장에 찍어 먹었다.

그날부터 시작되었다. 엄마는 일간신문을 읽다가도 활자 너머로 따가운 시선이 느껴진다고 했다. 그래서 신문을 접어 그 너머를 바라보면 그곳에서 순정이 발코니 밖 하늘을 보고 있다는 것이었다. 네 고모가 나를 째려보니? 엄마는 그렇게 물었고 나는 모른 척했다. 하지만 나는 순정의 소름 끼치는 시선을 똑똑히, 그것도 몇 번이나 보았다. 그 독기어린 눈빛의 진실은 엄마가 목놓아 울며 아버지에게 토로하고, 아버지가 순정의 어깨를 흔들며 도대체 왜 그러는 거냐고 소리를 질렀을 때야 밝혀졌다. 이유는 생각보다 간단했다. 자기 빼고 알탕을 먹으러 가서. 정말 그뿐이었을까? 적어도 나와 엄마에게는 그뿐이었다. 남몰래 아끼던 수제 비누를 맘대로 썼을 때, 유통기한 지난 음식을 말도 안 하고 버렸을 때 그런 식의 괴롭힘이 일어났고 짧게는 사흘, 길게는 한 달까지도 갔다. 이 모든 괴롭힘은 정확히 엄마에게만 가해졌다. 더 놀라운 것은 순정이 이웃에게는 늘 친절했다는 것이다. 사랑스럽고 인심이 좋으며 넉살 두둑한 마흔 중반의 여자. 하지만 애 딸린 남편에게 소박맞은 여자. 그렇기에 드세고 제멋대로일 수도 있는 여자. 그당시 나는 순정과 흠뻑 사랑에 빠져 있었지만, 어느 순간부터 순정이 참을 수 없이 미워지기 시작했다.

*

나와 수는 얼큰하게 취해 있었다. 청계천을 걸으며 수가 몇 번 손을 잡으려고 시도했지만, 나는 자연스럽게 현란한 노래방을 가리키고 돌부리에 걸려 넘어질 뻔하고 길바닥에서 쓰레기를 주우며 절대로 분위기가 그런 쪽으로 향하지 않도록 노력했다. 요즘 수는 닌텐도로 포켓몬 게임을 다시 한다고 했다. 잡을라치면 단데기가 너무 많이 나와서 실망하게 된다며 휴대폰으로 단데기 이미지를 보여주었다. 알고는 있었지만, 다시 보니 퍽 개성 있는 생김새였다. 초승달 모양의 무료하게 생긴 번데기. 기술이 형편없어? 내가 묻자 수가 대답했다. 그냥 '단단해지기'가 기술이야.

"야, 단데기도 단단해지느라 바빠."

"네가 단데기를 어떻게 알고."

"몰라도 알겠다."

사실 그렇게 말하면서도 백팩에 겨우 구겨넣은 로봇 청소기가 신경 쓰였다. 나는 틈을 봐서 수에게 어떻게 고모에게서 로봇 청소기를 받게 되었는지 알아내고 싶었다. 또한 그 금융 관련 문제가 도대체 무엇인지.

"근데 고모한테 왜 로봇 청소기를 사준 거야?"

"왜?"

"사용 방법도 잘 모르시던데."

"그래서 사준 거야."

전원 버튼만 누르면 나머지는 기계가 알아서 하니까. 처음에 스캔만 해두면 방 넓이와 구조물을 전부 파악해서 저장하니까. 그다음은 전원 버튼만 누르면 알아서 이리저리 구조물을 피해 먼지를 흡입한다. 물론 상세한 조작은 주로 엄마가 했지만, 고모는 적어도 전원을 켜고 끄는 방법은 알았다. 로봇 청소기는 켜는 순간 먼지를 빨아들였고 끄는 순간 제 위치를 찾아 들어가 스스로 배터리를 충전했다. 엄마는 고모가 청소기를 곧잘 사용한다고 했다.

나와 수는 종로 쪽에 다다랐을 때 청계천에서 올라와 도심을 걸었다. 새벽 두시쯤 되었는데 거리에 술 취한 사람들이 잔뜩 있었다.

"저기 봐라."

그중 수가 가리킨 이들은 손을 잡고 길바닥에 마주앉아 있는 여와 남이었다. 정말 이상한 자세로 앉아 있어서 그냥 지나치기가 어려웠다. 그러니까 꼭 함께 스트레칭을 하는 자세로, 양다리를 찢은 상태로 두 손을 맞잡고 각자 서로의 한쪽 어깨에 머리를 기대고 있었다. 나는 그들에게 가까이 다가가 눈을 뜨고 있는지 감고 있는지 유심히 살펴보았다.

"그냥 가자."

"저러다 큰일나. 입이라도 돌아가면 어떡해."

"커플이잖아."

나이브하긴. 나는 그렇게 생각하면서 여자를 먼저 깨웠다. 꽤 떨어진 곳에 가방 하나가 널브러져 있었다. 가방을 주워오는 동안 여자는 미동도 하지 않았다. 이번에는 여자의 어깨를 잡아 일으켜 세운 뒤 가방을 몸통에 사선으로 걸어주었다. 그러자 여자는 눈썹을 찌푸린 채 벌떡 일어나 가방끈을 잡았다.

"위험해요."

내가 말하자 여자는 잠시 주위를 둘러보더니 제 앞에 있는 남자를 보고 화들짝 놀랐다. 그리고 내게 꾸벅 인사를 한 뒤 비틀거리며 도망치듯 자리를 떴다. 남자는 게슴츠레한 눈으로 주변을 둘러보다 비척비척 어디론가 걸어갔다. 나는 의기양양한 표정으로 수를 돌아보았다. 그러자 수가 입맛을 다셨다.

"내가 가서 깨웠으면 화냈을 거지."

"왜 화를 내겠어."

"나서지 말라고."

아무 말도 하지 못했다. 정말 수가 나서서 그 둘을 깨웠다면 나는 짜증을 부렸을 확률이 높다. 수가 늘 그런 식으로 자기 삶을 정당화하려 든다고 생각했을 테니까. 삶은 기괴한 얼굴을 하고 있다. 나는 그 기괴한 얼굴을 들여다보는 게 중요하다고 생각했다. 그런데 수는 도무지 그 기괴한 얼굴을 들여다보려 하지 않는 것만 같았다.

고모에게 로봇 청소기를 사준 건 오 년 전쯤이었다. 작은 교육 마케팅 회사에 취직해서 입사를 앞두고 있었고 꽤 큰 규모의 마케팅 공모전에 당선된 터라 가족 모두 겹경사라며 좋아했다. 고모는 그즈음 안 아픈 날이 없어 매일 방에서 지냈다. 밥도 엄마가 정갈하게 차려 방문 앞에 두면 한참 뒤에 문을 열고 가져가 다 먹은 뒤 빈 트레이만 내놓았다. 그즈음 따로 살기 시작한 나는 금의환향하듯 집에 와서 엄마가 차려준 밥을 두 그릇이나 해치웠다.

　문제는 다름 아닌 식기세척기였다. 손가락에 염증이 생긴 엄마에게 아주 오래전부터 식기세척기를 사주고 싶었고, 상금을 받은 김에 결국 구매하기로 마음을 먹었다. 하지만 웬만한 식기세척기는 부엌의 하부 장을 트고 설치하는 방식이었다. 우리집 부엌은 상부 장이 없는 구조였기 때문에 높이가 높고 속이 깊은 하부 장을 최대한 촘촘하게 설치해둔 상태였다. 결국 나는 싱크대 옆에 올려둘 수 있는 4인용 식기세척기를 구매했고 기사는 단숨에 적절한 자리를 찾아 설치해주었다. 거치형이라 가격이 다른 상품에 비해 저렴한데다가 엄마에게 부엌 구조에 따른 최선책이라며 합당한 설명을 해줄 수 있어 나름 만족스러웠다.

　다음날, 고모가 부엌에 새로 들어온 그 묵직한 가전을 발견하고 엄마에게 물었다. 성혜가 사줬어? 엄마는 그렇게 말렸는데도 사왔다고, 쓸데도 없고 비싼 것도 아니라고 했다. 그러고는 덧붙였다. 저는 정말 싫어요. 아니나다를까, 고모는 그날부터 다시 술을 마시기 시작했고 자기 멋대로 처방 약을 골라 먹었다. 아주 오래전부터 고모는 그런 식의 불만 표출이 패턴화되어 있었다. 나는 엄마의 전화를 받고 고심해서 '고모를 위한' 가전을 골라야 했다. 그리고 직접 가전 매장에 가서 구매한 뒤 포장을 하고 한 시간 거리의 본가에 가 침대에 무력하게 앉아 있는 고모에게 안겨준 것이 바로 이 로봇 청소기였다. 고모는 서물을 받아들고 수줍게 웃었다. 뭘 이런 걸 다. 다 컸네, 우리 애기. 나는 얄미워 죽겠는 마음이 약간 누그러지는 걸 느꼈지만, 바로 그 순간 백화점에서 값비싼 압력밥솥을 찾아 돌아다녔을, 마르고 하얀 스물일곱 새댁이 떠오르고 말았다.

그래도 나는 진심으로 물었다. 고모, 힘들죠? 그러자 고모가 오래도록 하소연했다. 네 엄마가 말을 걸어도 대답을 안 한다. 치과도 가야 하고 시장도 가야 하는데. 고모는 울었다. 나는 그 하소연을 전부 다 들으면서 절대로 엄마 편을 들지 않았다. 다만 그런 건 아버지한테 부탁하라고 말했다.

*

순정에게 역할극 내용을 들키고 난 뒤, 우리 셋은 함께 놀지 않았다. 이따금 아파트 복도에서 마주쳐도 데면데면했다. 규리는 그래도 미안했던지 내게 종종 말을 걸어오긴 했는데, 그때 함께 있었던 아라는 다신 우리와 놀지 않겠다며 장문의 이메일을 보내왔다. 나와 규리는 터무니없고 못된 행동을 한 아라를 씹으면서 본격적으로 다시 친밀감을 쌓기 시작했다. 그렇게 우정은 배신을 딛고 무럭무럭 성장했고, 규리는 다시 우리집에 드나들기 시작했다. 순정은 규리를 별로 탐탁지 않아

하는 것 같았지만, 별말은 하지 않았다. 내게 규리 말고는 별다른 친구가 없다는 걸 알았기 때문이었을 것이다.

당시에는 나조차도 몰랐지만, 그때 나에게는 규리에 대한 앙금이 아직 남아 있었던 것 같다. 여름방학의 어느 날, 우리는 방에서 각자 그림을 그리고 있었다. 규리는 내가 생일 선물로 사준 펜촉으로 소녀를 그렸다. 눈망울이 크고 속눈썹이 길었다. 내가 옆에서 슬쩍 보자 규리는 조심스레 겨드랑이에 털을 몇 가닥 그린 뒤 킬킬 웃었다. 그렇게 그림 그리기 놀이도 지겨워질 무렵, 나는 규리에게 재미있는 놀이를 하나 하자고 제안했다. 뭔데? 일단 와봐. 나는 신발장을 열고 그 안에 있던 공구 박스를 한참 뒤져 규리에게 선보일 물건을 꺼냈다. 그리고 화장실 안에 서서 규리를 불렀다. 규리는 어쩐지 들어오기를 망설였다.

"뭐 하게?"

"재밌는 거."

"이상한 거 하지 마."

"이상한 게 뭔데."

"아무튼. 나 진짜 싫어."

벌써 규리는 겁을 잔뜩 집어먹고 있었다. 생각해보면 규리는 유독 예민한 아이였던 것 같다. 이미 일어난 일과 앞으로 일어날 일 사이의 묘한 긴장감을 빠르게 알아차리는 아이. 훗

날 문득 규리가 떠오를 때면 나는 규리의 부모가 과연 어떤 사람이었을지 생각해보았다.

화장실 불을 끈 뒤 문을 닫았다. 공구 박스에서 꺼내온 커다란 양초에 라이터로 불을 밝혔다. 어두운 화장실에 연한 불빛이 일렁였고 거울 너머로 희미하게 나와 규리의 얼굴이 비쳤다. 나는 일부러 규리가 나가지 못하게 문 쪽을 막아섰다. 규리가 밤에도 불을 끄고 자지 못한다는 건 이미 알고 있었다. 우리는 비밀이랍시고 서로에게 그런 것들을 잘도 털어놓았으니까.

"너 〈달리기〉라는 노래 알아?"

"알지."

"그 노래가 실화래."

"실화?"

"응. 그래서 어둠 속에서 촛불을 켠 채로 그 노래를 한 곡 다 부르면, 실제 그 노래의 주인공이 거울에 등장한대."

"죽었어?"

나는 비장하게 고개를 끄덕였다. 〈달리기〉는 사실 자살에 관한 노래야. 나는 자살이라는 단어를 최대한 속삭이듯 말했다. 규리는 내 말이 끝남과 동시에 화장실 문고리를 돌리려고 했지만 나는 온몸으로 규리를 막아내며 노래를 부르기 시작했다.

*지겹나요. 힘든가요. 숨이 턱까지 찼나요. 할 수 없죠. 어차*
*피 시작해버린 것을.*

점점 규리의 반응이 격렬해졌다. 나는 규리가 비명을 질러
대면 질러댈수록 절대 물러나고 싶지 않은 기분이 들었다.

*……단 한 가지 약속은 틀림없이 끝이 있다는 것. 끝난 뒤*
*엔 지겨울 만큼 오랫동안(오랫동안) 쉴 수 있다는 것.*

규리는 귀신 들린 사람처럼 소리를 지르며 나에게 달려들었
다. 그 바람에 들고 있던 초가 쓰러졌고 고여 있던 촛농이 규
리 쪽으로 쏟아졌다. 그때 화장실 문이 벌컥 열리고 흰빛이 새
어들어왔다. 나는 순간적으로 눈이 부셔서 눈을 찡그렸고 무
의식적으로 손차양을 만들었다. 그곳에는 순정이 있었다. 순
정은 놀란 눈으로 나와 규리를 번갈아 봤고, 혼절할 듯 울어대
는 규리가 입은 티셔츠 한쪽을 어깨 아래까지 내렸다. 촛농은
규리의 목과 어깨를 타고 쇄골 근처까지 흘러 있었다. 금세 딱
딱하게 굳은 촛농 안쪽으로 살갗이 벌겋게 부풀어올라 있었
다. 순정은 호흡이 가쁜 규리의 등을 멍하니 쓸어주다가 내 뺨
을 강하게 내리쳤다. 나는 나를 포함한 모든 세계가 진동하는
것을 느꼈다.

*

　집 근처 언덕길에 다다랐을 때 비로소 수기 금융 관련 이야기를 꺼냈다. 언젠가 나를 데려다주다가 수의 휴대폰이 방전된 적이 있었다. 나는 하는 수 없이 수를 우리집에 잠시 들였는데 마침 집에 있는 사람은 고모뿐이었다. 그리고 내가 화장실에 간 사이, 고모가 수첩을 가져와 수의 이름과 전화번호를 묻고는 펜으로 꾹꾹 눌러 적었다는 것이었다. 그로부터 몇 달 뒤, 수에게 고모의 연락이 왔다.

　고모는 '금융 관련 문제'를 함께 해결해줄 수 있냐고 부탁해왔다고 했다. 고모가 스스로 '금융 관련 문제'라고 했단 말이야? 내가 묻자 수가 담담히 고개를 끄덕였다. 나는 멋대로 수를 판단한 것이 민망해졌다. 수의 말에 따르면 고모에게는 2000년에 들어놓은 우체국 보험이 하나 있었다. 그 보험을 든지 삼 개월 만에 위암 판정을 받았다. 고모가 알고 들었는지 모르고 들었는지는 정확히 규명할 길이 없었고, 보험사 측에서도 다른 도리가 없었는지 보험금을 지급했다. 그렇게 고모는 성공적으로 치료받을 수 있었고 보험료 납부 삼 개월 만에 나머지 이백삼십팔 개월 치 보험료를 면제받았다. 그리고 이십 년 만기가 지난 시점에 만기금을 수령했다. 그 만기금 수령을 수가 도왔다.

"그걸 왜 네가?"

"나야 모르지."

항변하듯 모른다고 말하는 수의 태도는 늘 한결같았다. 수가 그러면 니는 답답한 얼굴로 쏘아붙이곤 했다. 그걸 네가 왜 몰라. 넌 알아야지. 다른 사람은 몰라도.

"아버지도 있고, 엄마도 있는데. 나도 있고."

"가족은 믿는 게 아니라 그러셨어."

나는 침착하려 애썼지만, 숨이 가빠오는 건 어쩔 수 없었다. 고모가 그런 말을 했을 생각을 하니 피가 거꾸로 솟았다. 또 무슨 말을 했는데? 수는 우물쭈물하면서도 그날 고모와 있었던 일을 다 말해주었다. 수와 고모는 오후 한 시쯤 만나 주민센터에서 만기금 수령에 필요한 서류를 뗐다. 유난히 더운 여름날이었는데 고모와 수는 추울 지경인 실내에서 자판기 커피를 후후 불어 마셨다고 했다. 마스크를 썼다 벗었다 해가며.

그렇게 서류를 뗀 후에는 고모가 점심을 먹자고 했다. 수와 고모는 주민센터 근처의 콩국숫집에 가서 콩국수 두 개를 시켰다. 고모는 설탕을 넣어 먹었고 수는 소금을 넣어 먹었다. 수는 콩국수를 먹을 때 김치는 입에도 대지 않는 주의였지만, 고모가 새빨간 김치를 수의 하얀 콩국수 위에 턱 얹어주었다. 조금 기분이 안 좋았는데 막상 먹어보니 맛있어서 김치를 두 번이나 리필했다.

군이 현금으로 만기금을 수령하고 싶다는 고모의 성화에 우체국에 방문한 수와 고모는 또 얼음 왕국 같은 대기실의 의자에 앉아 따뜻한 커피를 후후 불어 마셨다. 마스크를 썼다 벗었다 해가며. 생각보다 수가 도울 일은 없었다. 콩국수만 얻어먹었네. 괜히 머쓱해진 수는 종이컵에 담긴 커피를 유심히 바라보는 고모에게 말을 걸었다.

"성혜 어릴 때는 어땠어요?"

고모는 수의 질문에 대답하지 않았다. 대신 이렇게 말했다.

"걔는 지 엄마만 끔찍이 아껴."

그러더니 고모는 넋두리를 시작했다. 고열로 실신한 세 살짜리 성혜를 자기가 업고 뛰어 병원에 데려갔다고. 세상에서 누굴 제일 사랑하지? 하면 성혜가 단번에 순정이? 했다고. 어린이집에서 이를 옮아오는 바람에 촘촘한 머리카락 한 올 한 올 걷어가며 쌀알만한 벌레를 밤새 골라냈다고. 그러다 고모는 자기 차례가 되어 창구로 향했다. 수는 고모의 깡마른 뒷모습을 바라보며 어쩐지 몹시 피로하단 생각을 했다. 커다란 가방에 만기금 이천만원을 채워 담은 고모는 그것을 자연스레 수에게 맡겼다. 가족도 믿지 못하면서. 참 알 수 없는 노인이네. 수는 그 커다란 가방을 들고 전력을 다해 도망가는 상상을 했다며 웃었다.

*

초등학교를 졸업하고 이사를 하기 전까지 늘 순정과 같은 방을 썼다. 책상도 없이 엎드려 책을 읽거나 받아쓰기 숙제를 했다. 나와 순정은 밤 열시쯤이면 잠들었는데, 순정은 꼭 잠들기 전 성모상 앞에서 기도를 하고 약을 먹었다. 순정은 오래전부터 조울증을 앓고 있었는데, 복용 기간이 오래되다보니 어떤 약이 기분을 어떻게 만드는지 잘 알고 있었다. 순정은 심상한 표정의 약사처럼 여러 가지 방식으로 약을 조합해 녹는 종이에 싸서 먹었다. 그러지 않으면 그 많은 알약을 다 삼킬 수 없다고 했다.

"그게 뭐야?"

"먹는 종이."

"무슨 맛이 나?"

"아무 맛도 안 나."

하지만 순정은 너무도 맛깔나게 약을 싸 먹었다. 꼭 쌈을 싸 먹듯. 그렇게 기도와 복용을 마치고 나면 이불을 깔고 자리에 누웠다. 약을 먹은 순정의 눈은 흐리멍덩했다. 고개를 돌리는 것도 끄덕이는 것도, 손을 드는 것도 아주 천천히 했다. 나는 몽롱한 순정이 이불을 목 끝까지 올려 덮으면 모든 의식이 끝난 것처럼 불을 끄고 자리에 누웠다.

하지만 불을 끈 뒤에 진짜 마지막 의식이 남아 있었다.

"성혜야."

"응."

"민애가 좋아, 내가 좋아?"

"순정 고모."

"상남이가 좋아, 내가 좋아?"

"순정 고모."

"규리가 좋아, 내가 좋아?"

"순정 고모."

"내가 콱 죽어버리면 어떡할래?"

"안 돼!"

"물에 빠져서 고통스럽게 죽으면?"

"그러지 마."

"오토바이에 치여서 온 뼈마디가 부러진 채로 죽으면?"

나는 울기 시작했다. 순정은 그런 질문을 나른한 목소리로 끊임없이 해댔고 내가 울면 그제야 질문을 멈추었다. 그다음 팔로 내 얼굴을 감싸며 속삭였다. 그러니까 고모가 만약 아프면. 아프면? 꼭 보살펴줘. 나는 힘차게 고개를 끄덕였고 그제야 우리는 잠에 빠져들 준비를 했다.

순정은 순식간에 잠이 들었다. 게다가 잠만 들었다 하면 아무리 흔들어도 깨어나지 않았다. 죽었을까봐 무서워서 따귀를 때려본 적도 있었다. 하지만 순정은 단지 깊이 잠들었을 뿐이었다. 몸부림 또한 꽤 심한 편이라 나를 소중하게 다루는 것과는 별개로 자주 내 몸을 깔아뭉개며 팔꿈치로 얼굴을 때리곤했다.

그날은 유난히 알약들이 먹음직스럽게 보였다. 순정이 잠든 사이 성모상 옆 양초를 켠 후 서랍장을 열고 형형색색의 알약을 꺼냈다. 그리고 먹는 종이 한 장을 조심스레 꺼냈다. 쌈을 싸 먹듯이 가장 예쁘고 영롱한 색깔의 약들을 골라 투명한 종이에 올렸다. 그리고 귀여운 유부 주머니 모양으로 싸서 순정이 남긴 물과 함께 먹었다. 후에는 무릎을 꿇고 합장한 채 성모상 앞에서 기도했다. 순정이 그랬듯이. 은총이 가득하신 마리아님, 기뻐하소서. 주님께서 함께 계시니 여인 중에 복되시며, 태중의 아들 예수님 또한 복되시나이다.

일순간 몸에서 모든 피가 빠져나가는 느낌이 들었고 어쩐지 나는 몹시 충만하고 완전해진 기분을 느끼고야 말았다. 인제 와서 생각건대, 현재 나의 모든 불행은 그만큼 충만한 기분을 일평생 다신 느낄 수 없을 거라는 확신으로부터 비롯되는 것 같다. 그뒤로 의식을 잃었다. 정확히 사흘 뒤에 깨어났고, 온 가족이 나만 바라보고 있었으며 순정은 울고 있었다. 엄마는 그런 순정의 머리채를 잡았다. 여전히 그 풍경을 똑똑히 기억하고 있다. 당시 나는 그 모든 상황이 약간 만족스러웠다.

그로부터 이십 년이 지난 후 나는 순정만큼은 아니지만, 소량의 항우울제를 처방받아 먹고 있다. 중소기업의 적은 월급에 비해 나가는 돈이 너무 많고 삶이 나아질 기미기 보이지 않아서, 내 집은 없는데 남의 집이 너무 비싸서, 손 안 대고 돈 버는 사람들이 있어서, 애인이 미워서, 다양한 방식으로 마음이 헐었다. 하지만 아버지는 식탁 앞에서 짐짓 심각한 얼굴로 말했다. 정신병도 유전이야. 유전.

*

집 앞에 다다른 나와 수는 그냥 들어가기가 아쉬워 편의점 앞에서 맥주를 한 캔씩만 더 마시고 들어가기로 했다. 나는 에일을 골랐고 수는 라거를 골랐다. 아무도 없는 새벽이라 눈치를 보며 파라솔에 앉아 담배를 피웠다. 술이 술술 들어간다. 수가 웃으며 말했다. 그러더니 뭔가 생각난 듯 등을 세워 내 눈앞에 검지를 갖다댔다.

"고모가 십만원을 줬어. 수고했다고."

십만원 때문은 아니지만, 나는 고모가 정말 좋은 사람이라고 생각했어. 수는 그렇게 운을 뗐다. 그날 이후로 고모는 하루가 멀다 하고 수에게 전화를 걸기 시작했다. 내가 상남이한테 인생을 바쳤거든. 그런데 상남이는 무심해도 너무 무심해.

민애는 어떤지 아니? 그렇게 시작한 푸념은 결국 '성혜 걔는
지 엄마를 끔찍이도 아끼잖아'로 끝났다고 했다. 그래서 두 번
정도 다시 고모를 만난 거야. 수가 그렇게 말했을 때, 나는 또
화가 났다.

"싫은데 왜 만나?"

"싫은 게 아니야."

"귀찮았잖아. 괜찮아. 나도 귀찮았어, 평생."

"외로워하시는 것 같아서 그랬어."

"네가 평생 그 외로움을 책임질 수는 없잖아."

"평생 외로움을 책임질 수 있는 사람만 그 사람을 보살필
수 있니?"

할말을 잃었다. 나는 수가 언제나 착한 척을 한다고 생각했
다. 엄밀히 말하면 척은 아니었지만 달리 정확하게 표현할 방
법이 없었다. 수는 늘 자신의 마음이 진심이라고 믿어 의심치
않았지만, 나는 그게 진심이 아니란 것을 알았고 그걸 제발 수
가 깨닫길 바랐다. 하지만 수는 내가 자신의 의도를 왜곡하고
곡해한다고 주장했다. 그러면 나는 그야말로 자기 자신을 왜
곡하고 곡해하며 삶을 만족스러운 방식으로 정립한다고 생각
했다. 그러나 요즘 들어서는 수야말로 최선의 태도를 고민하
며 사는 사람이 아닐까, 그런 생각이 들기도 했다. 어쨌든 그
태도란 건 내가 평생 시달릴 고통과 우울, 그리움과도 맞닿아

있는 문제였다.

일명 〈달리기〉 사건이 있고 규리 역시 내게 장문의 메일을 보내왔다. 나는 그 메일을 읽지도 않고 삭세해비렸다. 울며불며 우리가 나눴던 가족에 관한 대화들이 거슬렸기 때문이었다. 그때 알았다. 가까운 사람에게 비밀을 털어놓는 것은 언제고 꺼낼 수 있는 무기를 쥐여주는 거나 다름없다는 걸. 만약 내가 먼저 규리에게 메일을 보냈다면 그 메일은 응당 이렇게 시작했을 것이다. 난 네가 배신할 줄 알았어. 넌 네 엄마를 꼭 빼닮았잖아.

"정신병은 모계유전이라던데."

딱 그 한마디가 나를 무너뜨렸다. 나와 수를 이어주던 견고한 애정의 끈이 끊어져버렸다. 우리는 그때 PC방에서 게임을 하면서 오랫동안 시달린 공포에 대해 이야기하고 있었다. 발을 이불 밖으로 꺼내놓고 잘 수 없는 공포, 찌그러진 원에 대한 공포, 천둥에 대한 공포. 둘 다 별로 실력이 좋지 않아 대충 연습 게임을 하며 헤드셋을 통해 시시콜콜 떠들고 있었다. 그때 어쩐지 그 말을 하고 싶었다. 그때는 그랬지, 하는 어조로. 나는 상대 캐릭터의 머리를 신중하게 조준하며 말했다. 나는 고등학생 때 내가 심각한 정신병에 시달리고 있다고 확신했어. 수는 고모의 병력을 상세히 알고 있었다. 그래서 그렇게 받아친 것이겠지. 너는 운좋게도 유전의 영향에서 벗어났다고.

물론 항간에 퍼진 정신병의 모계유전 관련 이야기가 의학적으로 타당하지 않다는 건 알고 있었다. 또한 수의 말대로 나도 내 우울에 고모가 차지하는 비중이 크다고 생각하진 않는다. 하지만 고모는 내 새끼발가락이 자기 새끼발가락과 똑같이 생겼다고 했다.

분명 나와 고모 사이에는 공유된 무언가가 있었다. 그것은 내가 태어나면서 물려받은 무언가였을 수도 있고, 고모의 영성체를 받아먹고 주름진 손등을 쓰다듬으며 이루어진 느슨한 관계성이었을 수도 있다. 나에게 흠뻑 사랑을 주던 고모가 내가 가장 사랑하는 엄마를 증오하고, 내가 가장 사랑하는 엄마가 나에게 흠뻑 사랑을 주던 고모에 의해 삶을 비관하고, 나를 포함해 그 모두의 사랑을 받는 아버지는 우리 중 누군가가 죽기 전까지 절대로 이 문제를 해결할 수 없다는 걸 아주 오래전부터 깨달아왔을 것이다. 그리고 정신병도 유전이야, 라고 말할 수 있는 사람이 되어 삶을 그럭저럭 살아올 수 있었겠지.

그날 나도 그럭저럭 수가 한 말을 넘겨냈다. 하지만 그 말이 두고두고 나를 괴롭혔다. 그렇게 말할 수 있는 게 아닌데. 수는 내가 정말 사랑하는 사람이고, 수는 나를 정말 사랑하는 사람인데, 그렇게 외부인처럼 말해서는 안 되는 게 아닐까. '모계유전'이라는 말이 나에게 주는 비관적 함의는 대단했다. 내가 정말 정신적으로 큰 문제를 겪게 되었는데 그 원인이 모계유전이라고 말한다면 내가 겪어온 모든 고통이 엄마의 유전자적 결함으로 치환되고 고모의 인생을 끊임없이 괴롭혔던 조울증은 할머니의 유선사적 결함으로 치환되는 거겠지.

하지만 내가 아는 것은 고모나 엄마가 그저 나에게 끔찍한 사랑을 흠뻑 물려주었을 뿐이라는 사실이다. 나는 아직도 그 사랑의 정체가 무엇인지 모른다. 그리고 그 사랑과 결함이 나를 어떻게 구성했는지도. 나는 실제로 고등학교 때 정신병이 유전되었을까봐 몹시 두려워했으며 내가 이상한 상태가 아니라는 걸 확인하기 위해 친구들의 상태에 대해 끊임없이 물었다. 그러면서도 정신과는 절대 가지 않았다. 우리 가족은 고모의 영향으로 향정신성 약물에 대한 크나큰 불신을 안고 있었으니까.

수는 고모를 두 번 더 만나는 동안 함께 했던 일들에 대해 알려주었다. 맥도날드에서 아이스크림을 먹거나 인사동에서 차를 마셨다고 했다. 고모는 언젠가부터 푸념을 멈추었고 종종 선을 봤던 이야기를 들려주었다고 했다. 그 남자가 뭐 어떻게 했다더라. 얘기 끝에 수가 물었다. 내가 무미건조하게 대답했다. 재떨이에 가래침을 뱉었다고. 그리고 수가 고모를 마지막으로 본 날, 고모는 로봇 청소기가 든 커다란 분리수거용 비닐봉투를 수에게 건넸다. 몇 번을 거절해도 소용없었다. 고모는 더이상 본인에게는 필요 없지만, 버튼만 누르면 알아서 청소를 해주는 신통한 녀석이라며 한사코 거절을 거절했다. 그리고 불쑥 물었던 것이다. 성혜랑 결혼하니? 수가 좀처럼 대답하지 못하자 고모는 아주 큰 비밀을 털어놓는 사람처럼 조심스러운 얼굴로 속삭였다. 나는 집에서 따돌림을 당해.

*

고모의 부고를 알리고 장례를 치를 때 좀 씁쓸했던 기억이 있다. 사정을 몰랐던 먼 친인척들이 고모가 어떻게 죽었는지 한 번씩 물어왔는데, 나는 그들이 고모가 당연히 자살했다고 생각한다는 걸 알아차렸다. 속으로 코웃음을 쳤다. 고모를 한 치도 모르는 사람들이나 그런 생각을 할 것이다. 누구보다도 생존하고 싶어했던 사람이 고모였으니까. 끈질기게 건강식과 영양제를 챙겨 먹고 햇빛을 받기 위해 산책하고 그 좋아하는 담배도 하루에 한 대만 피웠던 사람이었다. 물론 말로는 언제 죽어도 괜찮다는 듯 굴었지만.

야, 지겹다. 지금이 몇시냐. 내가 수에게 물었다. 네시가 넘었네. 동트겠다. 넌 아직도 나한테 할 말이 그렇게 많니? 내가 농담조로 묻자 수가 수줍게 웃었다.

"로봇 청소기 고맙다. 안 그래도 지금 집이 난장판이거든."

수는 눈을 굴리며 고개를 끄덕거렸다. 맥주 캔을 정리하고 집으로 향했다. 함께 기다려줄 테니 콜택시를 타고 가라고 권했지만, 수는 굳이 집 앞까지 데려다주겠다고 했다. 어둡던 하늘이 점점 밝아지고 있었다. 그리고 갑작스레 굵은 비가 쏟아져내리기 시작했다. 나와 수는 빠르게 뛰어 내가 사는 빌라 주차장에 자리를 잡았다. 빗줄기는 점점 더 굵어져 빌라를 무너뜨릴 기세로 쏟아지기 시작했다. 나와 수는 어깨를 웅크린 채 엄습하는 추위를 느꼈다. 수는 겁에 질린 표정이었다.

"로봇 청소기 말이야. 아마 A/S 맡겨야 할 거야."

그렇게 말하는 수는 나와 눈을 마주치지 않고 빗줄기가 강타하는 흰색 테슬라의 차창을 바라보고 있었다. 나도 덩달아 테슬라를 쳐다보았다. 이 허름한 빌라촌에도 종종 외제차들이 주차되어 있었다. A/S는 왜? 내가 묻자 수는 숨을 단숨에 들이켜더니 대답했다.

"한동안은 문제가 없었는데. 언젠가부터 간헐적으로 가로막힌 곳에 돌진을 하는 거야. 나도 처음엔 정말 놀랐어. 자길 가로막는 걸 모조리 다 부수겠다는 기세로 몇 번이나 그렇게 갖다 박더라."

나는 수의 말을 듣고 웃었다. 청소기가 산책이 절실한가봐. 그렇게 말하는 수는 웃지 않았다. 언젠가는 로봇 청소기가 싱크대를 여러 번 박는 바람에 유리잔이 떨어져 깨졌다고 했다. 비로 가서 끄면 되잖아. 내가 그렇게 말하자 수는 오랜만에 내게 화를 냈다.

"그런 종류의 문제가 아니야."

"겁이 났구나?"

"겁? 그게 다가 아니야. 넌 한 번도 겪어보지 않아서 그렇게 말할 수 있는 거야. 그 로봇 청소기는 나한테 화를 내고 있었어. 뭔가를 보여주고 있었던 거라고."

그제야 깨달았다. 수가 맨 처음 나에게 전화로 했던 말의 의미를. '줄 게 있어.' 그러니까 수가 진심으로 하고 싶었던 말은 이랬을 것이다. '줄 게 있어, 나보단 네가 책임져야 마땅한 것.' 나는 어쩐지 머리가 맑아지는 느낌이 들었다. 내몰린 사람이 스스로에게 먼저 기회를 주는 것만큼 마땅한 일은 없다. 하지만 나는 언제고 수가 벼랑 끝에서 자신보다 나를 위해주길 바랐다.

장례식 이후 엄마와 아버지는 고모 방 옷장의 깊숙한 곳에서 돈가방을 발견했다. 현금 다발로 가득 채워진 그 가방에는 쪽지 한 장이 함께 들어 있었다. 나의 아들 상훈에게 전해다오. 상훈은 고모가 시집갔다 소박을 맞은, 애 딸린 남자의 아이였다. 고모는 술을 마실 때면 종종 상훈에 대해 이야기하곤 했다. 걔를 아빠랑 있게 해선 안 됐는데. 그애는 내가 챙겨야 했는데. 나만 도망쳐서는 안 됐는데. 고모는 벼랑 끝으로 내몰린 상황에서 자신을 지켰다. 그리고 그 마땅한 선택의 대가로 남은 평생을 죄책감에 시달렸다.

　우리 가족은 그 돈다발을 어떻게 할지 고민하고 있었다. 배신감은 들지 않았다. 엄마와 아버지도 그런 것 같았다. 나는 그 돈다발을 발견하고 오히려 마음이 편안해질 정도였다. 나는 침울한 표정을 한 수의 어깨를 두드렸다. 고마워. 솔직하게 말해줘서. 그러자 수가 작게 중얼거렸다. 정말 이상한 일이야. 정말로. 나는 로봇 청소기가 반복적으로 돌아가는 고모의 작은 방을 상상해보았다. 그곳에서도 나름의 일들이 일어나고 생활이 쌓여 세월이 되고 축적된 삶의 방식과 고유의 냄새 같은 것들이 응집되어 있을 터였다.

　"비가 너무 많이 와."

　수가 투정을 부리듯 말했다. 재워달라는 뜻이었다. 나는 고민을 좀 하다가 거절했다.

　집에 돌아오자마자 샤워를 하고 따뜻한 차를 우린 뒤에 로봇 청소기를 가동했다. 경로 스캔 모드로 설정하니 로봇 청소기가 작은 집 구석구석을 돌아다니며 구조를 탐색하기 시작했다. 나는 청소기에 난 거칠고 깊은 흠집들을 바라보다가 차를 호로록 마셨다. 그리고 한입에 약을 털어넣었다. 전기장판도 켰다. 어서 나른한 졸음이 밀려오기를 바랐다. 열 시간 이상을 자면 머리가 이상해진다고 했다. 그런데 나는 그 이상해지는 느낌이 좋았다.

잠들려는 그 순간, 저 멀리서부터 쿵, 쿵, 쿵 벽을 찧는 소리가 들려왔다. 나는 비로소 이 순간이 잠이 드는 바로 그 순간이라는 걸 알아차렸다. 희미한 정신으로 눈을 떴을 때 순정의 로봇 청소기가 빈 벽에 제 몸을 부술 듯이 처박고 있었다. 그것은 정말이지 전원을 켜고 끄는 문제가 아니었다. 나는 어쩔 줄 몰라하다가 달려가서 끝내 전원을 끄지도 못하고 청소기를 끌어안았다. 작은 바퀴들이 헛돌고 헛돌았다.

고모는 자주 물건을 부수기도 했고 아버지를 때리기도 했다. 그런 것들을 나는 누구에게도 말하지 않았다. 암이 재발하고 나서 고모는 빠르게 힘을 잃어갔다. 비쩍 말랐고 입냄새가 심하게 났다. 병원에 입원한 후로는 오롯이 누워만 있었다. 모든 힘을 소진한 사람처럼. 임종을 앞두고 고모는 숨 쉬는 것조차 힘에 부치는지 한마디도 하지 않았다. 그러다 아버지도 나도 아닌 엄마를 아주 오랫동안, 빤히 바라보았다. 그리고 간신히 신음처럼 말을 뱉었다. 민애야. 그런 다음 눈을 감았다. 우리 중 아무도 눈물을 흘리지 않았다. 다만 나는 그 순간 우리 가족이 가진 축축하고 퀴퀴한 기억들이 전부 엉켜버렸다고 생각했다. 엄마가 이렇게 말했기 때문이다. 저도요.

* 작중에서 화자가 부르는 노래는 윤상의 〈달리기〉(박창학, 2000)를 인용했다.

팜

서울에서 대진의 집으로 향하는 버스는 막히지도 않고 늘 제시간에 맞춰 목적지에 도착했다. 주말에도 명절에도, 선거 날에도 마찬가지였다. 나가는 사람도 들어오는 사람도 별로 없는 곳. 센트럴시티터미널에서 불과 두 시간 남짓 걸리는 지역임에도 그랬다. 그래도 이 년 만에 와본 공용 버스터미널은 조금 달라져 있었다. 터미널 한가운데 나무 무늬 시트지를 덧바른 커다란 책상이 비치되어 있었다. 한 시간 간격으로 있던 서울행 버스는 배차 시간이 무려 세 시간 간격으로 늘어났는데 불평을 들을 직원도 사라지고 무인 매표기가 생겼다. 해나는 책상 위 달랑 놓인 체온계로 체온을 재고 손 소독제를 펌핑한 뒤 손을 맞비볐다.

시골도 별수없네. 그렇게 생각하며 무인 매표기 앞에 한가
득 짐을 내려놓는 할머니를 바라보았다. 도와드려야 한다는
생각에 그 근처를 서성였다. 하지만 할머니는 멸치 똥을 따듯
이, 민첩한 속도로 행선지를 클릭하고 IC 카드를 정확한 방향
으로 투입하여 결제했다. 해나는 무안해져 얼른 터미널을 나
섰고 무더운 날씨에 계절을 헤아리다 아직 유월도 되지 않았
다는 것을 새삼스레 깨달았다.

대진은 전통시장 근처 부동산에서 기다리겠다고 했다. 오랜
만에 보는 장소가 기껏 부동산이라는 게 웃기긴 했지만, 대진
다운 장소 선택이었다. 대진은 요즘 부동산에도 커피 머신 다
있다며 한사코 카페 가기를 거부했다. 대진에게 카페는 조각
케이크를 먹으러 가는 곳이지 커피를 마시거나 대화를 하러
가는 곳은 아니었다. 해나는 서울에서부터 들고 온 지유가오
카 초코케이크를 조심스레 품에 안았다. 그리고 몸에 들러붙
는 습하고 더운 기운을 가르며 부동산으로 향했다.

"왔나? 덥지. 앉아."

"딸내미가 미인이네."

부동산 아저씨가 사람 좋은 웃음을 지으며 말했다. 오랜만
에 보는 대진은 그새 머리가 듬성듬성 빠지고 하얗게 세어 있
었다. 염색 좀 하라니까. 해나는 부동산 아저씨에게 대충 고개
를 꾸벅한 뒤 툴툴거리며 대진에게 케이크를 건넸다.

"역시 아빠 챙기는 건 딸이라니까."

해나는 계속 딸딸거리는 부동산 아저씨에게 대충 웃어 보였다. 대진은 아저씨에게 포크 세 개를 부탁한 뒤 케이크 상자를 열었다. 사만원짜리 케이크를 지금 여기서? 모르는 아저씨랑? 해나는 금세 얼굴이 굳어졌지만, 눈을 감고 크게 숨을 내쉬었다. 대진과 아저씨는 베이커리용 나이프를 박스에 그대로 넣어둔 채 포크로 케이크를 퍼먹었다.

"그런데 해나야, 일반 토지는 비쌀 텐데."

한참 케이크를 먹던 대진이 운을 뗐다.

"알아. 그러니까 농지로 알아보자는 거지."

"그럼 농사는 누가 지어."

"아빠가."

대진은 그 소리를 듣자마자 고개를 뒤로 젖혀 크게 웃었다. 눈을 꼭 감고 못 말리겠다는 표정으로. 어렸을 적 해나는 그 표정을 정말 좋아했다. 대진은 늘 그런 표정을 지은 뒤에 다정한 목소리로 해나를 설득해냈다. 누굴 닮아 그렇게 엉뚱하냐며 칭찬 아닌 칭찬을 해주기도 했다.

하지만 지금 해나는, 정말 못 말리도록 진심이었다.

엄마의 아버지는 삼십 년 전 고향 나주 뒷산에 오천만원어치의 땅을 사들였다. 그런데 인제 와서 팔려고 보니까 값이 하나도 오르지 않고 그대로더라는 것이었다. 할아버지는 그렇게 팔순 기념 식사 자리에서 온 가족을 앞에 두고 분통을 터뜨렸다. 엄마는 집으로 돌아오며 서울 땅이야 가만있어도 오르지, 아무도 찾지 않는 시골 뒷산은 다르다고 했다. 그러면서 괜히 해나에게 네 아빠한테 이런 시시콜콜한 말은 절대 하지 말라고 몇 번이나 일렀다. 엄마는 한때나마 가족이었던 아빠를 몹시 견제했다. 해나는 그러거나 말거나, 할아버지로부터 뜻밖의 지혜를 얻은 것 같았다. 땅값은 삼십 년이 지나도 그대로일 수 있다는 것. 그러니까, 적어도 떨어지지는 않는다는 소리였다.

"그래서 상금이 얼마라고?"

대진이 눈썹을 들어올리며 물었다. 해나는 휴지를 들어 대진의 입가에 묻은 초콜릿을 벅벅 닦아주며 말했다. 세금 떼고 천구백십이만원. 그러자 부동산 아저씨가 과장되게 놀란 얼굴로 해나를 추켜세웠다. 대진도 캬, 하며 고개를 내두르더니 검지로 해나를 가리키며 당부하듯 말했다.

"네 창의성은 날 꼭 닮은 거야. 알지?"

해나는 또 눈으로만 대충 웃으며 고개를 끄덕였다. 그러고는 잔뜩 뭉개지고 녹아내린 초코케이크를 바라보았다. 글쎄, 사실 해나는 그저 운이 좋았다고 생각할 뿐이었다. 다만 자기 차례는 절대 올 것 같지 않던 행운이랄 게, 찾아오긴 온 것이다. 아주 급작스럽게. 사주팔자에서도 올해는 그저 건강만 하라고 했는데. 해나는 처음 수상 소식을 들었던 순간을 곱씹으면 곱씹을수록, 세상이 딱 죽지 않을 정도로만 자신의 삶을 독려하고 있다는 생각이 들었다.

*

수지 이꼴로지아. 용인 수지 2지구에 건설될 패시브 하우스 주거단지 이름이자, 해나가 직접 지은 이름이었다. 생태도시 건설은 국토교통부에서 실시하는 친환경 도시재생사업의 일환이었다. 패시브 하우스는 독일에서 들여온 최첨단 기술로 단열 공법을 실시해 에너지 손실을 최소화하도록 설계된 집이었다. 외부와 내부 공기를 어떻게 잘 순환시켜서 스스로 적정 실내 온도를 유지하는 신통한 집으로, 몹시 비싼 단열재만 사용한다고 했다. 그러니까, 집값도 몹시 비싸다는 말이었다.

당시 해나는 돈 나올 구멍을 찾느라 포털 이곳저곳을 둘러보며 온갖 공모전에 지원하고 있었다. 그러다 국토교통부에서 주최하는 '생태도시 이름 공모'를 보게 된 것이었다. 해나의 아이디어가 채택되었다는 연락을 받은 것은 그로부터 한 달 뒤였다. 부재중 전화 몇 통과 주최측의 축하 메시지가 와 있었다. 해나는 홈페이지에 들어가 몇 번이고 상금을 확인한 뒤 이마를 짚고 중얼거렸다. 미쳤다.

부동산 아저씨가 찍어준 주소는 총 세 군데였다. 집에서 그리 멀지 않고 아직 농사를 짓고 있는 땅. 이게 대진의 조건이었다. 해나는 대진과 부동산 아저씨의 대화가 길어지자 먼저 트럭에 들어가 시간을 때웠다. 트럭 안은 빈 담뱃갑과 대충 벗어놓은 목장갑으로 가득했다. 물병도 여러 개 굴러다녔다. 해나는 조수석 바닥에서 비닐봉지를 주워 쓰레기를 담기 시작했다. 한참 뒤 부동산에서 나온 대진은 담배를 꺼내 물어 불을 붙이고는 운전석에 탔다.

읍에서 멀어질수록 구불구불 이어지는 산등성에 가까워졌다. 사람 사는 집보다 산과 나무가 더 많았다. 시야가 선명해지는 느낌이 들었다. 차창 가에 턱을 괴고 빠르게 지나치는 나무를 눈으로 좇았다. 눈 주변이 시원해지는 것 같아 기분이 퍽 좋았다. 이 년간의 긴긴 명절과 공휴일 동안 한 번도 대진의 집에 방문하지 않았다. 이런저런 핑계를 대며 못 간다는 말을 길게 늘였다. 그러면 으레 대진은 그러냐, 하며 요즘 자기가 골몰하는 친환경 농업 방식에 관해 이야기했다.

둘 사이에 큰 갈등은 없었지만, 사실 해나는 나름대로 쌓인 게 많다고 생각했다. 대진이 자꾸 해나를 사랑한다는 핑계로, 해나의 삶을 자기 삶에 끼워 맞추는 방식으로 이곳저곳 갖다 붙였기 때문이었다. 블루베리를 재배해봐라. 수경 재배는 어떠냐. 청년 농업인 혜택이 어마어마하다. 그러면 해나는 그 방면은 잘 모른다는 말만 되풀이하면서도 되레 자기를 몰라도 한참 모르는 대진이 황당했다.

"너 이지태 알지."

"유지태?"

"아빠 친구. 여주교도소에 있는."

"내가 아빠 친구를 어떻게 알아."

"기억 안 나? 지태 아저씨. 인형 사주고 그랬는데."

"언제?"

"수원 살 때니까, 세 살? 아무튼 그 아저씨 이번에 출소한
대. 데모할 때 내가 PD였고 아저씨가 NL이었어. 아주 나랑 과
격하게 싸운 형이야."

해나가 설렁설렁 장단을 맞추자 대진은 신나서 또 자기 이
야기를 시작했다. 데모 이야기는 그만 듣고 싶었다. 뱃속에서
부터 들었다고 생각하면 꼬박 이십구 년은 들어온 이야기였
다. 지명수배된 이야기와 그때 대진을 숨겨줬던 여인들에 관
한 이야기는 시간대까지 맞춰 줄줄 읊을 수 있었다. 어쩐지 대
진은 그렇게나 위험했던 시절을 평생을 돌이키며 그리워하는
것 같았다. 해나는 그게 이상하게 미웠다. 그런 생각을 하다
문득, 무언가 잃어버렸다는 사실을 깨달았다.

"케이크는?"

"아이고, 놓고 왔네. 아저씨 먹으라고 주자. 아빠가 더 맛있
는 거 사줄게."

*

　트럭으로 산비탈을 한참 올라가서야 도착한 곳이 첫번째 땅
이었다. 농지도 평당 십만원 언저리로는 찾기 힘들었다. 아랫
마을이 훤히 내려다보이고 해가 곧바로 내리쬐는 들판 같은
땅이었다. 해나와 대진은 차에서 내려 땅 꼭대기까지 올라가
보기로 했다. 비탈을 오르는 동안 대진은 손가락으로 흙을 비
비고 냄새를 맡고 주변을 둘러보았다. 바로 지난해까지만 해
도 군수의 오촌의 셋째 동생쯤 되는 사람이 농사를 지은 곳이
라고 했다.

　"근데 왜 내놨대?"

　"쪄 죽었대."

　"쪄 죽어?"

　"더워서 죽은 게 쪄 죽은 거지."

　대진이 또 담배를 물며 말했다. 해나는 눈살을 찌푸리며 널
찍한 땅을 죽 둘러보았다. 정말 이 너른 땅에 나무 그늘 하나
없었다. 괜찮을까. 해나가 중얼거리자 대진이 웃으며 말했다.
괜찮고 말고가 어디 있어 짜식아. 여기 일하다 죽는 사람 수두
룩해. 대진은 꼭 남 얘기를 하듯 웃었다. 하여간 자기 일이 최
고 힘들지. 해나는 속으로 생각하면서도 그게 맞는 말이라 더
미웠다. 농사가 제일 힘든 일이라고 해도 틀린 말은 아니니까.

198

해나가 공공기관에서 프로젝트 계약직으로 근무하다 퇴사한 것은 두 달 전이었다. 불행인지 다행인지 업장 재계약 의사 없음으로 얼마간 구직급여를 수령할 수 있었다. 그때 해나는 푼돈을 모아 만든 저축액을 코인으로 막 반토막을 낸 참이었다. 각종 SNS에서는 폭락한 코인에 대한 밈이 돌아다녔는데 해나는 마냥 웃어넘길 수 없었다. 특히 일론 머스크가 기괴한 목소리로 노래를 불러대는 딥페이크 영상은 웃음 포인트를 찾기도 어려웠다. 각종 수익 인증 글을 보고 있자니 세상에서 제일가는 바보가 된 기분이었다.

대진은 담배 한 대를 다 피우고 주변을 자꾸 기웃거리다가 그만 가자고 했다. 왜, 여기 별로야? 물을 대기가 너무 힘들어. 대진을 따라 근처를 둘러보니 정말 수로가 저 밑에 멀찍이 떨어져 있었다. 누가 수로를 이렇게 내. 대진이 중얼거렸다. 직사광선이 투명하게 해나의 이마를 비췄다. 이러다 이마만 타는 거 아냐. 그렇게 걱정하는 와중에 대진이 자기 모자를 해나의 머리에 턱 씌워주었다. 모자는 닳을 대로 닳아서 모양이 흐물거렸고 조금 축축했다.

"아빠, 근데 나 돈 딱 그만큼밖에 없어."

"그거 가지고 땅 이백 평도 못 사."

"그럼 어떡해."

"대출받아야지. 토지세도 내야 해. 너 땅 가지는 게 그렇게 쉬운 줄 아냐."

대진이 얄미운 말투로 말했다. 내 집 마련은 꿈도 못 꾸니 땅이라도 몇 평 가지자는 건데. 얼마 되지도 않는 재산에 세금까지 낸다고 생각하면 한숨이 푹푹 나왔나.

"아빠가 요즘 무슨 사업 하는지 알아?"

"사업은 무슨 사업."

해나는 차에 탄 뒤 신경질적으로 모자를 벗었다. 나 농사 안 짓는다고. 대진은 으레 그 익살스러운 표정으로 알았어, 하곤 핸들을 돌렸다. 대진은 자꾸 사업을 구상하고, 체제에 대항하며 사회를 위한다고 여겨지는, 그런 일들을 도모했다. 그러면서 해나의 입학식과 졸업식, 심지어는 생일도 나이도 까먹었다. 집안일은 죄 까먹어도 대단한 일을 꾸미는 걸 보면 기억력의 문제는 아니었다. 대부분의 집안 대소사는 엄마가 챙겼다. 이혼하고 나서 제사는 자연스럽게 간소화되었다. 그래도 전은 부치는 게 친가 쪽의 룰이었다. 할머니가 말하길 전은 남의 손에 맡기는 게 아니라고 했다.

이 년 전 추석, 고모가 엄마 대신 장을 보고 전을 부치며 제사상을 마련했다. 해나는 고모가 시키는 대로 정성스레 제기를 닦고 과일과 마른 음식들을 올려놓았다. 기독교 집안인 외가에서는 하지 않는 일이었다. 그래도 가족이 모여 무언가를 정성스레 준비하는 느낌이 나쁘지 않았다. 대진은 말끔히 빼입고 안방에서 나오더니 해나가 하는 모습을 가만히 바라보았다.

"뭐 하나?"

"약과 놓잖아."

"왜 비닐은 안 벗겨."

"나중에 수분 날아가서 맛없어. 약과, 아빠가 제일 좋아하잖아."

해나가 퉁명스레 대답했다. 그러자 대진이 타이르듯 다정한 목소리로 말했다.

"해나야, 할아버지도 드셔야지."

"할아버지는 유령인데?"

고모가 살짝 웃더니 부침개용 반죽을 다시 개었다. 할말이 없어진 대진은 해나에게서 약과를 빼앗아 직접 포장을 까기 시작했다.

*

두번째 땅은 비탈이 아닌 평지였다. 육천 평 가까이 되는 넓은 땅이었고 근처에 커다란 컨테이너를 개조한 예쁜 카페가 있었다. 해나는 아메리카노 두 잔을 사서 나무 그늘에 앉아 있는 대진에게 한 잔을 건넸다. 대진은 쭉 한 모금 빨고 자리에서 일어났다. 옥수수 모종이 규칙적으로 심긴 이랑 사이를 앞서거니 뒤서거니 걸어다녔다. 시야도 탁 트이고, 수로도 바로 옆에 있고 카페까지 있다니. 해나에게는 너무 좋은 땅 같아 보였다. 그런데 대진은 옥수수 순을 쓰다듬고 흙을 요리조리 살펴보더니 에이, 하고 다시 그늘로 가버렸다.

"여기 너무 좋지 않아? 카페도 있고. 집에서도 가까워."

"저거, 다 죽은 땅이야."

"땅도 죽어?"

대진이 눈썹을 찌푸리며 해나를 흘겨보았다.

"모를 수도 있지."

비죽거리는 해나에게 꿀밤을 먹인 대진은 땅도 살고 죽는다고 했다. 화학비료를 많이 쓰면 땅이 제 기능을 못하고 토질이 바뀐다는 것이었다. 그런 땅에서는 더이상 화학비료 없이 재배를 할 수 없다며, 스스로 재생하지 못하는 땅은 죽은 거나 다름없다고 했다. 해나는 꼭 그 말이 자신에게 하는 말처럼 느껴졌다. 일을 관두고 시간은 남아도는데 침대에서 일어나 부엌까지 갈 힘조차 나지 않았다. 그러다보니 매번 음식을 시켜 먹었고 쓰레기만 늘어갔다. 쓴맛이 날 만큼 매운 배달 음식을 주로 먹었고 매번 속이 부대꼈지만, 손가락을 움직여 음식 주문하는 일 말고는 아무것도 할 수 없었다.

대진은 자리에서 일어나 근처에 있는 나뭇가지를 주웠다. 그런 다음 전체 토지의 절반도 못 미치는 정도의 땅을 휘휘 저어 가리켰다.

"안 살 거지만, 만약 여길 산다면 이만큼 네 땅이 될 거야."

"나머지는?"

"아빠가 사지. 누가 직업도 없는데 대출을 해줘. 농업인도
아니고."

해나는 꽤 넓은 것 같지만 사실은 전체 면적의 삼십 퍼센트
도 되지 않는, 자기 지분만큼의 땅을 찬찬히 걸어보았다. 여기
서 뭘 할 수 있을까. 아마 대진이 열받게 하면 이만큼은 쓰지
말라고 엄포 정도는 놓을 수 있을 것이다. 얼마 전까지 다녔던
공공기관은 분위기가 좋았다. 언제든지 뽑아 마실 수 있는 로
스팅 커피 머신도 있었고 휴게 공간도 넓었다. 점심시간에는
인조 잔디가 깔린 쉼터에 비치된 빈백에 누워 쪽잠을 잘 수도
있었다. 하지만 엄연히 말하면 해나는 공공기관 소속이 아니
었다. 외주를 받은 회사에서 파견을 나왔으므로 공공기관의
일원은 아닌데 어쨌든 거기로 출근할 뿐이었다. 그래서 해나
는 기관 휴무일이 소속된 회사의 휴무일이 아닐 때마다 빈 사
무실을 이유 없이 지켜야 했다. 곧 떠날 사람이라는 마음으로
일하는 것은 골치 아프고 서러웠다. 이곳저곳 떠돌더라도 다
시 돌아올 수 있는 곳이 필요했다.

결국 성화에 못 이겨 약과 포장지를 까던 추석날, 대진은 반
바지를 입은 해나에게 바지를 갈아입으라고 했다. 할아버지

보기 민망해. 해나는 지지 않고 할아버지도 이제는 바뀌어야지, 라고 대답하며 바지를 갈아입지 않았다. 그렇게 제사를 지낸 후 밥 먹는 자리에서 이런저런 이야기를 하다가 고모가 엄마는 어떻게 지내냐고 물었다. 해나는 엄마가 시민단체에서 일을 시작했다고 했다. 어머, 잘나가더니 왜? 고모가 물었다. 그러자 대진이 이제 하고 싶은 거 하고 살겠다는 거지 뭐, 하고 퉁명스레 말했다.

대진은 이혼 전 엄마에게 귀농을 선포했고 엄마는 거절했다. 남편 간다는데 별수 있겠냐는 마음이었던 대진은 상의도 없이 시골 산자락에 집을 계약했다. 그렇게 엄마는 갑작스럽게 날아온 재산세 고지서를 보고 이혼을 결심했다. 해나는 종종 떠올렸다. 말간 햇살이 들어오는 식탁에 앉아 영문 모를 재산세 고지서를 가만 들여다보고 있던 엄마를.

"해나는 남자친구 있니?"

고모가 물었다. 대진이 대신 대답했다.

"내가 해나 시집보내려고 돈 버는 거야."

"나 비혼주의야."

"그런 말 함부로 하지 마."

대진이 날카로운 목소리로 쏘아붙였다. 해나도 질세라 받아쳤다.

"아빠야말로 함부로 말하지 마."

참다못한 대진이 젓가락을 식탁에 던지듯 내려놓았다. 힘 조절이 안 돼 젓가락 한 짝이 퉁 튀어올라 밥상 한가운데 자리한 산적 틈에 파묻혔다. 생전 할아버지가 고기를 좋아했다며 늘 가운데 올려놓는 음식이었다. 홍동백서 같은 건 아무도 몰랐기에 그렇게 했다. 대진이 소리를 질렀다.

"네가 뭘 모르나본데. 주의니 뭐니 그딴 말 붙이면서 잘난 척하는 인간들, 다 저열한 인간들이야."

샤머니즘의 현장에서 그런 소리를 하다니. 해나는 눈물이 왈칵 쏟아질 것 같았다. 해나가 어렸을 때 대진은 거칠 것 없이 정의로운 사람이었다. 민주주의를 위해 투쟁하며 불이 든 병을 던지고 물티슈 공장에 위장 취업을 했다. 부당한 것은 참지 못했고 그러다보니 작은 일 하나도 그냥 넘기지 못해 해나가 태어난 후로도 번번이 회사에서 잘렸다. 그들 가족은 점점 작은 집으로 이사하길 거듭했지만, 어릴 적 해나는 대진이 들려주는 스펙터클한 이야기가 좋았고 처지 같은 건 아무래도 상관없었다.

"그럼. 아빠는? 아빠는 저열해?"

크고 나니 세상에 대고 자꾸 억지를 부리는 쪽은 대진이라는 생각이 들었다. 원래 정직하게 살면 가난한 거야. 대진이 자주 하는 말이었다. 엄마는 이직하기 전까지 보험설계사 일을 했다. 꽤 돈을 잘 벌었지만, 엄마는 일이 적성에 맞지 않다고 했다. 해나를 낳으면 바로 시민단체에 들어가 일하려 했던 엄마는 결국 적성에 맞지 않지만 돈을 잘 벌 수 있는 직업을 선택했다. 어쩐지 마음이 차분해진 해나는 귀까지 붉어진 대진을 바라보며 말했다.

"자기 연민이란 게 무서워."

그 말을 끝으로 정적이 흘렀다. 대진은 담배를 물더니 밖으로 나갔다. 그리고 곧바로 다시 들어왔다. 그 와중에, 대진은 부엌으로 가더니 가스레인지를 켜서 담배에 불을 붙이고 이번엔 정말로 나갔다. 해나는 그날로 서울에 돌아갔고 이후 단 한 번도 대진의 집에 오지 않았었다.

해나는 꽤 오랫동안 대진이 해나의 것이라고 일러준 그 땅 안에 머물렀다. 비가 아주 조금씩 이슬처럼 내렸다. 알아채지 못할 정도로, 그저 물 분자가 공기 중에 조용조용 머무르듯. 비가 오고 있구나. 흙이 조금씩 젖기 시작해서 서서히 알아차렸다. 요즘 날씨는 늘 맑음과 흐림 사이였다. 아마 기상청은 이전과는 다른 단어와 아이콘을 만들어내야 할 것이다. 이제 완벽하게 맑은 날씨와 완벽하게 흐린 날씨는 손에 꼽으니까. 날씨조차 스며들듯, 알아차리지 못하는 새 달라진 것이었다.

마지막 땅은 첫번째와 비슷한 경사의 비탈에 있는 땅이었다. 면적이 꽤 넓었는데 이곳도 제일 아래쪽에 수로가 있는 것은 마찬가지였다. 다만 수로 맞은편에 무덤 몇 기가 있었다. 이미 누군가 농사를 짓고 있는지 이랑마다 검정 비닐이 덧대어져 있었다. 대진은 이랑 맨 끝에 꽂힌 관을 만지작거리며 이게 영양분이 주입되는 통로라고 했다. 무슨 영양분? 해나가 묻자 대진이 저멀리 비탈 아래 서 있는 비닐하우스를 가리켰다. 액비가 저기에서 나오고 있어. 아빠 연구소야. 올해는 여기로 빌렸어.

운좋게도 도지가 싸게 나왔다고 했다. 땅 주인이 목돈이 필요하다며 처분할까, 하고 지나가듯 말했는데 대진이 넙죽 자기에게 세놓지 않겠냐고 물어봤다는 것이었다. 매매가는 평당 십만원 안짝이 될 거라고 했다. 수로가 너무 멀리 있고, 작물을 짓다 말다 해서 싸다고 했다. 해나는 대진이 저 멀리서부터 물먹은 호스를 어깨에 지고 오르막을 걷는 모습을 상상했다. 이 더위에 축축한 호스를 지고 걸으며 무슨 생각을 할까.

해나는 일 미터 정도 되는 폭의 수로를 뛰어넘어 무덤 근처로 갔다. 누구 무덤이야? 모르지. 대진이 시큰둥하게 말하며 폴짝 뛰어 건너왔다. 하나의 큰 무덤을 축으로 세 개의 작은 무덤이 큰 무덤을 바라보고 있는 모양이었다. 가족이었나보다. 해나가 중얼거리자 대진이 큰 무덤에 비죽 솟은 잡초 몇 포기를 뽑아주었다. 해나도 작은 무덤에 난 잡초 몇 포기를 뽑았다. 쑥쑥 잘 뽑히시 괜히 무덤이 무너실까 무서웠다. 몸이 조금씩 젖고 있었다. 무덤 앞에 앉으니 엉덩이가 축축해졌다. 에라. 가서 씻으면 된다. 해나는 그 자리에 누웠다. 미스트를 뿌린 것처럼 얼굴이 산뜻하게 촉촉했다. 대진도 옆에 드러누웠다.

"저 연구소에 커다란 액비 통이 있어."

"액비가 뭐야."

"생선 같은 음식물 쓰레기 삭힌 거."

"그걸 왜 모아."

"그게 친환경이야. 스마트팜."

스마트팜? 해나가 고개를 돌려 밭을 바라보며 되물었다. 구색은 별로 스마트해 보이지 않았다. 해나가 시큰둥해하자 대진이 또 자신이 운영하고 있다는 스마트팜에 대해 설명해주었다. 경운기를 사용하지 않고 탄소 배출을 최소화하는 친환경 농법이라고 했다. 최신 장비를 사려면 큰 돈이 들지만, 이렇게 직접 관을 이어붙여 설비를 만들면 훨씬 저렴하다고 했다. 고랑마다 연결해둔 관을 통해 땅에 액비를 주입하는 거라고. 눈을 감고 듣다가 그걸 왜 하느냐고 물어보았다. 그러니까 대진이 환경을 위해 한다고 했다. 그래서 해나가 왜 환경을 위해 그런 걸 하느냐고 물었다. 대진이 기후 위기에 대비해야 한다고 했다. 해나가 왜 기후 위기에 대비해야 하느냐고 물어보았다. 대진이 후손들을 위해 대비해야 한다고 했다.

"그럼 나는."

"어?"

"날 위해서는 뭐 하는데."

"이게 널 위한 거야."

해나는 가만히 그 말을 듣고 있다가 말했다.

"공모전 된 거. 그거 상금 말고도 뭐 하나 더 줘."

"뭔데?"

"수지 2지구 주택 분양권."

"야, 엄청난데?"

"근데 분양받을 돈이 없잖아."

"그거 당근마켓에 못 파냐?"

"그러니까, 날 위한 건 아무것도 없다고."

꽤 오랜 침묵이 흘렀다. 대진은 할일이 없으면 이곳에 정착하라고 입버릇처럼 말했다. 사실 해나도 아예 생각해보지 않은 건 아니었다. 하지만 알아본 바로 농촌 정착 지원금을 받은 청년 중 정작 제대로 정착한 이들은 극히 드물다고 했다. 몸 쓰는 일에 익숙지 않고, 그러다보니 무리하게 장비에 자본을 투자했다가 몇 년 안 되어 투자금을 회수하지 못한 채 도시로 돌아온다는 것이었다. 해나는 대진에게 시큰둥하게 말했다.

"나 아빠 보려고 온 거야. 어디 어떻게 사나. 근데 진짜 잘 사네."

작은 무덤들이 큰 무덤을 올곧게 바라보는 모양처럼, 대진에게 의지했던 때가 있었다. 하지만 이젠 그럴 수 없다는 걸 알았다. 해나가 가진 돈으로 땅을 사는 건 분수에 맞지 않았다. 해나에게는 전세 대출금 탓에 두 배 이상 올라버린 건강보험료도 부담스러웠다. 공단에 한참을 따져 물은 뒤 전산 오류가 아니란 걸 알게 된 해나는 진짜 재산도 아닌 대출금을 재산 취급하는 게 억울했다. 대진의 피부양자로 들어가려 했는데 대진은 직장에 소속되어 있지 않아서 불가능하다는 답변이 돌아왔다.

대진은 스스로 많은 것을 이고 진 채 살고 있었다. 기후 위기에 대해 심각하게 고민하고 농법까지 고안해가며 지속 가능한 세상을 꾸려나가는 사람이었다. 해나는 생각했다. 그중 나를 위한 노력은 얼마 정도 될까. 그저 생일이 되면 전화라도 한 통 해주고, 때때로 맥주 한잔하자고, 놀러오라고 말해주길 바랐는데.

어쨌든 대진은 자기만의 방식으로 최선을 다해 지구의 종말을 막고 있었다. 슈트를 갖춰 입고 포마드로 머리를 넘긴 채

날아다니는 사람이 히어로인가, 온 동네를 뒤지며 부산물을 죄다 그러모아 작물을 키우는 대진이 히어로인가. 해나는 그런 생각을 하며 배가 불룩 나온 놈으로 파란색 슈트를 입은 대진을 상상하다가 으, 하고 인상을 찌푸렸다. 그런 식으로 해나는 해나대로 대진의 진정성을 폄훼했고 대진은 대진대로 해나의 삶을 대의의 세계에서 아주 쉬운 방식으로 추방했다.

*

해나와 대진은 바지를 툭툭 털고 일어났다. 그놈의 연구소인지 뭔지 좀 보자. 대진이 그럴래? 하며 수로를 풀쩍 뛰어넘고 빠른 걸음으로 앞질렀다. 그렇게 훌랑 먼저 가버리는 게 얄미웠다. 결국 대진도 이천만원어치 땅은 살 수 없다는 걸 알고 있었던 것이다. 자기가 대출받아서 사려고 했으면서, 그런 소리는 한마디도 하지 않았다. 땅이라도 볼 일이 없으면 영영 오지 않을 줄 알았나. 해나는 한숨을 쉬고 대진을 뒤따랐다. 그러다 갑자기 발이 푹 빠졌고 눈앞이 새카매지면서 가슴 언저리에 강한 충격이 느껴졌다.

아픔이 조금씩 밀려왔다. 정신을 차려보니 날카로운 무언가가 장기를 찌르는 것 같은 통증이 느껴졌다. 해나는 비명을 질렀다. 멀리서 급하게 뛰어오는 대진의 발걸음 소리가 들렸다.

가까워질수록 땅이 조금씩 흔들려 아픔이 더해졌다. 오지마…… 오지 마…… 그렇게 소리치려는데 목소리가 나오지 않았다. 대진이 엎어진 해나의 어깨를 붙잡고 일으키려고 했다. 너무 아파 소리를 질렀더니 깜짝 놀라 다시 내려놓았다. 수로에 하체가 절반 정도 빠진 상태였다. 아마 몸속 무언가가 제대로 부러진 것 같았다. 우둑, 하는 소리도 들렸던 것 같은데…… 착각일 수도 있었다.

비가 세차게 쏟아지기 시작했다. 몽글몽글하던 공기 중의 물 분자는 어느새 굵은 빗줄기가 되어 세상의 모든 존재를 혼내듯 퍼부었다. 조금 흐리지만 맑은 날씨였는데 어느새 해도 사라졌다. 비 때문인지 조금 정신이 들자 대진의 목소리가 들리기 시작했다. 대진은 울먹거리고 있었다. 자꾸 좀만 기다리라고 했고, 어디에 전화를 걸었고, 우망리 몇 번지 옥수수밭 골목 근처 고추밭 옆 어디라고 이상한 주소를 불러댔다.

점점 정신이 또렷해졌다. 코로 물이 들어와서 옆으로 꺾인 고개를 조금 들어보았다. 하지만 도저히 몸을 움직일 수가 없었다. 이해나. 천천히 숨을 들이마시고 내쉬어봐. 대진의 말대로 했는데 가슴 쪽에 날카로운 통증이 파고들었다. 그런 줄도 모르고 대진은 자꾸 후, 하, 후, 하…… 혼자 숨을 쉬었다. 숨 쉬는 법을 설명하려 큰 소리로 숨을 쉬는 대진을 보며 해나는 말을 하기 위해 노력했다.

"······가, 갈비뼈가."

"갈비뼈? 못 움직여?"

해나는 겨우 대답을 하고 가쁜 숨을 쉬었다. 꼼짝없이 구급
차를 기다려야 했다. 자꾸 입안에 흙탕물이 들어왔다. 해나는
최대한 정신을 집중하며 대진에게 말했다.

"잡아줬어야지."

"말하지 마. 더 아파. 좀만 기다리자."

내가 여기서 죽어도 아빠는 후손 생각을 할까. 이상하게 아
픈 와중에 그런 생각이 들었다. 해나는 자신이 다친 만큼 대진
또한 그만큼의 흠집이 나길 바랐다. 대진이 그런 무른 사람이
길 바랐다. 하지만 동시에 그 흠집을 견디고 다시 자기가 하고
싶은 일을 할 수 있는 사람이길 바랐다.

대진은 해나가 중학교 졸업을 앞뒀을 때 대안학교에 가라고
했다. 대안학교가 뭔지도 몰라서 찾아봤는데 어쩐지 일반적인
학교 같지는 않았다. 해나는 한참을 가지 않겠다고 버텼고 대
진의 성화에 가출까지 감행한 후에야 일반 고등학교에 진학할
수 있었다. 대진은 세상에 다양한 삶의 방식이 있다는 걸 알려
주고 싶다고 했다. 그래서 그 학교에 가야 한다고 했다.

해나는 이 나이 먹도록 자신만의 삶의 방식이 무엇인지 알
수 없었다. 그때 대안학교에 입학했으면 알 수 있었을까. 삶의
방식이란 것에 대해서. 한눈팔지 않고 열심히 살아왔다고 생

각했는데, 돌아보면 아무것도 없었다. 침대에서 몸을 일으키면 눈에 띄는 건 고작 배달 음식 쓰레기와 산더미처럼 쌓인 옷가지들뿐이었다. 거기에 생각이 미치자 해나는 문득, 자신 또한 세계라는 치열한 투쟁과 멸망의 현장에서 언제나 바라보는 사람에 불과했다는 것을 깨달았다.

해나야, 너 참 운좋다. 공모전에 당선된 후 엄마가 그렇게 말했을 때, 해나는 화를 냈다. 내게 주어진 운이라곤 단 한 톨도 없다고. 나보다 열심히 산 사람은 없을 거라고. 하지만 자신이 뱉은 그 말은 도리어 날카로운 낚싯바늘이 되어 해나의 마음을 후볐다. 자기 연민이란 게 무서워. 대진에게 했던 그 말이 생각났기 때문이었다. 보상은 결코 온전한 노력의 결과물이 아니었다. 해나도 알고 있었다. 하지만 연이은 실패 후로도 아무것도 나아지지 않는 삶은 젖은 나무판자처럼 쉽게 뒤틀렸다. 해나는 그렇게 훼손된 마음으로 쉽게 남을 판단하는 사람이 되어버렸다.

얼굴이 비인지 눈물인지 모를 것으로 범벅이 되었다. 대진이 수로 주변을 서성이며 소리를 질렀다. 누가 이딴 식으로 수로를 만들어. 그러다가 주머니에서 라이터와 담배를 꺼냈다. 하지만 라이터에 불이 붙지 않았다. 한참을 그렇게 라이터와 씨름하더니 많이 아프냐고 물었다. 괜찮냐고 물었다. 그러다가 또 아무 말도 하지 말라고 했다. 대진은 몸을 땅바닥에 착

붙인 채로 엎드려 해나의 얼굴을 살폈다. 그렇게 꽤 오랫동안 해나와 대진은 서로를 마주본 채로 이따금 푸푸거리며 빗물과 흙을 뱉어냈다. 한참 구급자를 기다렸다.

그러는 동안 해나의 머릿속에 여러 생각이 스쳐갔다. 왜 아빠는 엄마의 생활에 관해서 묻지 않을까. 이혼을 하고 나서 엄마는 덜 불행해 보였다. 둘은 노동운동을 하다가 만났다고 했다. 하지만 엄마는 옛날이야기를 거의 하지 않았다. 네 엄마 대단했어. 언젠가 대진이 그렇게 말한 적은 있었다. 학교 건물 옥상에 올라가 삐라를 뿌렸다고 했다.

대진이 수배당하던 시절 그를 숨겨줬다던 여인들도 떠올랐다. 대진은 그 여인들이 하나같이 자신을 좋아해서 숨겨줬다고 했다. 하지만 그게 아닐 수도 있었다. 그저 그 여인들은, 대의를 생각했을 수도 있는 것이다. 대진이 자꾸 뭐라고 외치는 소리가 들렸다. 여전히 구급차는 오지 않았다.

그
　개
　　와
　　혁
　　　명

태수씨는 죽기 전까지 통잠을 못 잤다. 수면제를 먹고 진정제를 먹어도 한두 시간 노루잠만 잤다. 늘 두 팔을 허우적거리며 서둘러 일어났다. 그러면 나는 부리나케 간이침대에서 몸을 일으킨 뒤 태수씨의 손을 잡고 말했다. 나 여기 있어, 태수씨. 태수씨는 잠깐 잠들었다 일어나면 꼭 여기가 어디냐고 물어봤다. 꿈속에서 황천길이라도 본 사람처럼 그랬다. 그즈음 스마트워치에 기록된 내 하루 수면 시간은 길어봤자 세 시간이었다. 태수씨는 병실 침대에 누워 있는 게 너무 힘들다고 했다. 가슴이 터질 것같이 답답하다고. 그러면 나는 태수씨를 휠체어에 태워 병원 복도를 빙글빙글 돌았다. 병원은 꼭 두 손바닥을 반듯이 펼쳐놓은 것처럼 정확한 대칭 구조였다. 양 복도

끝쪽에 샤워실과 화장실이 있고 그 중심에는 각각 디근자 형태의 데스크가 있어 간호사들이 상주했다. 태수씨와 나는 데칼코마니 같은 그 병원 복도를 밤새도록 돌았다. 종종 가래 뱉는 소리도 들리고 흐느끼는 소리도 들렸다. 병원에서는 사람들이 마음놓고 울었다. 몇 바퀴를 돌고 나서야 태수씨는 꾸벅꾸벅 졸았다. 그동안 나는 무슨 생각을 했던가.

　고모는 나보고 나서지 말라고 했다. 사촌동생인 희준에게 모든 걸 맡기라고. 나는 그런 고모의 눈을 똑바로 보고 말했다. 괜찮아요. 더한 것도 견뎠는걸요. 엄마까지 나를 말렸지만, 나는 이것만큼은 절대로 양보할 생각이 없었다. 내가 직접 완장을 차고 장례식장을 지켜야 했다. 그게 태수씨와 한 약속이었으니까. 태수씨는 기억도 하지 못할 약속. 사경을 헤매며 해낸 약속. 태수씨가 건강할 때, 나는 늘 돌아오는 제사 때마다 태수씨와 싸웠다. 태수씨는 할아버지가 기함을 한다며 반바지도 못 입게 했다. 제사상을 차리는 것도 늘 엄마 몫이었다. 나는 불필요한 인습이라고, 하다못해 태수씨에게 당신 아버지 제사면 직접 과일이라도 놓으라고 소리를 쳤지만, 태수씨는 듣는 척도 하지 않았다. 마치 우리에게는 각자의 역할이 있고 당신은 그걸 응당 받아들일 뿐이라는 듯이. 하지만 태수씨는 분명 조금 다른 사람이 아니었나. 나는 분명 당연한 걸 당연하지 않게 생각하는 태수씨의 모습을 좋아했었는데.

나는 장례식이 시작되기 직전에도 소리를 질러가며 싸웠다. 장례식장 직원 몇몇이 와서 말렸지만, 나는 아랑곳하지 않고 할머니에게 삿대질을 하고, 희준의 어깨를 밀며 쫓아냈다. 그러는 사이, 해서는 안 될 말들 혹은 아주 오래전에 이미 해야만 했던 말들이 오갔다. 특히 할머니에게. 그렇게 술을 될 때까지 드시고 여기까지 와서는 더 할 말이 있으세요? 있냐고. 네가 그러고도 태수씨 엄마야? 엄마냐고. 그래, 나 엄마 딸이다. 그럼? 태수씨 딸은 아니냐? 내가 닮기는 누굴 닮아. 우리 집에 그럼, 유자 말고는 계집밖에 더 있어? 그렇게 소리를 지르는 와중에 첫 조문객이 왔다. 엄마가 가까이 다가가 인사를 하며 이름을 불렀다. 성식이 형.

태수씨와 엄마는 모 대학 사학과 85학번이었는데, 동기들 이야기를 할 때마다 그들을 민주85라고 불렀다. 내가 아주 어렸을 때부터 성식이 형, 민재 형, 의식이 형과 같은 형 이야기를 많이 했고 그들이 다 민주85라고 했다. 어느 형은 이제 곧 출소를 한다더라, 어느 형은 태국에서 재혼을 한다더라, 이런 이야기도 곧잘 했다. 나는 그런 이야기를 들을 적마다 태수씨가 허풍을 떤다고 생각했는데 언젠가 정말로 청송교도소로부터 온 편지를 받은 적이 있었다. 나는 태수씨에게 그걸 건네면서 태수씨가 그 편지를 펼쳐 보기까지 긴장되는 마음으로 지켜봤다. 마침내 태수씨가 펼친 편지에는 이해할 수 없는 말들만 적혀 있었다. 간간이 수령님, 동지, 북조선 같은 단어들이 섞여 있었다. 태수씨는 편지를 대충 훑어보다 탁자 위에 던져놓았고 나는 그 편지를 몰래 내 방으로 가져왔다.

나는 무슨 뜻인지도 모르면서 편지에 적힌 내용을 한 자 한 자 비밀 일기장에 옮겨 적었다. 누가 뭐래도 우리는 투쟁을 해야 한다. 자본의 배를 불리는 식으로는 사회가 올바르게 굴러가지 않는다. 나는 태수씨가 어떤 비밀 조직의 회동에 연루되었다고 생각했고 그것이 무척 멋있게 느껴졌다. 어린 나이에도 태수씨의 일을 어떤 식으로든 지지해줄 마음을 가지고 있었다. 노동이라든지 투쟁이라든지 하는 것들이 무척 멋들어지게 느껴졌기 때문이었다. 어쨌든 나는 그 편지를 다 옮겨 적은 뒤 맨 밑에 보낸 이의 이름도 꾹꾹 눌러 적었다. 성식이 형.

*

그때부터였다. 태수씨에게 성식이 형 이야기를 해달라고 조른 것은. 태수씨는 보통 귀찮아하는 기색이 역력했다. 다만 장거리 운전을 할 때만큼은 졸음을 쫓기 위해서인지 집중해서 성식이 형에 대한 이야기를 해주었다. 성식이 형 이야기를 하다보면 태수씨와 엄마에 대한 이야기도 간혹 들을 수 있었는데, 화염병을 던지고 경찰과 대치하며 삐라를 뿌리던 그들의 모습이 머릿속에 선명하게 그려지는 것 같았다. 정말이지, 태수씨와 엄마는 그때 당시 무서울 게 없었다고 했다. 우리는 투쟁하며 공부했어. 도서관만 다니던 뜨내기들하고는 급이 달랐지. 태수씨는 일말의 후회도 없다는 듯 그렇게 말했다. 그런데 성식이 형 이야기만 하면 한숨을 푹푹 쉬었고 목소리가 갈라졌다. 나로서는 알아들을 수 없는 이야기였다. 성식이 형이 NL이었고 태수씨가 PD였는데 두 사람은 어떤 일을 계기로 가까워졌지만, 북조선의 지령을 받고 러시아로 떠난 성식이 형을 태수씨는 말릴 수가 없었다. 그렇게 러시아 인터폴에게 붙잡힌 성식이 형은 국가보안법 위반으로 오랜 기간 복역하게 되었다는 것이었다.

어쨌든 나는 태수씨에게서 틈만 나면 노동의 가치가 어떠니, 시장경제가 어떠니, 하는 소리를 듣고 자랐다. 나는 그 중심에 성식이 형이 있다고 생각했고, 머리가 더 크고 나서는 태수씨가 아주 위험한 일에 휘말릴 수도 있었다는 생각이 들었다. 성식이 형의 편지는 일 년에 한 번은 꼭 왔고 우리가 이사를 간 후에도 어떻게 알았는지 어김없이 배달되었다. 태수씨가 거기에 답장도 하지 않고 대충 아무데나 놓아두면, 나는 그것들을 차곡차곡 모았다. 그런 성식이 형을 이제야 마주하게 된 것이었다. 나는 태수씨의 영정 사진 아래 국화꽃을 놓는 성식이 형을 가만 바라보았다. 성식이 형의 행색은 아주 볼품없었다. 팔꿈치를 덧댄 감색 재킷을 걸쳤는데 나름 애써 구색을 맞춘 것 같았다. 한쪽 무릎이 아픈지 주저앉듯 절을 하는 성식이 형의 가지런한 발을 보면서, 나는 태수씨가 병원에서 성식이 형에 대해 했던 말을 다시금 떠올렸다. 내 옆에는 엄마와 동생들이 어설픈 모습으로 쪼르르 서 있었는데 무슨 말을 해야 할지 몰라 당황스러워하는 기색이 역력했다. 처음 가까운 사람의 죽음을 맞이해본 사람들의 자연스러운 모습이었다. 성식이 형이 눈물을 훔치며 자리에서 일어나 나와 맞절을 했다.

"네가 수민이구나."

"네."

"이런 애들을 두고 어떻게⋯⋯"

"성식이 형."

"응?"

나는 바지 주머니에서 수첩을 꺼냈다. 그리고 성식이 형 이름 아래 있는 문장을 읽었다. 최대한 연습한 대로.

"울지 마쇼. 태수씨의 지령이오."

"태수씨?"

성식이 형의 눈이 동그래졌다. 길게 수염을 기른 턱이 파르르 떨리는 것 같더니 이내 웃음을 터뜨렸다. 나는 성식이 형에게 다가가 귓가에 속삭이는 것도 잊지 않았다. 삼백만원은 꼭 우리 수민이한테 갚아주쇼. 당신 러시아 간다고 했을 때 내가

부쳤던 돈. 나는 최대한 태수씨의 목소리를 따라 했고 그럴싸
한 목소리가 나와 뿌듯했다.

*

 태수씨의 이름은 원래 형주였다. 오십팔 년 평생 형주라는
이름을 썼는데 여자 이름 같다고 놀림도 많이 받고 오해도 많
이 받았다고 했다. 태수라는 이름은 태수씨가 암 진단을 받은
후 고모가 작명소에서 지어 온 것이었다. 태수가 오래 살 이름
이라고 했다. 우리는 그후로 태수씨를 태수씨라고 부르게 되
었다. 사람이 믿는 대로 살아진다고, 피그말리온효과라고 아
니? 고모가 단체 카톡 방에서 그렇게 말했고 아무도 대답하는
사람은 없었지만 자연스럽게 모두가 태수씨를 태수씨라고 불
렀다. 간절했기 때문이었다. 나는 태수씨의 병 앞에서 평소라
면 콧방귀나 뀌었을 일들을 많이 했다. 친구들에게 화살기도
를 부탁했고 지도교수님에게까지 전화해 태수씨가 통 밥을 먹
지 않는다며, 변을 보지 않는다며 엉엉 울었다. 고모가 잔뜩
사다놓은 활성 비타민 주스, 아연, 면역 관리 영양제, 유산균,
정체 모를 미숫가루들을 죄다 물에 타서 한 모금씩 천천히 먹
였다. 구역질을 해도 먹였다.
 엄마는 이런 게 무슨 소용이냐고, 죄 다단계 아니냐고 심지

어 아연은 너무 많이 먹으면 위에 무리가 간다고 고모에게 몇 마디 했고, 엄마와 고모는 그 일로 머리채를 잡고 싸웠다. 다 살리자고 하는 일인데. 다 살리자고 하는 일인데도 엄마와 고모는 척을 졌다. 태수씨를 지독하게 사랑해서 서로를 끔찍하게 미워하기 시작했다. 태수씨가 뭐라고. 도대체 태수씨가 뭐라고 우리는 그토록 태수씨를 사랑한단 말인가?

내가 대학에 입학하고 나서 나와 태수씨의 정치적 견해는 극도로 갈렸다. 언젠가 태수씨는 내게 정말 궁금하다는 듯 이렇게 물었다.

"결혼은 같이 하는 건데, 남자가 무조건 집을 해 와야 한다는 게 정말 요즘 여자들의 생각이니?"

언젠가 태수씨가 보는 유튜브 쇼츠를 함께 본 적이 있는데 유독 그런 내용이 많이 나왔다. 메갈이 어쩌고 한국 여자들이 어쩌고…… 나는 태수씨에게 이런 것들을 정말 믿느냐고 물었고 태수씨는 실제로 여자들이 그렇지 않으냐며 농담 아닌 농담을 했다. 나는 태수씨가 그런 말을 할 때마다 속에서 천불이 일었다. 왜냐하면 태수씨는 자식이라곤 나를 포함해 딸만 둘이었기 때문이었다. 자꾸 요즘 여자들 이야기를 하면서도 내가 요즘 여자들 중 한 명이라는 생각은 하지 않았다. 그러니까, 태수씨는 가까이 있는 나를 두고도 저멀리 있는 요즘 여자들을 보는 식이었다. 그래서 유연한 노동 문제에 대해 비판하면서도 불가산인 가사 노동 시간에 대해서는 일언반구도 하지 않았다. 사회는 조리 있게 굴러가야 하지만, 가족이라는 제도 안의 조리는 다른 문제였던 것이다.

하지만 태수씨 또한 견뎌야 했던 것들이 너무도 많았다는 걸 알고 있었다. 두 딸을 길러내기 위해 어울리지도 않는 양복을 입고 꾸역꾸역 출퇴근을 반복했다. 그러다보니 스트레스가 쌓였고 술을 먹고 게임을 했다. 그렇게 배가 부르고 불러 복수가 찬 줄도 몰랐다. 병은 소리도 없이 발 빠르게 태수씨의 몸을 잠식했고 나는 잠식해가는 그 병이 어떤 병인지도 모르고 옆에서 태수씨가 하는 휴대폰 게임이나 구경하고 불뚝 나온 배를 통통 치며 놀려댔다. 그러면서도 태수씨는 자꾸 책임질 것들을 만들어나갔다. 특히 유자에게는 더 각별해서 나와 동생은 정신 차려보니 막내가 생겼다며 툴툴거리곤 했다.

다 알면서도 참고 사는 거야. 그런데 너네는 왜 그러니? 태수씨는 내게 이렇게 물어 온 적이 있었다. 그러나 나는 태수씨의 삶은 치열하면 치열했지 참고 견디는 방식으로 이어져온 것이 아니라고 생각했다. 그래도 나는 태수씨를 사랑했다. 인셀은 사랑하지 못해도 그런 태수씨 정도는 사랑할 수 있는 사람이었다. 어쩌면 한 사람의 역사를 알면 그 사람을 쉬이 미워하지 못하게 되지 않을까, 그런 생각이 들었다.

성식이 형은 조용히 육개장에 소주 한 병을 천천히 비웠다.

나는 성식이 형 앞에 가만히 앉아 있었다. 아직 이른 새벽이라 조문객이 별로 오지 않아 가능한 일이었다. 성식이 형은 내게 더이상 가타부타 말도 붙이지 않았으며 오히려 내내 난감한 표정을 짓고 있었다. 그러다 문득 생각이 난 듯 내게 말을 걸었다.

"형주가……"

"태수씨요."

"그래, 태수씨가…… 나랑 팔당에 간 적이 있어."

팔당에 가서 그러더라, 네 엄마가 널 임신했다고. 그래서 우리는 그만해야 될 것 같다고. 성식이 형이 그렇게 말했다. 무엇을요? 내가 묻자 성식이 형은 조용히 대답했다. 혁명. 그래서 내가 러시아를 혼자 간 거야. 지령을 받고. 태수씨도 지령을 받았어요? 아니지. 걔는 듣자마자 말렸지. 걔는 뼛속까지 PD였어. 아무래도 수령님을 모시는 건 자기 길이 아닌 것 같다고 말이야. 자기는 식구들 먹여 살려야겠대. 그래서 내가 펄쩍 뛴 거야. 그러니까 미안하다면서 준 게……

"삼백만원이라고요?"

"그래."

"그래도 줄 건 줘야죠."

"그래야겠지?"

성식이 형은 소주 한 병도 모자라 또 한 병을 비운 뒤 장례식장을 빠져나갔다. 나는 성식이 형을 따라갔다. 뒤따라오는 나를 의식했는지 성식이 형의 걸음이 빨라졌다. 그러다 갑자기 뒤를 돌아보더니, 알겠다, 담배나 한 대 피우자, 하고 담배를 피웠다. 나도 한 대 빌려 같이 피웠다. 그리고 성식이 형은 그 자리에서 내게 이백오십만원을 이체해주었다. 오십만원은 담뱃값이라고 했다. 그냥 평범한 마일드 세븐인데. 내가 말했다. 하지만 성식이 형은 모른 척했고 나는 나름대로 성식이 형의 역사를 알아서인지 그냥저냥 넘어가게 되었다.

"대신 부탁이 있어요."

부탁? 성식이 형이 되물으며 불안한 모습으로 주변을 둘러봤다. 우리집 개를 장례식장에 데려와주세요. 그러자 성식이 형이 나를 빤히 쳐다봤다. 그러더니 아직까지도 미행을 당해, 그렇게 말하며 어둠 속으로 사라졌다. 나는 멀어지는 성식이 형을 바라보면서 태수씨도 겁이 났구나, 생각했다. 태수씨는 나에게 그 당시 멋지게 화염병을 던지고 공장에 위장 취업을 하고 삐라를 뿌린 이야기밖에 해주지 않았기 때문이었다.

\*

나는 인유두종 바이러스를 가지고 있다. 자궁경부암에 걸릴 확률이 꽤나 높은 고위험군 바이러스로 의사는 내게 분기별

검진을 권했다. 처음 바이러스가 있다는 걸 알고 자궁경부암 검사를 했을 때, 결과가 나오기까지 사흘의 시간이 걸렸다. 나는 그 시간 동안 자궁을 들어내는 것과 진단비 이천만원을 받아내는 것을 동시에 상상했다. 월급은 형편없었고 대출이자는 천정부지로 치솟을 때였다. 결국 나는 가까운 친구에게 이렇게 말했다. 나 아무래도 (암에) 걸리더라도, 진단비를 받는 쪽인 것 같아. 그러자 친구가 기함을 했고 나는 그후로 다시는 그런 말을 함부로 내뱉지 않았다. 나는 태수씨와 데칼코마니 같은 병원 복도를 빙빙 돌 때마다 그 친구 생각을 하곤 했다. 그때부터 내가 하는 모든 말들이 나를 찌르기 시작했다. 결국 암에 걸린 것은 태수씨였다. 병은 내가 상상한 것보다 훨씬 고통스러웠고 삶은 지독히도 내 뜻대로 굴러가지 않았다. 아니, 내 삶을 단 한 번이라도 손에 쥔 적이 있던가. 삶은 언제나 나를 쥐고 흔들 뿐이었다.

태수씨는 MRI 찍는 것을 포기했다. 커다란 통 속에 들어가는 것이 꼭 숨통을 조이는 것만 같다고 했다. 아티반을 주입했는데도 통 속에서 고함을 지르고 몸부림을 쳐서 간호사 세 명이 들러붙어 진정시켜야 했다. 나는 그때 대기실에서 전자책을 읽으며 태수씨를 기다리고 있었는데, 두 시간이 지나도 태수씨가 나오지 않았다. 검사실에 드나드는 사람들의 얼굴은 빨갛고 까무잡잡했다. 나는 하얀 천 아래의 맨발만 봐도 그들이 태수씨가 아님을 알았다. 결국 데스크 간호사에게 태수씨의 행방을 물은 끝에 검사를 시작한 지 십오 분도 안 되어 병실로 복귀했음을 알았다. 전화 한 통 하지 않는 태수씨에게 머리끝까지 화가 난 채로 엘리베이터로 향했다. 그즈음 태수씨는 휴대폰을 보지 않았다. 전화가 와도 받지 않고 좋아하는 유튜브도 보지 않았다. 병실에 도착하자 태수씨가 엎드려 울고 있었다. 나는 태수씨의 등을 쓸어내리며 말했다.

"태수씨, 나 인유두종 바이러스가 있대."

"그게 뭔데."

"자궁경부암을 일으키는 바이러스야."

"수민아, 그거 성관계 때문 아니니?"

"응, 맞아."

"누구 때문이니?"

"태수씨, 그건 몰라."

태수씨는 코를 훌쩍이며 몸을 일으켰다. 그리고 휴대폰을 들어 무언가를 검색하기 시작했다. 나는 태수씨가 뭐라도 하는 게 좋아서 말을 하길 잘했다고 생각했다. 자기 걱정 안 하고 남 걱정하는 게 차라리 나으니까. 그렇게 또 병원 복도를 빙빙 돌면서 태수씨는 자궁경부암에 대한 생각을 했고 자꾸 나에게 의미 없는 질문을 했다. 원래 그런 병에 많이들 걸리니? 몰라, 운 나쁜 섹스 하면 걸릴 거야. 나는 그런 태수씨의 질문에 대충 대답하며 우리가 무슨 잘못을 했는지 오래도록 생각했다. 하지만 결국 우리가 잘못한 건 없다는 결론에 도달했다. 그냥 적당히 돈 없고 적당히 뭘 모른 채 살아왔을 뿐이었다.

*

건강했을 적, 태수씨는 페이스북을 곧잘 했는데 남다른 글솜씨로 페친이 꽤 많았다. 페친들은 태수씨에게 감자며 옥수수 따위를 보내주었고 세탁소를 한다는 어떤 페친은 손님들이 찾으러 오지 않는 옷을 여러 벌 챙겨 보내주기도 했다. 태수씨는 페친이 준 겨울 점퍼를 입고 가족 앞에서 으스댔다. 나도 들어본 적 있는 비싼 브랜드였다. 태수씨는 세탁소 페친과 술도 먹고 노래방도 다녔다. 태수씨는 운동을 잘 하지 않았다. 출퇴근길이 오래 걸리니 그게 바로 운동이라며 우리에게 떵떵거렸다. 노는 거라곤 술 먹고 고성방가를 하고 담배를 피우고 노래방에 가는 것. 그게 다였다.

반면 엄마는 대학 때부터 테니스 동아리에 들 정도로 테니스에 진심인 사람이었다. 그러다가 테니스 엘보가 와서 테니스를 그만두었다고 했다. 그후로 엄마는 좀처럼 운동을 하지 않았고 점차 모든 것에 흥미를 잃어갔다. 아니, 정확히 말하면 나를 낳은 이후로 그렇게 되었다고 했다. 그렇다고 너를 미워하거나 그런 건 아니야. 엄마는 그렇게 말했지만, 초등학생이던 나에게 사소한 걸로 트집을 잡고 툭하면 혼을 냈는데, 나는 그게 일종의 괴롭힘이라고 생각한 적이 있었다.

어쨌든 엄마는 테니스를 그만둔 이후로 조금씩 술을 배우기 시작했고 급기야는 태수씨와 함께 술을 마시러 다녔다. 그렇게 세탁소 페친과도 친해졌다. 그러다가 갑작스럽게 그 페친과 연을 끊게 된 사건이 있었다. 엄마가 주사를 부린 탓이었다. 매운탕을 먹다가 갑자기 숟가락으로 페친의 빈 정수리를 탕탕 때렸다고 했다. 처음에는 페친도 장난으로 받아들였는데, 점점 강도가 세져 페친의 정수리가 붉게 달아올랐다. 태수씨는 엄마의 숟가락을 빼앗으려 애를 썼지만 엄마는 술만 마시면 힘도 세졌기에 마지막으로 한 방, 테니스공을 치듯이 시원하게 페친의 정수리를 때렸다. 그 술자리는 엉망진창이 되었다.

고맙게도 태수씨의 페친들이 더러 장례식장에 와주었다. 엄마가 숟가락으로 정수리를 때린 페친도 물론 있었다. 나는 그 페친이 절을 하고 국화꽃을 놓을 때 얼른 수첩을 확인한 뒤 마주서서 인사하는 틈을 노려 귓속말을 했다. 그 옷들 말이야, 다 짝퉁이더만. 그러자 페친의 얼굴이 새빨갛게 달아올랐다. 그러고는 식사도 하지 않고 서둘러 장례식장을 나가버렸다.

엄마는 영문을 몰랐고 나는 속으로 많이 웃었다.

태수씨는 네 엄마가 골 때리는 주사가 생겼다며 꼴도 보기 싫다고 화를 냈지만, 사실 엄마의 사정은 달랐다. 그 폐친이 꼬라지를 부렸다는 것이었다. 당신 남편이 속이 없다느니, 누가 내다버린 옷을 줘도 넙죽 받더라느니, 좀 챙기라느니, 그런 소리를 했다고. 엄마는 어렸을 때 집이 꽤나 잘살았는데, 어느 정도냐 하면 애들이 도시락 반찬으로 계란프라이에 김치를 싸올 때 혼자 흑빵 사이에 치즈와 햄을 끼운 샌드위치를 싸다닐 정도였다. 그런 엄마가 가난하지만 낙관적인 태수씨를 만나 있는 속 없는 속 다 버리고 살아왔다. 그러니 폐친의 은근한 조롱을 모를 리 없었다. 우리 가족은 그렇게 속없이 살아왔어도, 기쁠 때 기뻐할 줄 알고 화낼 때 화낼 줄도 알고 살아왔다.

그래서 우리 가족은 태수씨가 아픈 뒤로도 조금씩 기뻐했다. 물론 많이 슬펐지만, 슬픈 와중에도 틈틈이 기뻐했다. 우리는 태수씨가 아프고 나서 태수씨의 먹는 것과 싸는 것에 모두 집중하고 즐거워했다. 나는 태수씨가 미음을 한 숟가락 뜨거나 통잠을 자면 온 가족에게 전화를 걸었고 대변을 보면 그것을 사진으로 찍어 기록해두었다. 내 생전 남의 대변을 사진으로 찍게 될 거라곤 상상도 못했다. 그런데 병원 생활이라는 게 그랬다. 개인의 모든 식생에 집중하게 되었고 작은 변화 하나에도 심장이 내려앉거나 자그마한 희망을 품게 되었다.

오후가 되자 장례식장은 사람들로 붐비기 시작했다. 나의 가까운 친구들부터 먼 친구들까지 알음알음 찾아왔는데 태수씨의 친구가 가장 많았다. 나는 봉롱한 정신으로 조문객을 맞이했고 수첩을 펼친 뒤 SNS나 사진 등을 통해 알아둔 얼굴을 매치시켜 태수씨의 말을 전해줬다. 그러면 어떤 사람은 울었고 어떤 사람은 웃었다. 또 어떤 사람은 더러 화를 내기도 했다. 그럴 때마다 엄마는 영문을 모른 채 내가 들고 있는 수첩을 뺏으려 들었지만, 나는 결코 내어주지 않았다.

몇몇 노인은 완장을 찬 내게 태수씨가 아들이 없어 안타깝다는 소리를 했다. 그러면 나는 그렇게 안타까울 일은 아니에요, 라고 맞받아쳤다. 그러면 엄마가 하지 말라고, 그러지 말라고 손을 내저었다. 나는 애도하러 와서 굳이 그런 말까지 하는 사람들이 더욱 이해되지 않았다. 사촌동생이 남자라는 이유로 상주 노릇을 해야 한다는 것도 터무니없는 말이었다. 누구보다 태수씨를 잘 알고 사랑했던 맏딸이 여기 있는데. 하지만 사랑을 증명할 길은 달리 없었다. 누구의 사랑이 더 크다고 말할 수 있을 것인가. 우리는 한 트럭의 미움 속에서 미미한 사랑을 발견하고도 그것이 전부라고 말하는데. 더군다나 나는 태수씨를 사랑하고 있다는 걸 태수씨가 아프고 난 다음에야 깨달았다. 휴대폰 알람이 울렸다. 모르는 번호로 문자가 와 있었다. 집 비번은? 성식이 형이었다.

생전 친구가 워낙 많았던 태수씨의 장례식장은 빈틈없이 꽉 채워져 있었다. 하지만 나를 통해 온 조문객은 몇 명 없었다. 친한 친구 몇 명만 종일 빈소를 지켜주었다. 소중한 이들에게 나 잘하면 된다고 나름대로 담담히 받아들이려고 했지만, 서운한 마음은 어쩔 수 없었다. 하지만 누구에게 서운해한다는 말인가. 나는 대학 때부터 친구도 몇 명 없었고 회사도 퇴직금 받을 시기만 다가오면 그만두기 일쑤였다. 바로 직전까지 다니던 회사도 태수씨를 간병하기 위해 그만뒀지만 겨우겨우 일 년을 채운 뒤 나가는 꼴이 좋지 않기는 마찬가지였다. 그곳은 작은 중고 거래 플랫폼 회사였는데 칸막이도 없는 널따란 공간에 사무실용 책상 서른 개가 다닥다닥 늘어서 있는 곳이었다. 휴게실도 없는 곳에서 나를 포함한 직원들은 점심때마다 온갖 음식 냄새를 풍기며 도시락을 먹었고 나머지 시간에는 일을 했다. 운영팀에 소속된 나는 주로 올라온 매물을 검수하는 일과 고객 관리 업무를 했다. 시간이 나면 몰래몰래 데스크톱에 다운받아둔 전자책 뷰어로 전자책을 읽었다.

일이 간단한 만큼 연봉도 매우 적었다. 나는 매일 여섯시만 되면 자리에서 일어나 퇴근했지만, 개발팀은 그러지 못했다. 개발팀은 이십대 중후반의 직원들이 대다수였고 막 IT 업계로 발을 들인 사람들이 많았다. 이곳을 발판 삼아 더 나은 곳으로 가기 위해 노력하는 사람들. 개발팀의 어떤 직원 중 하나가 이 회사의 운영팀이 고삼녀들의 종착지라며 우스갯소리를 했다고 들었다. 그들이 말하는 고삼녀란 고학력자 삼십대 여성의 줄임말이었다. 운영팀끼리 점심 회식을 하는 자리에서 그런 이야기가 나왔는데 나는 그 말이 어느 정도 일리가 있다고 생각한다며 넌지시 말을 보탰다. 그러자 분위기가 싸해졌다. 그러니까, 어딜 가도 나는 그런 식이었던 것이다.

사람들은 각양각색으로 태수씨의 죽음을 애도했다. 통곡을 하는 사람도 있었고 훌쩍이는 사람도 있었고 삼삼오오 모여 술을 마시며 즐거워하는 사람들도 있었다. 나는 슬퍼하는 쪽보다는 즐거워하는 쪽이 편했는데, 우는 것에 너무 질려버렸기 때문이었다. 우리 가족은 태수씨 없을 때 정말 많이도 울었지만, 태수씨 앞에서는 함부로 울지 않았다. 그건 태수씨도 마찬가지였다. 태수씨는 항암 치료를 시작하면서 요양병원으로 거처를 옮겼다. 대학병원 병실은 자리가 없었기 때문이었다. 태수씨는 우리 형편에 1인실이 어렵고 2인실을 써야 한다는 걸 알았지만 병원장을 구워삶아 2인실 값에 1인실을 얻어내고야 말았다. 태수씨는 그런 사람이었다.

나도 태수씨 같은 사람이 되고 싶었는데. 언젠가 내가 그런 말을 한 적이 있었다. 태수씨는 요양병원 꼭대기 층에 있는,

정원이라고 불리는 정원 아닌 곳을 좋아했다. 그곳에는 비싼 안마 의자도 있었고 족욕을 하는 공간도 따로 있었다. 태수씨를 휠체어에 태워 그곳으로 데려가면 태수씨는 담요를 두른 채 휠체어에 앉아 꾸벅꾸벅 졸았다. 그러면 나는 거기서 족욕도 하고 안마 의자에 누워 낮잠을 자기도 했다. 태수씨는 그게 좋다고 했다. 내가 그러는 거, 족욕도 하고 낮잠도 자는 거. 사실 족욕이라고 하기에는 애매하게 미지근한 물밖에 나오지 않았지만, 나는 미지근한 물에 오래도록 발을 담근 채 태수씨에게 말을 걸었다. 나도 태수씨 같은 사람이 되고 싶었는데. 태수씨는 내 말을 듣자마자 그러냐, 했다. 그러더니 내가 어떤 사람인데, 되물었다.

"모든 일에 훼방을 놓고야 마는 사람."

그렇게 말하자 태수씨가 웃었다. 웃다가 허리가 아픈지 눈살을 찌푸렸다. 나는 그때 태수씨에게 고삼녀의 뜻을 알려주며 내가 그런 말을 들었다고 했다. 그러자 태수씨는 잠자코 이야기를 듣더니 고개를 들었다. 그리고 눈을 동그랗게 뜬 채로 물었다. 네가 벌써 서른이니? 응, 태수씨. 나 서른이야. 많이도 먹었다. 그러게. 근데 말이야. 나이라는 게 사람을 주저하게도 만들지만 뭘 하게도 만들어. 그 사람들이 뭘 모르고 하는 말이야. 아빠는 어이고, 내 나이가 사십이네, 하면서 조금 어른스러워졌고 어이고, 내 나이가 오십이네, 하면서 조금 의젓

238

해졌어.

"그런데 그거 알아? 나는 태수씨가 운 걸 딱 한 번 본 적 있어."

"언제?"

"노무현 전 대통령 추모제 때. 그때 태수씨가 국화꽃을 놓으면서 하염없이 울었어. 나 꽤 어렸을 땐데. 그래서 되게 무서웠어."

그러자 태수씨가 희미하게 웃었다. 정말 열렬히 사랑했던 사람이었거든. 태수씨는 그렇게 말하더니 잠자코 있다가 내게 거울을 보여달라고 했다. 나는 가지고 있는 거울이 없어 휴대폰 전면 카메라를 켜서 태수씨에게 보여주었다. 그러자 태수씨가 머리를 이리저리 비춰 보더니 인상을 잔뜩 찌푸린 채 눈물을 흘렸다.

"아빠, 왜 그래."

"무서워서 그래."

"뭐가?"

"있잖아, 수민아. 그냥 죽고 싶은 마음과 절대 죽고 싶지 않은 마음이 매일매일 속을 아프게 해. 그런데 더 무서운 게 뭔지 알아? 그런 내 마음을 어떻게 알고 온갖 것들이 나를 다 살리는 방식으로 죽인다는 거야. 나는 너희들이 걱정돼. 사는 것보다 죽는 게 돈이 더 많이 들어서."

나와 태수씨는 그때 처음으로 함께 울었다. 하도 오래 발을 담가서 발가락이 팅팅 불어 있었다. 나는 울먹거리며 태수씨에게 물었다. 태수씨는 왜 족욕을 안 하는 거야? 그러자 태수씨도 훌쩍이며 대답했다. 아빠는 무좀이 있잖아.

*

　그후로 태수씨와 나는 더 많은 대화를 나눴다. 알고 보니 태수씨는 잔뜩 겁에 질려 있었다. 휴대폰을 보지 않는 것도, 내게 전화를 나가서 받으라고 하는 것도 겁에 질려 있어서 그런 것이었다. 자기 빼고 돌아가는 세상이 미치도록 무섭다고 했다. 나는 태수씨 앞에서 휴대폰을 꺼내는 대신 만화책을 잔뜩 빌려 와 태수씨와 함께 읽었다. 태수씨 젊었을 적 이야기도 많이 들었다. 이미 몇 번이나 들었지만 못 들은 척했다. 어김없이 성식이 형이 또 나왔다.
　"성식이 형이 네 엄마를 좋아했어."
　"엄마 인기 많았네."
　"엄마도 NL이었거든."
　"아빠는 PD였다며."
　"응."
　"그런데 어떻게 연애를 했어? 둘은 사이가 안 좋았다며."

"머리핀 공장에서 만나서."

나는 태수씨가 머리핀 공장에서 일을 하는 모습이 좀처럼 상상되지 않았다. 똑딱 핀에 조그마한 큐빅이나 리본을 붙이고 있었을 태수씨. 나는 아직도 NL이 무엇이고 PD가 무엇인지 모르지만, 그것이 태수씨와 엄마를 살아 있게 했다는 것은 알고 있다. 세상의 중심을 논하는 방식이었다는 것도 알고 있다. 나는 그것들이 부럽게 느껴지기도 했다. 똑딱 핀을 만들며 그들은 무슨 도모를 그렇게 열심히 했을까. 나는 여태까지 도모해온 일들을 떠올리려고 노력하다가 포기하고야 말았다. 그렇게 거창한 일은 생전 해본 적이 없었다.

새벽 세시쯤 되자 조문객이 현저히 줄었다. 엄마와 동생은 작은 방에 들어가 잠시 쪽잠을 청하고 나는 자리에 앉아 꾸벅 꾸벅 졸고 있었다. 옅은 꿈에서 태수씨가 나에게 좀 일어나라, 잠충아, 소리를 질렀다. 그리고 자꾸 내게 했던 말을 또 했다. 태수씨는 꿈에서도 했던 말을 또 하는구나, 잠결에 그런 생각을 했다. 그런데 누가 내 어깨에 지그시 손을 얹었다. 눈을 떠보니 이전 회사의 차장님이 와 있었다. 나는 놀라 서둘러 몸을 일으켜 인사를 했다. 그러자 차장님이 내 두 손을 잡고 헤벌쭉 웃어 보였다. 차장님은 늘 그렇게 웃었다.

차장님과 나는 종종 함께 외근을 나갔다. 외근이라지만 하는 일은 볼품없었다. 사장님의 아이들이 하원하는 시간에 맞춰 픽업한 뒤, 사모님이 오기 전까지 놀이터에서 놀아주는 일이었다. 두 아이는 곧 제주도에 있는 국제학교에 입학할 예정이라고 했다. 사장님은 내게 친절한 말투로 일렀다. 그러니까, 잠시 동안만. 수민씨 인상이 제일 좋아서 그래. 그러나 나는 면허가 없어서 그 회사에 십 년째 근무중이던 차장님이 함께 가게 되었다.

나와 차장님은 아이들 그네를 밀어주면서, 미끄럼틀을 태우면서 많은 이야기를 했다. 요즘은 놀이터에 모래가 없네요, 그런 이야기도 하고, 제가 사실 주식으로 천만원을 잃었는데요, 그런 이야기도 했다. 아니 주로 이야기를 하는 쪽은 나였다. 이상하게 차장님의 헤벌쭉한 표정을 보고 있으면 그런 말이 잘도 나왔다. 차장님은 자주 말을 더듬었고 틈만 나면 헤벌쭉 웃었지만 말을 듣다보면 명민한 사람이라는 인상을 주었다. 나는 그런 차장님이 정말 어른 같다고 생각했고 많이 의지했던 것 같다.

조문을 온 차장님은 자리에 앉더니 내게 잠시 앉으라고 손짓했다. 나는 고요한 주변을 둘러보다가 차장님 앞에 가서 앉았다. 그러자 차장님이 육개장에 밥도 말아주고 숟가락에 수육도 올려주었다. 그러면서 내게 말했다.

"수민씨 없어서 요즘 회사 다니는 게 아주 고역이야."

"그전에도 잘만 다니셨잖아요."

"그래도 있다가 없는 거랑 같나?"

차장님이 육개장을 크게 한술 먹었다. 그리고 맥주도 한 병 까서 마셨다.

"어떻게 알고 오셨어요?"

"수민씨가 문자 보냈잖아."

나는 할말이 없어서 식탁을 덮은 여러 장의 진지들만 바라보고 있었다. 그러자 차장님이 말했다. 나는 수민씨가 조금 다른 사람인 거 대번에 알아봤어. 환경 운동이니 페미 운동이니 그런 배지들 가방에 주렁주렁 달고 다니잖아. 차장님이 진지하게 페미 운동이라고 말하는 걸 듣고 괜히 웃음이 터졌다. 그게 차장님이랑 무슨 상관이 있어요? 내가 묻자 그냥 그런 것들이 보기가 좋았다고 했다. 차장님도 어렸을 때 운동 같은 걸 한 적이 있는데, 그때가 기억이 났다고. 나는 도대체 무슨 운동을 했느냐고 물어보고 싶었는데 말이 잘 나오지 않았다. 그 대신 괜스레 눈물이 났다.

"차장님도 요즘 여자들이 그렇게 싫으세요?"

"요즘 여자들? 우리 회사 요즘 여자들은 다 괜찮아."

차장님은 십 년 동안 같은 회사에 있어서 그런지 모든 사람들을 다 회사 사람들과 비교하게 됐는데, 어쨌든 다 괜찮은 사람들이라는 말로 끝을 맺었다. 나는 차장님이 그래서 좋았다. 요즘 애들, 옛날 애들 가리지 않고 맞춰가는 그 유도리가 진짜

멋으로 느껴졌다. 그러니까, 나 같은 요즘 애들은 똑딱 핀을 만들면서 무언가를 도모할 거리는 없었지만, 그래도 뜻이라는 게 있었다. 삶을 살아가고자 하는 뜻, 의지, 그런 것들. 비록 미적지근할지언정, 중요한 건 분명히 그런 게 존재한다는 것이었다. 나는 수첩을 꺼내지 않고 차장님에게 말했다. 차장님, 평생 차장님으로 남아주시면 안 돼요? 그러자 차장님이 헤벌쭉 웃으며 말했다. 아무래도 그럴 것 같지?

*

사실 태수씨 장례식 프로젝트의 핵심 인물은 동생 수진이었다. 나와 수진은 일주일을 절반씩 갈라 태수씨의 간병을 도맡았다. 엄마는 직장을 그만두면 안 되었기에 그렇게 했다. 수진은 처음에는 나보다도 많이 울었지만, 곧 누구보다도 먼저 태수씨의 병에 적응하고 이런저런 규칙을 만들기 시작했다. 클리어 파일을 사서 A4 용지를 끼워 넣고, 그날그날 태수씨가 먹은 것들을 기록해놓았다. 그리고 그것들을 카톡으로 우리에게 공유하기 시작했다. 변이 나오지 않는다고 하면 유산균을 먹이고, 누룽지를 잘 먹는다 싶으면 바로 쿠팡에서 누룽지 한 박스를 배송시켰다. 누가 시키지도 않는데 그랬다. 나와 엄마는 수진의 지시대로 태수씨를 간병했고 잠을 못 자면 머리를 쓰다듬어주라고 해서 시키는 대로 했다. 그러자 태수씨는 정말 잠에 들었다.

태수씨가 옛날에 그런 적이 있었다. 아빠는 죽으면, 장례식은 재미있게 하고 싶어. 그래서 처음에 수진은 나에게 그렇게 제안했다. 태수씨의 영상을 만들자. 그러나 나는 마른 모습의 태수씨를 다른 사람들에게 보여주고 싶지 않았다. 그건 태수씨도 원하지 않을 거라고, 그건 우리 입장일 뿐이라고 딱 잘라 말했다. 그러자 수진이 태수씨에게 직접 물어본 것이다. 나는 처음에 그 사실을 알고 화를 냈지만, 막상 직접 만난 태수씨는 묘한 활력에 들떠 있었다.

나와 수진은 교대하기 전 한 시간 정도 시간을 내어 태수씨의 이야기를 들었다. 돈을 갚지 않고 러시아로 떠나버린 성식이 형에 대해서, 자신이 수배당했을 때 재워준 민재 형에 대해서, 내 돌잔치 때 두 돈이나 되는 금반지를 해준 의식이 형에 대해서. 나와 수진은 그것을 음성 메모로 기록하고 수기로 적으면서 태수씨가 영상으로 전하는 대신 우리가 그들에게 해줄 한 마디, 한 마디를 함께 고민했다. 그러다가 상주 이야기가 나왔고 태수씨는 내가 상주를 할 수 없는 제도가 몹시 못마땅하다고 했다.

"내가 하면 되지, 상주."

"그게 그렇게 되나?"

"요즘 여자들은 다 해."

내가 태수씨를 째려보듯 말하자 태수씨가 와하하 웃으며 내게 속이 좁다고 했다. 나는 혹여 태수씨의 아쉬운 소리가 남들에게 농담처럼 들릴까 걱정되었다. 그래서 태수씨가 고통에 몸부림칠 때도 녹음기를 켜두고 태수씨의 손을 잡고 몇 번이나 물었다. 태수씨, 내가 상주지? 응. 내가 상주야? 응. 누가? 수민이가, 우리 수민이가……

우리는 그렇게 태수씨의 죽음에 관해 우스갯소리를 하고 이것저것 계획하며 삶을 영위해나갔다. 그것은 죽음을 도모하며 삶을 버티는 행위였다. 태수씨는 자신이 죽는 것을 무엇보다 두려워했지만, 자신의 죽음을 계획하는 일에는 두려움이 없었다. 그 두 가지는 태수씨에게 전혀 다른 것이었다. 그렇게 태수씨는 나와 수진에게 자신의 장례식에 관한 계획 하나를 털어놓게 된 것이었다. 사실은 말이야, 아빠도 좀 이상한 건 아는데, 유자가 내 장례식에 와줬으면 좋겠다.

*

장례식 마지막날이 됐다. 발인을 하기 두 시간 전이었다. 조문객 몇몇이 여전히 장례식장을 방문했고 나는 거의 먹지도 자지도 못해 정신이 혼미할 지경에 이르렀다. 그때 성식이 형에게 문자가 왔다. 도착. 나는 수진에게 그 문자를 보여주었다. 유자는 십오 킬로그램이 넘는 진돗개였다. 태수씨는 퇴직후에는 귀촌을 하겠다며 철저히 준비를 하고 있었는데, 옛날부터 개를 키우는 것이 꿈이었다며 유기견 입양 사이트를 직접 뒤져 유자를 입양해 왔다. 태수씨는 평소에는 기웃거리지도 않던 부엌에서 고구마를 삶고 고기를 구워 유자에게 주었다. 유자는 갈수록 포동포동해졌고 나와 수진은 제발 그러지말라고 태수씨를 타박했다. 엄마도 마찬가지였다. 사람 먹는걸 먹이면 똥냄새가 더 심하다고. 엄마는 유자를 조금 못마땅해했다.

어쨌든 유자는 태수씨를 졸졸 쫓아다녔다. 태수씨가 올 때면 어떻게 아는지 엘리베이터 소리만 들려도 꼬리를 흔들고낑낑거렸다. 태수씨는 유자의 두 앞발을 들어 함께 춤을 추기도 했다. 노래도 없이 추는 그 춤은 신기하게도 경쾌하게 느껴졌다. 그런데도 나는 유자를 태수씨의 장례식장에 데려오는게 이상하다고 생각했다. 내가 태수씨에게 꼭 그래야 하냐고묻자 태수씨는 꼭 그래야 한다고 대답했다. 그러면서 내게 말했다.

"나는 꼭 훼방 놓고야 마는 사람이잖아."

성식이 형이 평소 태수씨가 타고 다니던 휠체어에 유자를태워 왔다. 그러니까, 정확히 말하면 유자가 들어간 케이지를 휠체어에 태워 왔다. 담요를 덮은 채로. 장례식장에 개를 데려 오면 안 된다는 말은 없었지만, 성식이 형은 안 된다는 걸 알 면서도 그렇게 한 것 같았다. 수진은 성식이 형이 휠체어를 끌 고 오자 한달음에 달려나갔다. 엄마는 성식이 형이 또 장례 장에 오는 것이 이상했는지 나가보려고 했다. 나는 엄마의 어 깨를 잡으며 나와 수진 그리고 성식이 형이 함께 도모한 것이 있다고 했다. 그러자 엄마가 고개를 갸웃거렸다. 그리고 수진 이 담요를 걷고 케이지를 열었을 때, 소리를 질렀다.

장례식장은 말 그대로 난장판이 되었다. 유자는 장례식장 곳곳의 냄새를 맡고 음식을 먹느라 바빴고 벽에다가는 오줌을 누었다. 직원들이 유자를 잡기 위해 이리저리 뛰어다녔지만 쉬이 잡히지 않았다. 유자는 내가 있는 곳으로 한달음에 달려 와 꼬리를 흔들었고 나는 유자의 머리를 쓰다듬었다. 그러자 엄마가 울며 소리를 질렀다.

"니들 진짜 미쳤니?"

나는 수첩을 들어 엄마에게 해야 할 말을 찾았다. 그리고 해 오던 것과 같이 최대한 태수씨의 말투를 흉내내며 말했다.

"공여사, 자중하시오. 우리의 적은 제도잖아."

그러자 엄마, 공여사가 허탈한 표정으로 자리에 주저앉았 다. 유자는 태수씨의 바람대로 길길이 날뛰었다. 화환과 국화 꽃을 물어뜯고 이곳저곳 냄새를 맡고 사람들을 향해 짖어댔

248

다. 나와 수진은 서로 은근한 눈짓을 주고받았다. 장례식장 직원들이 성식이 형을 끌고 나갔다. 성식이 형은 끌려나가면서도 유자의 만행을 끝까지 지켜보려고 했다. 나는 비록 눈물이 차올랐지만, 활짝 웃고 있는 태수씨의 영정 사진을 보면서 같이 웃어 보였다. 수진도 그랬다. 그것이 태수씨의 마지막 지령이었기에.

분
재

차연은 부쩍 과거에 했던 어리석은 일들이 떠올랐고 그럴 때마다 등골이 서늘해졌다. 밥을 먹고 햇볕을 쬐고 텔레비전을 보는 일상만 반복되다보니 자꾸 옛날 생각을 하게 되었다. 수진에게 억지로 미역을 먹였다가 애가 평생 미역을 못 먹게 된 일이라든가 손녀에게 기어코 이을 윤 자를 쓰게 한 일들. 그런 일을 떠올리다보면 자연스레 혼잣말이 늘고 잠은 줄었다. 이러다가 치매에 걸리는 건가. 그렇게 퍼뜩 정신을 차린 후에는 서둘러 신문을 읽었다.

　글자를 읽고 말하는 연습을 하다보면 생각이 조금이나마 사라졌다. 차연은 팔십이 가까운 나이임에도 시력이 굉장히 좋은 편이었다. 젊은 시절부터 매일 신문을 읽는 습관을 들여왔고 아홉시 뉴스를 챙겨 보았다. 하지만 요즘 뉴스는 괜스레 울적해져 좀처럼 보지 않게 되었다. 하루가 다르게 확진자가 늘어가니 더 그랬다. 꽤 오랜 시간을 살아왔지만 사는 것에는 도무지 석응이 되지 않았다. 차연은 자신이 살고 있는 곳과 똑같이 생긴 앞 동의 오래된 복도식 아파트를 바라보며 그래도 더 건강해져야겠다고 다짐했다.

새벽에 일어나자마자 창틀을 깨끗하게 청소했고 스티커를 붙여 구멍난 방충망을 수리했다. 모기는 별로 없었지만, 또 모를 일이었다. 가을이 올 즈음엔 윤재를 불러다 늦게나마 삼계탕이라도 끓여줄 참이었다. 찹쌀을 불리고 닭을 손질하고 다리를 꼬아 고아내는 건 여간 고된 일이 아니었다. 특히 이 집 싱크대는 유난히 높이가 낮아 차연의 허리께에도 미치지 않았다. 허리를 구부리고 부엌일을 하는 것이 점점 힘들어졌다.

차연은 젊을 적부터 혼자 힘으로 가계를 꾸려왔고 남의 도움 없이 이렇게나마 살게 되었다. 차연은 스무 살도 되지 않았을 때 남편을 만나 가족의 반대를 무릅쓰고 야반도주를 했다. 집을 나오며 훔쳐온 돈으로 보따리 장사를 했는데 수완이 좋아 큰돈을 모을 수 있었다. 사실 그 시절은 없이 살아도 좋았다. 전국 어디든 남편과 돌아다니며 장사를 했는데 꼭 마실 다니는 기분이었다. 나중에는 장사치들과 몰려다니다 남편이 도박에 빠지기도 했지만. 어쨌든 차연은 그렇게 모은 돈으로 나이 마흔에 후암동에 있는 작은 한옥을 샀다.

하지만 이제는 손녀를 불러다 밥 먹이는 것조차 피곤한 일이 되어버렸다. 윤재가 오지 않은 지도 몇 달이 되었나. 차연은 주말마다 오는 윤재에게 부러 오지 말라며 차갑게 쏘아붙였다. 그럴 의도는 아니었지만, 부담이 되는 것은 사실이었다. 손주가 오면 일단 좋은 음식을 먹여야 했다. 그것뿐일까. 몸단장도 해야 했다. 윤재가 있을 때는 새벽부터 일어나 깨끗이 씻고 머리를 빗고 옷을 차려입었다. 그래야 자식들도 깔끔한 사람이 되는 거야. 젊었을 적 누군가가 던진 말을 듣고 평생을 그런 마음가짐으로 살아왔다. 하지만 똑 부러지는 엄마는 되지 못해 아이들이 늦잠을 자도 제대로 깨우지 못했다. 언젠가 수진은 엄마가 어릴 때 늦잠을 자도록 내버려두어 자기도 여전히 늦잠을 자고 윤재도 깨우지 않는다고 했다. 너는 다 큰 애가 아직도 늦잠을 자니? 차연은 그렇게 말해놓고도 속으로 한참을 씩씩거렸다.

수진을 볼 때마다 아직도 살아가는 게 엉성해 보였다. 차연은 그 엉성함이 꼭 자기 탓인 것 같았다. 자신조차 일상의 많은 일에 어딘지 어설펐으니까. 차연의 삶은 헌것을 고쳐내는 일의 연속이었다. 들뜬 타일에 접착제를 바르거나 터진 호스를 갈아 끼우는 일들. 그런 자질구레한 기술들은 전부 한옥에 살면서 익혀나갔다. 묵직한 대문 하나를 닦는 것도 경첩 떼는 일부터 시작해야 했으니까. 남편은 살림에 전혀 관심이 없었고 그때 마침 친구의 권유로 관광 사업을 시작해 자주 해외에 있었다. 차연은 남편이 죽고 나서 옷가지들은 전부 처분했지만 남편이 이국에서 사온 여러 기념품은 아직까지도 진열장에 고이 모셔두었다.

집안일을 다 끝낸 뒤에는 화분을 돌봤다. 제라늄과 천냥금, 은행나무에 차례로 물을 주고 야자류는 잎만 닦아줬다. 무화과나무는 분갈이를 한 지 얼마 되지 않아 내버려뒀다. 아직 꺾꽂이를 한 지 삼 년이 채 되지 않은 나무로, 밖에 내놓고 키우다가 큰맘 먹고 다시 데려온 것이었다. 사실 아파트 화단에 두 그루를 심어두었는데 얼마 전 누군가 나무 하나를 훔쳐가버렸다. 차연은 새벽에 운동 겸 나왔다가 엉망이 된 무화과나무의 빈자리를 발견했고 속이 상해 다시 집으로 들어왔다. 가져가려면 다 가져가지. 똑같이 정을 주던 것을 하나만 남겨두고. 차연은 남은 한 그루도 그냥 잃어버린 셈 치려고 했지만 자꾸 그 작은 나무가 눈에 밟혔다. 결국 며칠 뒤 동도 트지 않은 새벽 아침에 쫓기듯 삽을 가지고 나왔고 경비 아저씨의 도움으로 나무를 옮겨 심은 묵직한 화분을 가져올 수 있었다.

"이것도 나무라고 벌써 열매를 맺네."

아기 손바닥 같은 잎사귀들 사이로 작은 무화과가 맺혀 있었다. 차연은 그게 웃겨서 요리조리 둘러보고 킬킬거렸다. 그

렇게 한참 시간을 보내다가 수진에게 전화가 와서야 늦었다는
걸 깨달았다.

"어머. 몇시니."

"빨리 가. 일찍 안 가면 오래 기다린대."

"너는 언제라고?"

"몰라. 우린 시골이라 괜찮아. 진짜 나 안 가도 돼?"

"요즘은 누구 오는 게 더 무서워."

차연은 전화를 끊고 서둘러 모자를 썼다. 이제 마지막이다.
마지막 접종만 받으면 모든 게 끝날 것이다. 종종 가던 노래 교
실도 못 간 지 일 년이 되었다. 성당도 가지 못해 이틀에 한 번
씩 대모님과 통화하는 게 전부였다. 가을이 오면 윤재를 불러
맛있는 것도 해주고 화투도 치고 그러자. 휴대폰도 고쳐달라고
해야지. 그렇게 생각하니 발걸음이 조금 가벼워졌다. 이런 식
으로 사는 걸 버텨왔지 싶었다. 내일과 내일모레의 일을 생각
하며 이것도 하고 저것도 하고 그러다보니 저절로 살아졌지.

*

윤재는 빈집에 도착하자마자 포장해온 콩나물국밥을 먹었
다. 혼자 할머니 댁에 일주일간 머무르며 집 보러 오는 사람들
을 맞이하기로 했다. 할머니 짐도 천천히 정리해. 내놓을 것은

내놓고 가져올 것은 가져오고. 엄마는 지친 목소리로 그렇게 말했다. 사실 윤재는 엄마가 모든 짐을 내놓고 싶어한다는 것을 알았다. 할머니도 이사오면서 아끼던 가구를 전부 버렸다. 할아버지의 짐을 정리했더니 열두 자나 되는 자개장롱이 텅 비어버렸다고, 텅 빈 수납공간을 볼 때마다 견딜 수 없는 기분이 된다고 할머니는 말했다. 윤재는 그 커다란 열두 자 장롱이 무엇으로 채워져 있었을지 가늠도 되지 않았다. 어쨌든 할머니는 자개로 된 장롱과 식탁을 죄다 버리고 나서 이 집으로 이사했다.

이부자리는 깔끔하게 정돈되어 있었다. 엄마가 말하길 할머니는 발코니에 쓰러져 있었다고 했다. 사절지 도화지 크기로 접은 신문이 쓰러진 할머니 옆에 있었다고. 할머니는 늘 방보다 발코니에서 많은 시간을 보냈다. 주로 그곳에서 신문을 읽거나 식물을 가꿨다. 윤재는 안방 이불을 걷어 세탁기에 쑤셔 넣었다. 신문은 총 몇 번 접을 수 있을까. 학원 아이들과 종종 실험하던 문제였다. 아이들은 작은 손가락을 꼬물거리며 신문을 최대한 작고 두꺼운 모양으로 만들기 위해 최선을 다했다. 그러면 윤재는 그 손바닥만해진 신문을 들어 보이면서 도형 단원의 진도를 나갔다. 질문을 하면 열정적으로 답을 만들어내는 아이들의 모습이 보기 좋았다. 하기 싫으면 싫은 티를 내거나 아예 손을 놓는 아이들도 있었다. 보통 그런 아이들은 그냥 하기 싫어서 그런 것이 아니었다. 대개 정답을 맞히지 못할 거라는 두려움을 이기지 못해서 하지 않을 뿐이었다. 그것 또한 나름의 최선이라는 걸 알기에 미워 보이지 않았다.

학교를 졸업하고 아르바이트 겸 들어간 논리 수학 학원에서 꽤 오래 일을 했다. 생각보다 일이 잘 맞았다. 윤재가 어렸을 때 수진은 방문 학습지 선생님이었다. 윤재는 초등학교 고학년이 될 때까지 손가락 열 개를 가지고 뺄셈을 했고 수진은 그런 윤재를 이해하지 못했다. 그런데 네가 수학 선생님이라니. 수진은 아직까지도 혀를 차며 말하곤 했다. 그러면서도 이모에게 이야기할 때는 자기를 닮아 수학을 잘한다고 자랑 비슷한 걸 했다. 얼떨결에 생긴 직장이었지만 나름 아이들을 잘 가르쳤고 어머니들 사이에서도 좋은 평판을 유지했다. 하지만 작년부터 상황이 심각해지면서 원생들이 줄줄이 나오지 않게 되었고 월급 몇 달 치가 밀렸다. 그렇게 윤재는 첫 직장을 그만두게 되었다.

확실히 이 아파트는 바람이 잘 통하는 편이긴 했다. 무더위 속에서도 바람 한 줄기가 스치듯 불어왔고 이따금 불어오는 그 바람이 달콤했다. 하지만 조금만 움직여도 땀이 맺히는 것은 어쩔 수 없었다. 건조대에 커다란 이불을 널면서 빼곡히 늘어서 있는 식물들을 흘끗 바라보았다. 내놓을 수도 가져올 수도 없는 것들이었다. 윤재와 수진은 식물을 키우는 데는 소질이 없었다. 지난번 선물로 들어온 스투키조차 반년도 지나지 않아 죽어버렸다.

　과습이 문제라고 했다. 할머니는 그 얘기를 듣고 윤재 앞에서 수진을 크게 혼냈다. 식물도 집을 옮기면 몸살을 앓는 거야. 스스로 자리를 잡고 견딜 수 있을 때까지 무심해야 할 것을. 윤재는 매끈하고 윤기 도는 홍콩야자 잎사귀를 손가락으로 만져보았다. 그렇게 잎사귀를 헤치듯이 쓰다듬다가, 발코니 가장자리에 위치한 커다란 화분 뒤에 무언가 빼곡하게 진열되어 있는 것을 발견했다. 윤재는 그 커다란 화분을 질질 끌어 조금 앞으로 옮겼다. 그러자 숨겨져 있던 작은 공간이 드러났다. 그곳에는 각종 양주와 담금주, 꽁초가 담긴 조그마한 크리스털 재떨이가 있었다.


*


　어제오늘 무화과나무에 물을 주지 않았다. 분갈이를 한 뒤에는 이틀 정도 놔두는 것이 좋다고 했다. 뿌리째 뽑히는 건 어떤 느낌일까. 차연은 온몸의 장기가 뒤틀릴 정도의 지각변동을 상상했다. 하지만 사람은 이사를 해도 아무렇지 않지. 그렇게 생각하다가 정말 아무렇지 않았나, 다시 한번 되물었다. 후암동 한옥을 팔고 태양아파트로 이사를 갔을 때. 그때는 정말 기뻤다. 한옥은 청소를 해도 해도 끝이 없었으니까. 그때만 해도 서울에 아파트라곤 거의 없었다. 남편은 차연이 아파트로 이사를 가사고 했을 때 꼭 세 발로 감옥에 걸어들어가는 기분이 들어 싫다고 했다. 하지만 차연은 꾸준히 남편을 설득했고 남편은 결국 마당에서 키우던 강아지가 지하 창고에 들어갔다가 일산화탄소 중독으로 죽은 뒤 아파트 매입을 허락해주었다. 그렇게 들어간 태양아파트는 육층짜리 건물로 지금 보면 아파트라고 하기에도 우스운 높이였다.

차연은 균일한 간격으로 마련된 공간 안에 온갖 가족이 균일한 모습으로 들어 있는 상상을 하는 게 즐거웠다. 꼭대기 층에 살며 붕 뜬 기분으로 햇볕을 쬐는 느낌도 좋았다. 물론 엘리베이터가 없어서 힘들긴 했지만. 차연은 그제야 기억이 났다. 이사를 하고 며칠간 심한 몸살을 앓았다. 짐을 나르느라 무리한 와중에 외식은 통 하지 않는 남편이 곧 죽어도 갓 지은 밥을 먹겠다고 성화를 부린 탓이었다. 가스 공사도 덜 된 상태라 결국 버너를 켜고 압력밥솥에 밥을 지었다. 정신없이 돌아가는 밥솥 추를 보고 있는데 양 겨드랑이 사이로 하얗고 마른 두 손이 불쑥 들어왔다. 수진이었다. 수진은 차연의 등에 뺨을 댄 채 말했다. 엄마, 우리 다신 마당 있는 곳 살지 말자. 차연은 한참 동안 아무 말도 하지 못하다가 그래 그러자 했다. 그날 밤부터 심하게 아팠다. 계속 앓는 꿈을 꿔서 깨보면 여전히 아픈 상태였고 그렇게 며칠 밤을 반복하다 어느 순간 씻은 듯 나았다. 그때부터 차연의 가족은 일주일에 한 번씩 꼭 밖에서 밥을 먹었다.

백신을 맞은 탓인지 오늘 아침에 일어나는데 한쪽 눈을 뜰 수가 없었다. 피곤해서 일어나기 힘들었다는 의미가 아니라, 정말 눈꺼풀이 떠지질 않았다. 아무리 눈에 힘을 줘도 움직이지 않아 집게손가락으로 눈꺼풀을 직접 열어야 했다. 화장실로 가서 확인해보니 속눈썹 사이사이 눈곱이 끼긴 했지만 큰 문제는 없어 보였다. 어제 주사를 맞은 팔뚝이 저릿하게 아팠다. 어깨 위로 팔을 들어보려고 했는데 올라가지 않았다. 덜컥 무서운 마음이 들어 신문을 살펴봤더니 바로 어제 이십대 여성이 접종 일주일 뒤 죽었다는 기사가 있었다. 괜히 마음이 불안해져 신문을 덮고 라면을 끓였다. 도무지 밥 차릴 기운이 나지 않았다. 식구가 없는 게 이럴 때 좋네. 차연은 그렇게 생각하고 효효효, 노래를 부르듯 작게 호흡했다. 식사를 마친 후 수진에게서 전화가 왔지만, 증상에 대해선 말하지 않았다. 먼 곳 사는데 괜히 발만 동동 구를 생각을 하니 마음이 아파서 그랬다. 차연은 대신 대모님에게 전화를 걸었다.

"마리아. 통 정신이 없었네."

"대모님, 괜찮아요?"

"고생 많이 했어. 미열이 가시질 않아서."

"저는 아침에 눈이 안 떠졌어요."

"피곤해서?"

"아니요. 그냥 눈꺼풀이 올라가지 않아요."

"아이고. 다 늙어서 산다구 아등바등 힘들어. 그치?"

"그러게요."

"우리같이 늙은 사람들은 그저 덜 아프고 빨리 죽는 게 낫다니까."

"그래도. 대모님은 잘 지내세요?"

"그럼. 마리아, 잘 견뎌요."

대모님이 서두르는 기색이 역력해 예상보다 빨리 전화를 끊었다. 발목에 날카로운 통증이 파고들었다. 통증은 미세 전류처럼 온몸을 타고 올라가 머리로 향했다. 조금 견뎌보았지만 아무래도 힘들 것 같아 병원에서 처방받아온 두통약을 먹었다. 나이가 드니 팔꿈치, 무릎 주변의 연한 근육이 먼저 아팠다. 여러 차례 찢기거나 부드럽게 갈리어 오랜 시간 마모된 연골들은 차연의 뼈마디를 간신히 이어주고 있었다. 신기한 것은 그 아주 작은 부분에서부터 곳곳의 통증이 시작된다는 사실이었다. 그중 가장 힘든 고통이 두통이었다. 젊었을 때부터 편두통이 종종 있는 편이었는데 오른쪽 무릎을 수술한 이후 그 강도가 극심해졌다. 병원에서는 긴장성 두통이라는 처방만 내려줄 뿐이었다. 차연은 텔레비전을 켜고 소리를 작게 줄였

다. 쑥덕이는 소리가 들리니 조금 나았다. 정신을 차리고 공기
청정기 필터를 갈기로 마음먹었다. 편백 향이 나는 공기청정
기였다. 틀어놓고 자면 꼭 숲속에 있는 기분이 들어 퍽 아끼는
물건이었다.

＊

윤재는 창고를 정리하다 할머니가 아끼던 공기청정기 필터
를 발견했다. 커다란 박스에 한가득 들어 있는 걸 보아 족히
몇십 개는 되는 듯했다. 언젠가 엄마가 할머니와 통화하며 크
게 싸우는 소리를 들었다. 할머니가 어떤 기업체에서 운영하
는 무료 노래 교실에 다니는데, 거기서 노인을 대상으로 이런
저런 행사를 하며 물건을 끼워 판다는 것이었다. 엄마는 할머
니가 빤한 장삿속에 속아넘어갔다며 분통을 터뜨렸다. 나중에
할머니 집에 가보니 정말 십만원 안짝으로 살 수 있을 만한 작
은 가습기가 테이블에 놓여 있었다. 할머니는 얼마라고는 정
확히 말하지 않았지만, 할부로 샀다는 것을 보니 꽤 비싸게 준
것 같았다.

"거기 가면 친구도 만나고 노래도 부르고, 시간 가는 줄도
모르는데 물건 좀 사는 게 어때서."

할머니는 일주일에 두어 번 그곳에서 놀고먹고 하는 게 낙

이라고 했다. 가끔가다 필요한 물건은 사주고 그러는 거지. 걔는 이런 거 한 번이나 사줘봤대? 그렇게 말하며 할머니는 맞고를 치나 말고 윤재를 흘겨보았다. 할머니는 화투라곤 거의 쳐본 적도 없었다면서 곧잘 윤재의 패를 읽고 승부수를 던졌다. 그 수가 꽤 과감했는데, 패를 얼마 보지도 않고 일광을 내어주며 초단을 모으는 식이었다. 윤재가 뒤늦게 깨닫고 이마를 짚으면 할머니는 큰 소리로 깔깔거렸다.

"뭘 내어줄 때는 이유가 있는 거야."

"그걸 어떻게 알아요."

물어보면 되지. 할머니가 명쾌한 목소리로 말했다. 물어보면 너한테 다 알려줄 건데. 그때 윤재는 유난히 명랑해 보이는 할머니를 보며 입술을 비죽였다. 윤재도 조악한 공기청정기를 거금을 들여 사는 게 할머니 소비 습관과 맞지 않는다는 걸 알고 있었다. 할머니는 새 물건은 거의 사지 않았고 되레 누군가 버린 것을 주워오는 사람이었다. 발코니에 있는 식물 또한 죄다 주워온 것이었다. 이사를 가면 사람들이 너무도 쉽게 식물을 버리고 간다고 했다. 아파트 분리수거 구역에 버려진 식물들은 대개 아무도 가져가지 않아 천천히 시들며 죽어갔다. 삽목을 다시 해주면 되는 걸, 병충해를 입은 가지만 잘라주면 되는 걸 그냥 버린다고 했다. 그렇게 할머니가 데려온 식물들은 정말 해를 거듭하며 새순을 틔웠고 잎이 풍성해졌다.

윤재는 다 죽어가는 식물을 주워오는 할머니를 이해할 수 없었다. 죽어가는 것을 살리고자 하는 마음이었을까. 윤재는 만약 할머니를 이해하게 된다면 버리는 사람들 또한 이해할 수 있을 거라고 생각했다. 모르긴 해도 그 두 마음은 아주 미세한 차이에 불과해 보였으니까. 예컨대 그 얄팍한 미안함 때문에 할머니가 죽음에 이르기까지 소식을 알리지 않은 엄마의 마음과 그런 엄마를 오래 용서할 수 없을 윤재 자신의 마음 같은 것. 그런 복잡한 마음들은 오랜 시간에 걸쳐 윤재와 엄마의 삶을 이리저리 흔들며 관계의 모양을 바꾸곤 했다.

현관 쪽에서 단정하고 경쾌한 노크 소리가 들렸다. 인터폰을 확인해보니 중년 여자가 얼굴을 들이밀고 있었다. 부동산 중개인이었다. 마스크를 썼지만 딱 봐도 젊은 부부로 보이는 두 남녀가 건넛집 문 주변을 기웃거리고 있었다. 급하게 가방을 뒤져 마스크를 찾아 썼다.

"안 계신 줄 알았어요."

부동산 중개인이 이마에 맺힌 땀을 소매로 닦으며 들어왔다. 젊은 부부도 어색하게 고개를 수그리고 현관에 발을 디뎠다.

"덥네요."

"더워요."

윤재는 그들을 소파로 안내하고 선풍기 전원을 켰다. 강풍 모드로 설정한 뒤 커피라도 내놓으려 부엌으로 향했다. 부동산 중개인은 괜찮다며 손사래를 치다가 일어나기도 힘들었는지 그대로 앉아 있었다. 그러다 작은 목소리로 젊은 부부에게 집을 소개하기 시작했다.

"이 동네 아파트 단지치고 조망이 좋아요. 해도 잘 들고 바람도 잘 통하고. 할머니가 사셨는데 되게 깔끔하게 쓰셨죠. 그분한테 이 집 매매 준 것도 저예요. 몇 분 거리에 시장 있지, 조용하지. 노인분들 살기 딱이거든요. 손주시죠?"

윤재가 어색하게 웃어 보이며 커피 세 잔을 내놓았다. 얼음이 그새 녹아 모양이 볼품없었다. 젊은 여자는 발갛게 달아오른 얼굴에 대고 손부채질을 했다. 남자가 윤재에게 지친 듯한 목소리로 물었다.

"죄송한데, 에어컨 없어요?"

"할머니가 생전에 에어컨 바람을 안 좋아하셨어요."

침묵이 흘렀다. 남자는 탁자에 놓인 휴지를 과하게 돌돌 말아 뜯은 뒤 여자의 땀을 닦아주었다. 여자는 집을 볼 생각도 하지 않고 앉아 있다가 윤재를 흘끔거렸다. 그러더니 사뭇 조심스럽게 말을 건넸다.

"안 더우세요?"

그제야 윤재는 목덜미부터 가슴께까지 땀방울이 맺혀 흐르고 있다는 걸 깨달았다. 얇은 티셔츠는 이미 땀에 흠뻑 젖어 몸에 들러붙어 있었다.

*

잠깐 눈을 붙인다는 게 벌써 날이 어둑해지고 말았다. 차연
은 땀으로 젖은 침대 시트를 더듬거리다 힘겹게 몸을 일으켰
다. 에어컨 바람을 쐬지 않고자 하는 의지와 더위를 견뎌내고
자 하는 의지는 정말 다른 차원의 문제였다. 한 발짝씩 내디딜
때마다 살갗이 따가운 느낌이 들었다. 온몸에 닭살이 잔뜩 돋
았고 작은 바람만 불어도 팔다리가 시렸다. 힘겹게 소파까지
걸어가 앉았을 때 여전히 왼쪽 눈이 감긴 채라는 것을 깨달았
다. 전반적으로 몸 왼편의 신경이 조금 이상했다. 어쨌든 약을
먹으려면 식사는 해야 했다. 차연은 냉장고에서 두부 반 모와
이틀 전 삶아둔 계란을 꺼내 대충 먹었다.

되도록 균형 잡힌 식단을 유지하며 영양소를 골고루 섭취하
기 위해 노력했다. 두부와 잣을 갈아 만든 드레싱을 잘게 썬
양배추, 사과 위에 뿌려 먹는 샐러드는 몇십 년째 고수하는 레
시피 중 하나였다. 늘 삶은 계란으로 아침을 해결했고, 채 썬
무를 푹 삶아 끓여낸 맑은국도 위장이 안 좋은 차연 자신을 위
한 요리 중 하나였다. 혼자 늙더라도 건강하게 늙고 싶었다.
차연은 남편이 땡볕 더위에 에어컨을 종일 틀어놓고 자다가
풍이 왔다고 믿고 있었다. 삭을 대로 삭아 구멍이 숭숭 난 뼈
에 차가운 바람은 치명적이었다. 풍으로 쓰러진 남편을 오 년

간 간호하는 동안 차연은 오히려 그때부터 더욱 건강을 챙기게 되었다. 남편보다 먼저 죽어도 안 되고 남편처럼 쓰러져서도 안 되니까. 힘겨운 나날이었지만 어찌 보면 그만큼 삶의 동력이 크던 때도 없었다.

사흘 만에 무화과나무에 물을 주었다. 벌써 잎사귀 한 장이 노란색으로 변해 있었다. 차연은 물을 흠뻑 주며 나무가 물의 단맛을 충분히 느끼길 바랐다. 제라늄 꽃잎을 만지면 손에서 쿰쿰한 냄새가 났다. 제라늄 꽃잎을 문질문질하고 손가락을 코에 갖다댔다. 냄새가 구리구리하구나. 차연은 그런 식으로 식물에게 자꾸 말을 걸었다. 작게 흔들리는 은행나무 가지에게 너도 심란하냐고 물어보았고 무화과나무에게는 오랜만에 먹는 물맛이 어떠냐고 물어보았다. 그러면 이상하게도 식물들이 곧잘 대답하는 것 같았다. 울컥울컥 흙속으로 물이 스미고 이파리가 파르르 흔들리고 진한 냄새를 풍기는 게 꼭 저마다의 답신처럼 느껴졌다.

남편이 의식을 잃었을 때 차연은 남편과 각방을 쓰고 있었다. 남편은 게이트볼 동호회 회원들과 갈비탕을 먹고 들어와 낮잠을 잤다. 차연은 저녁때까지 기척 없는 남편을 깨우러 들어갔다가 방에 스민 냉한 기운에 불을 켰다. 홑겹 이불을 덮은 남편의 몸이 뻣뻣했고 얼굴이 새파랗게 질려 있었다. 그렇게 뇌졸중으로 쓰러진 남편은 꽤 오랜 투병생활 끝에 죽었다. 그날을 생각하면 아직도 마음이 쓰렸다. 그래서 쌀쌀한 가을이 오면 추위에 약한 식물들을 실내에 들여놓고 삼베 실로 가지를 동여주곤 했다. 단단하게 묶되 부드럽게 조여주는 방식으로 식물을 길렀고 그게 차연의 몫이라고 생각했다.

"날이 더워서 그래?"

잎이 말라 축 늘어진 천냥금에게 물었다. 어느새 커다랗게 자라 화분이 좀 작아 보였다. 천냥금은 한동안 영양제를 꽂고 물을 흠뻑 주고 일조량 관리를 해주어도 자꾸 말라갔다. 마른 잎사귀들이 흔들거렸다. 차연은 자기 얼굴에 대고 부채질을 하다가 천냥금에게도 살살 부채질을 해주었다. 붉게 물든 마른 잎사귀 몇 장을 똑똑 손톱으로 끊어주었다. 새잎으로 자라야지.

차연의 아파트에는 일주일에 두 번 정해진 분리수거 날이 있었고 그날 저녁마다 어른이고 아이고 할 것 없이 버릴 물건을 들고 나왔다. 부러진 선반이나 낡은 동화책들을 바리바리 싸 들고 와서 정해진 구역에 버렸다. 차연은 발코니에 앉아 사람들이 함께 무언가를 버리는 모습을 오래 지켜보았다. 쓰레기 같지 않은 쓰레기들이 산더미처럼 쌓였고 경비 아저씨는 계속 그 쓰레기들을 질서정연하게 정리했다. 그러다 어느 가족들이 잎사귀 전체가 빨갛고 축 늘어진 천냥금을 버리는 것을 보게 되었다. 아이는 뭐가 그렇게 즐거운지 연신 소리를 지르며 웃어댔고 분류하기 애매한 천냥금은 정돈된 쓰레기들 저편 구석에 떨어져 있었다. 차연은 그 가족이 집으로 들어가자마자 분리수거장으로 달려가 천냥금을 네려왔다.

주워온 천냥금이 오랜 시간에 걸쳐 새잎을 내는 동안 병실에 누운 남편도 서서히 달라졌다. 더는 몸을 쓰지 않는 남편은 팔다리가 나뭇가지처럼 빳빳해지는 대신 피부가 하얗고 부드러워졌다. 차연은 나무를 가꾸듯 남편의 몸을 젖은 수건으로 정성스레 닦아주었다. 귓가에 건강하라고 속삭였다. 남편이 멀쩡했을 때는 거의 하지 않던 말이었다. 남편은 간간이 입술을 오므려서 하고 싶은 말을 했다. 부끄러운 줄도 모르고 사랑한다는 둥, 낯간지러운 말을 뱉은 적도 있었다. 그때 남편은 소싯적으로 돌아간 표정이었다. 어느 시절을 기억하고 그런 말을 하는 거예요? 차연이 그렇게 말하고 웃었다. 어쩌면 남편은 다른 차원의 삶을 살고 있는 중일 수도 있었다. 과거의 일을 단발적으로 더듬어가며 파편적인 기억을 선택해 그 속에 잠깐씩 머무르는 방식으로. 천냥금이 계절을 기억하듯이, 잎이 마를 때가 되면 마르듯이, 이유 없이 새잎을 돋워내듯이.

차연은 무거운 마음으로 잠자리를 준비했다. 오랫동안 씻고 머리를 말리고 비단 잠옷을 입었다. 윤재가 준 지압봉으로 한참 마사지를 하고 자리에 누웠는데 잠이 오지 않았다. 낮에 너무 많이 잤나. 일전에 처방받은 수면제를 먹을까 고민하다가 그냥 뒤척거리기로 했다. 일찍 일어날 필요도 없고 만날 사람도 없고 내일도 여전히 집에서 하루를 보낼 텐데. 그저 이곳저곳 아픈 몸을 최대한 덜 아프게 이끌며 뭐라도 하려고 애를 쓰겠지.

언제부터 수진과 이렇게 멀어진 걸까. 태양아파트로 이사한 날, 겨드랑이 사이로 쑥 들어온 수진의 하얀 손. 차연은 여전히 기억하고 있었다. 그래. 수진은 어렸을 적부터 어떤 다짐 같은 걸 했을지 모른다. 절제력이 강한 아이였으니까. 지금까지 술 한 모금도 입에 대지 않는 것을 보면 알 수 있었다. 하지만 당시에는 차연도 나름 그런 다짐을 했었고 절제하며 살았다. 다 옛날 일인데. 후암동 마당에는 담금주들이 빼곡히 묻혀 있었다. 틈날 때마다 조금씩 퍼서 마셨고 티는 나지 않는다고 생각했다.

남편이 죽고 나서야 끊었던 술을 다시 입에 댔다. 수진은 늘 그런 식이었다. 마른 손을 불쑥 내밀었다가 금세 거둬버리는 식. 마음 붙일 곳 하나 없었다. 그런 생각을 하다보니 자꾸 화가 났다. 모든 걸 다 바쳐 사랑해도 미안해할 것이 생겼다. 그러니까, 삶은 바치는 종류의 무언가가 아닌데, 그걸 알고 있으면서도 남편에게, 수진에게, 윤재에게, 대모님에게 화가 났다. 왜 나를 이렇게 대하는 거지. 차연은 자꾸 속 시끄러운 마음이 되어 눈을 이리저리 굴리다가 기어코 대모님에게 또 전화를 걸었다.

"대모님."

"마리아. 이 늦은 시간에 전화를……"

"우리가 곧 죽을 사람이에요?"

"응?"

"곧 죽냐고요. 우리."

수화기 저편에서는 아무 대답도 없었다.

"나 그냥 사는 거예요. 그러니까 대모님도 그런 말 마세요."

대모님은 한참을 가만히 있다가 힘 빠진 목소리로 대답했다.

"미안해요, 마리아. 근데 다른 사람들은 그렇게 생각 안 하는걸요."

*

윤재는 중개인과 젊은 부부가 가고 나서 샤워를 하고 꽤 오랜 시간 소파에 누워 있었다. 지독한 날씨였다. 문득 발코니 밖 화분 걸이에서 햇빛을 정통으로 맞고 있을 끙깡나무가 걱정되었다. 할머니는 자꾸 끙깡나무를 땡깡나무라고 했다. 몇 번을 정정해줘도 땡깡이라고 했는데 은근히 어감이 좋아 가족 모두 끙깡나무를 땡깡나무라고 부르게 되었다. 몸을 일으켜 발코니 문을 열고 땡깡나무를 안으로 들여놓았다. 조그만 열매가 몇 개 열려 있었다. 호스가 연결된 수도꼭지를 돌리고 물줄 준비를 하는데 또 노크 소리가 들렸다. 문을 열어보니 부동산 중개인이 아이스 아메리카노 두 잔을 들고 서 있었다.

"너무 더워하는 것 같아서 가져왔어요."

중개인은 자신을 이정미라고 소개하며 아메리카노를 빨대로 한 번 쪽 빨고 숨을 돌렸다. 그러더니 자연스럽게 신발을 벗고 들어와 소파에 앉았다. 그리고 저기 원래 뻐꾸기시계가 있었는데, 하며 검지를 좌우로 왔다갔다 움직였다. 추가 이렇게 움직이는 거요. 윤재가 고개를 끄덕이며 맞아요, 했다. 큰집 살 때부터 있던 시계였는데 고장이 나서 엄마가 할머니 대신 수리점에 맡겼다고 했던 게 기억났다. 그런데 생각해보니 몇 달째 돌아오지 않고 있었다. 윤재가 그렇게 말하니 정미씨는 호들갑을 떨며 수리점에 전화해보라고 했다. 그런 골동품은 신경쓰지 않으면 애써서 돌려줄 생각도 하지 않는다며.

정미씨는 이혼 후 느지막이 부동산 중개 자격증을 따서 일을 시작했고 이제는 낯선 집에 발을 들이는 데 익숙해졌다고 했다. 그러다보니 사람 표정을 유심히 살피며 요리조리 눈치를 보게 되었다고. 신혼부부를 돌려보내고 나니 윤재의 표정이 아른거렸다고 했다. 맥없어 보여요. 윤재는 얼마 전 직장을 그만두어서 그렇다고 둘러댔다. 학원 일을 했거든요. 그러자 정미씨는 한숨을 푹 쉬었다.

"제 언니도 학원 운영하거든요. 요즘 힘들다면서요."

"다 그렇죠."

"그럼 선생님이네."

"학원인데요, 뭐."

윤재가 멋쩍게 웃어 보이자 정미씨가 상대의 마음을 헤아리는 일은 무조건적으로 힘들어요, 라며 과장되게 눈썹을 찌푸렸다. 무조건적으로, 라는 말이 웃겨 웃음이 나왔다. 정미씨도 따라 웃었다. 정미씨는 자기가 그런 말을 한 게 웃긴다고 했지만, 표정은 웃겨 보이지 않았다. 그러다 또 가만히 커피를 마셨다. 선풍기 바람이 스치며 땀이 조금씩 마르는 것이 느껴졌다. 윤재는 갑자기 정미씨에게 무언가 대접을 하고 싶다는 생각이 들었다. 하지만 냉장고는 지난밤 다 정리한 상태였고 이렇다 할 과일조차 없었다. 정미씨에게 무엇을 주어야 할지 고민하다가 발코니로 향했다. 어제저녁 무화과나무에 제법 큰 열매가 열린 것을 봐두었다. 정미씨는 윤재가 화분 주변을 둘러보는 모습을 지켜보다가 발코니에 따라 들어왔다.

"할머니랑 사이가 좋았나봐요."

정미씨가 물었다.

"어릴 때 키워주셨어요."

"맞벌이셨구나."

"아빠는 안 본 지 오래됐어요."

정미씨는 별말 없이 고개를 끄덕이며 무화과나무 열매만 쓰다듬었다. 그러다가 이거 먹을 수 있어요? 물었다. 윤재는 열매를 따서 슥슥 티셔츠에 문질러 닦았다. 반을 가르자 손가락 두 마디쯤 되는 열매 속이 꽉 차 있었다. 작은 씨앗들이 일제히 한쪽으로 머리를 둔 채 응집되어 있었다. 윤재는 반쪽을 정미씨에게 주었다. 하나, 둘, 셋 하면 먹는 거예요. 그리고 하나, 둘, 셋 하자마자 정미씨가 반쪽을 얼른 입에 넣었다. 윤재는 타이밍을 놓쳤다. 그러자 정미씨가 한쪽 눈을 찌푸리며 말했다.

"뭐 해요? 빨리 먹어요."

"맛이 어때요?"

"먹어봐요."

채근하는 정미씨의 목소리를 들으며 천천히 반쪽짜리 열매를 입안에 집어넣었다. 눈살을 찌푸렸다.

"쓰고 떫네요."

윤재는 땡깡나무를 가리키며 이 열매도 먹어보겠냐고 물었다. 정미씨가 고개를 저었다. 생각만 해도 입에 침이 고여요. 윤재는 땡깡나무에 달린 가장 큰 초록색 땡깡을 따서 한입에 넣고 씹어 먹었다. 눈물이 고일 만큼 신 맛이었다.

"괜찮아요?"

정미씨가 물었다.

"안 괜찮아요."

윤재는 아린 혀를 입천장에 붙이며 겨우 대답했다. 그리고 발코니 구석 작은 공간에 있던 술병들을 차례차례 꺼내기 시작했다. 정미는 윤재가 건네는 술병을 족족 받아들어 바닥에 놓았다. 그러면서 나 술 좋아하는 거 어떻게 알구, 중얼거렸다.

"저는 할머니가 생전 술은 입에도 못 대는 줄 알았어요."

"다 할머니 거예요?"

아마도? 윤재가 미간을 찌푸리며 대답했다. 그러자 정미씨가 깔깔 웃으면서 원래 비밀이 많은 사람이 매력적인 법이라고 했다. 그러더니 갑자기 침울한 표정이 되어 할말 못할 말 좀 가려야 되는데, 하고 중얼거렸다. 윤재는 술병을 모조리 꺼낸 다음 부엌으로 갔다. 물과 잔, 내용물이 조금 남아 있는 견과류 봉지를 챙겨와 발코니에 술상을 차렸다.

정미씨는 술을 몇 모금 마시더니 경기 지역 어디쯤이 호황이라고 하다가, 요즘은 사랑도 없이 전세 대출 받으려고 결혼한 부부도 있다고 했다. 윤재는 '사랑도 없이'라는 말이 은근히 재미있어서 속으로 중얼거렸다. 사랑도 없이, 사랑도 없이⋯⋯ 정미씨는 끝으로 부동산 시장은 전망이 없다, 선언하더니 문득 이혼할 때 양육권을 포기한 일이 아직도 마음 쓰인다고 했다. 어떤 삶에 관여하는 일은 정말 무서운 일이에요. 말을 마친 정미씨가 땅콩을 먹었다. 윤재는 그렇죠, 하며 고개를 끄덕이다가 무수한 삶에 관여해온 할머니의 삶을 생각했다. 윤재는 그렇더라도 할머니의 삶이 마냥 사랑으로 이루어지지만은 않았을 거라고, 이제는 텅 비어버린 발코니 구석의 공간을 응시하며 생각했다. 정미씨가 부르튼 입술을 물어뜯으며 중얼거렸다.

"근데요. 걔는 아빠를 더 좋아해요. 정말로."

초인종이 울렸다. 윤재는 인터폰을 켜고 방문객을 확인했다. 백발을 곱게 틀어올린 노인이었다.

"마리아 댁 아닌가요?"

윤재는 마리아라는 사람은 없다고 말했다. 하지만 노인은 자신이 마리아의 대모라며 자리를 떠나지 않았다. 윤재는 잠시 생각하다가 어렴풋이 할머니의 세례명이 마리아임을 기억해냈다.

"마리아, 거기 있죠?"

윤재는 어떻게 대답해야 할지 몰라 망설였다. 그러자 노인이 재차 되물었다.

"있죠?"

가냘픈 목소리가 조용히 아파트 복도를 울렸다.

*

차연은 결국 아침이 될 때까지 잠자리에 들지 못했다. 목이
뻐근하고 또다시 두통이 찾아왔다. 항생제를 먹으면 꼭 손에
힘이 들어가지 않았다. 손을 동그랗게 말아쥐었다 펴는 동작
을 몇 번이고 반복했다. 거울을 보니 얼굴이 새빨갛게 달아올
라 있었다. 왼쪽 눈은 감긴 채였다. 차연은 오른쪽 눈에 의지
해 발코니로 향했다. 새벽이라 하늘이 파랬지만 맑지는 않았
다. 땡깡나무에 물을 주었다. 열매가 그새 커져 있었다. 이제
몇 주만 지나면 주황빛으로 곱게 익을 것이었다.

휴지로 코를 풀었는데 까만 먼지가 콧물과 함께 나왔다. 까
만 콧물을 보다가 또 죽은 강아지 생각이 나고 말았다. 세상
무서운 줄 모르고 방정맞던 새끼 강아지를 데려다가 오래도
같이 살았는데. 창고에서 죽어가는 것을 늦게 발견해 병원에
데려가지 못한 게 한이 되었다. 살아갈수록 연을 맺은 생명이
늘어갔다. 어쩌면 그 무게로 인해 모든 존재가 늙어가는 게 아
닐까. 참 무턱대고 많은 생명을 키웠다. 차연은 정신을 다른
데 집중하기 위해 발코니에 앉아 신문을 읽었다. 신문에는 앞
으로 전 세계가 바이러스와 함께 살아가게 될 거라고 쓰여 있
었다. 차연은 바이러스와 함께 살아간다는 말이 도무지 무슨
뜻인지 알 수 없었다. 함께 사는 건 사람이나 강아지나 식물하

고나 함께 사는 거 아닌가. 다시 한번 소리 내 읽어보았다. 그러다 위드 코로나가 무슨 말인지 몰라 결국 읽기를 포기했다. 온몸이 불어터진 것처럼 묵직했고 머리가 어지러웠다.

수진에게 전화가 왔지만 받지 않았다. 전화만 했다 하면 잔소리만 해대는 게 짜증스러웠다. 이것도 하지 마라, 저것도 하지 마라. 차연은 그게 꼭 송장처럼 누워 있으란 말로 들렸다. 피곤해서 자꾸 눈을 흐리게 떴고 그러다보니 꾸벅꾸벅 졸게 되었다. 잠들었다 깨기를 반복하면서 정말 열심히 살았다, 그렇게 속으로 생각했다. 그러니까 내 마음대로 살게 좀 내버려 두었으면. 성실하게 납세하고 애들도 기르고 시집도 보냈으니까. 그래도 누가 그런 말을 해주면 좋을 텐데. 열심히 살았구나, 그런 말. 그러다보니 남편이 그리워졌다.

조금 눕자. 차연은 그렇게 생각하고 화단 옆에 놓아두었던 목침을 끌어와 발코니 바닥에 누웠다. 홑겹 이불을 허리께까지 덮었다. 저멀리 복도식 아파트에서 아이 하나가 차연을 지켜보고 있었다. 아이는 내복 차림을 한 채 아파트 난간 위로 상체를 쑥 빼고 있었다. 위험해 보였다. 차연은 아픈 팔을 들어서 아이에게 들어가라고 손을 휘휘 내저었다. 그러자 아이가 팔을 번쩍 들어 손을 흔들었다. 그렇게 한참 동안 차연은 팔을 젓고 아이는 손을 흔들었다. 그러다 아이가 집으로 들어가 커다란 스케치북을 들고 나왔다. 차연은 아침 열시가 넘었는데, 생각하다가 애들도 지금 학교에 못 가겠구나 하고 알아챘다. 아이가 차연을 향해 스케치북을 들어 보였다. 무슨 글씨가 쓰여 있는 것 같았는데 잘 보이지 않았다. 차연에게서 반응이 없자 아이가 크레파스로 글씨를 덧칠해 다시 내보였다. 차연은 눈을 찌푸려가며 겨우 글씨를 읽었다. '생'이라고 쓰여 있었다.

아이는 한참 스케치북을 어깨 위로 들고 흔들다가 한 장을 넘겨 다시 글자 하나를 쓰기 시작했다. 차연은 몇 가지 단어를 떠올려보며 아이가 전하려는 말을 추측하려 애썼다. 생명, 생수, 생협…… 생일. 아이의 생일이구나. 차연은 홀로 생일을 보내는 아이일 거라고 확신했다. 친구도 초대하지 못하고 집에만 있을 아이가 퍽 안타까웠다. 축하한다고 말해주고 싶었다. 그런 생각을 하는 와중에 아이가 또 스케치북을 들었다.

'쥐'라고 쓰여 있었다. 그렇지. 얄궂은 애라서 다행이네. 차연은 웃었다. 곧이어 쏟아지는 잠을 이기지 못하고 오른쪽 눈을 감았다. 바람이 불어왔고 잎사귀들이 슥슥 저마다 속삭이는 소리를 내었다. 쿰쿰한 냄새도 났다. 제라늄이구나. 차연이 속으로 웃었다. 곧이어 시고 달콤한 냄새도 났다. 누가 이렇게 좋은 냄새를 풍기니. 차연은 눈을 뜨고 어떤 식물에서 이런 냄새가 나는지 알아보고 싶었다. 하지만 감긴 눈을 도무지 뜰 수가 없었다. 전화벨 소리가 시끄럽게 울렸다. 차연은 받지 않고 천천히 잠들었다. 잎과 꽃, 가지와 흙의 싱그럽고 다채로운 냄새들이 섞여 종국에는 울창한 숲 냄새가 되었다. 그래, 이게 사는 거지. 차연이 생각했다. 그러면서 오늘 저녁에는 잡곡밥을 한가득 지어다 얼려두자고 다짐했다.

도
블

하나로마트 구석구석을 돌았지만 하몽과 멜론은 없었다. 직원은 자몽은 있어도 하몽과 멜론은 없다고 했다. 진경은 펜션에 짐을 풀고 먼저 쉬고 있으라고 했지만, 세 명분의 이틀 치식량을 사기 위해 장을 볼 사람은 나밖에 없었고 그 와중에 멜론 위에 하몽을 얹어 먹자던 진경의 말도 잊지 않고 있었다. 승혜 언니는 새벽에 직접 차를 몰고 온다고 했다. 뭐 사갈 거 없어? 나는 언니에게 하몽과 멜론을 사오라고 하려다가 그것도 조금 웃긴 것 같아서 그냥 몸만 오라고 했다. 삼겹살과 각종 쌈 채소, 라면 따위를 사니 이미 짐이 한가득이었다. 바비큐를 하게 될 거라고는 예상하지 못했다. 불을 피우는 데 추가 요금이 붙는데다가 우리 중에 땀을 뻘뻘 흘리며 고기를 구울 사람은 아무도 없다고 생각했다. 하지만 진경과 승혜 언니는 모처럼 펜션까지 빌렸으니 바비큐도 하자고 했다. 나는 그럼 덜 익은 고기와 익은 고기를 구분할 줄 아는 사람이 있느냐고 물어봤다. 그러자 진경은 그냥 겉이 노릇하면 다 익은 거라고 했고 승혜 언니도 맞장구를 쳤다.

"카일리 씨?"

마트 앞에 서서 픽업 차량을 기다리고 있는데 멀찍이 하늘색 레이가 한 대 서더니 안에 탄 남자가 나에게 큰 소리로 외쳤다. 괜히 민망한 기분이 들어 양손 가득 봉투를 들고 레이를 향해 뛰었다. 재작년에 시애틀을 여행하는 동안 에어비앤비에 가입하면서 설정해둔 이름이었는데 바꾸는 것을 깜빡했다. 별생각 없이 카일리 제너 인스타를 보다가 지은 것이었다. 같이 간 친구는 호스트가 나를 카일리라고 부를 때마다 두고두고 창피해했다. 힘겹게 차에 도착하니 운전석에서 남자가 달칵, 트렁크 문을 열어주었다. 도와주겠거니 했지만 남자는 그대로 운전석에 앉아 있었다. 나는 잠시 마스크를 잡아 얼굴에서 띄우고 숨을 몰아쉰 뒤, 조수석에 탔다. 남자는 급히 오느라 마스크도 못 쓰고 왔다며 민망하고도 반가운 듯, 복잡한 표정으로 인사를 건넸다.

펜션까지는 해안도로를 타고 가면 삼십 분이 걸리지만, 지름길로 가면 십오 분이 걸린다고 했다. 하지만 내가 경치를 더

잘 볼 수 있도록 남자는 해안도로 쪽으로 빠져주었다. 그러면서 이제 마스크를 벗어도 된다고 했다. 고요한 바다를 지나는데 문득 짠내가 훅 끼쳐왔다. 여름도 다 지났는데 이제야 올해 처음 바다를 본 것이 문득 서러웠다. 남자는 반듯하게 잘 쌓아놓은 돌담을 향해 고갯짓을 하며 저게 '돈대'라고 했다. 돈대요? 네, 돈대요. 남자는 검지를 들어 귀 옆에서 빙빙 돌렸다. 나는 가까스로 한쪽 입꼬리를 끌어올려 웃었다. 강화도에는 숙종 때 해안선을 따라 지은 돈대들이 여럿 있는데 그중 하나라고 했다. 물론 복원 작업을 거친 것이라고. 옛날엔 어떻게 돌들을 아귀 맞게 쌓았을까요. 내가 물었다. 그러자 남자가 그러게요, 하며 허허 웃었다.

"두 번이나 픽업해서 어떡해요. 친구가 갑자기 그래서."

"세 번 아니면 됐죠."

진경은 과외 학생이 급작스럽게 수업을 저녁으로 미뤘다고 했다. 독문학 박사과정을 밟고 있는 진경에게 독일어 과외는 유일한 돈줄이었다. 애는 잘해. 근데 저번에는 취직 못 해서 대학원 간 거냐고 묻더라. 그러면서 뭐래는지 아니? 자기는 옐리네크를 사랑해서 독일어를 시작했대. 나는 진경이 그렇게 말하면서도 옐리네크에게 불규칙 동사 표를 직접 만들어주고 학교에서 이런저런 책들을 대신 빌려다준다는 것을 알고 있었다.

펜션에 도착하자 남자는 얼른 트렁크에서 짐을 꺼내 거실

한편으로 옮겼다. 그리고 두 시간 뒤쯤 숯불을 준비하겠다고
했다. 나는 진경에게 언제 오느냐고 메시지를 보냈다. 벌써
저녁 일곱시였다. 펜션은 꽤 높은 지대에 위치해 있어 바다가
한눈에 보였다. 동마다 나무 덱과 나무 벤치가 설치되어 있어
바다를 바라보기에도 더할 나위 없이 좋았다. 조그만 주방이
딸린 실내 가운데에 깔끔하게 정돈된 퀸 사이즈 침대가 놓여
있었다. 침대 밑에는 일인용 접이식 매트리스도 준비되어 있
었다.

　벤치에 앉아 담배를 피우는데, 승혜 언니에게서 문자가 왔
다. 정말 필요한 것 없겠어? 나는 조금 고민하다가 진경이 하
몽과 멜론을 먹고 싶어한다고 했다. 그러자 승혜 언니가 키읔
을 두 줄이나 보내고서 덧붙였다. 한결같다. 소름. 진경과 승
혜 언니가 연락하지 않고 지낸 지는 꽤 오래되었다. 나와 진경
은 줄곧 만나서 밥을 먹고 영화를 보곤 했다. 하지만 진경은
유독 승혜 언니를 만나려 들지 않았다.

　"네가 뭔데 난리야, 도대체."

　내가 이렇게 물으면 진경은 물론 난 아무것도 아니지, 하면
서도 쉽사리 먼저 언니에게 연락을 하지 않았던 것이다. 그런
지 삼 년이었다. 그사이 언니는 자기처럼 이마가 볼록 튀어나
온 아들을 낳았다. 진경은 언니의 프로필이 아들 사진으로 바
뀔 때마다 나와 함께 보며 요놈 봐라, 하면서도 연락은 하지

않았다.

캄캄해진 탓에 더이상 바다는 보이지 않았다. 대신 파랑이 일며 맞부딪치는 소리가 멀리서부터 잔잔히 들려왔다. 잠깐 실내로 들어가 몸을 데우려 돌아서는데, 맞은편 동 벤치에서 누군가 담배를 피우며 이쪽을 보고 있었다. 나는 그만 엄마 깜짝이야, 소리를 지르고 곧바로 후회했다. 그리고 눈을 마주치지 않은 채 바로 실내로 들어왔다. 얼핏 보기로 긴 백발 군데군데에 파란색 브릿지를 넣은 할머니였다. 높은 채도의 파란 머리가 눈앞에 선명한 잔상으로 남았다. 쌀쌀한 바람을 맞아서 그런지 어지러운 느낌이 들었다. 침대 맡에 앉아 눈을 감은 채로 잠깐 고개를 주억거렸다. 조금 뒤에 진경의 메시지가 왔다. 옐리네크가 죽어버리겠대.

\*

남자는 불 피우는 내내 눈썹을 치켜뜨며 코를 훌쩍이고 눈물을 훔쳤다. 그러면서 대뜸 자기는 사실 이 일을 하기 전까지 숯불은 피워본 적도 없다고 고백했다. 나는 야외 테이블에 고기며 쌈장이며 치즈 같은 것들을 세팅하느라 정신이 없었다. 문자를 받고서 얼마 지나지 않아 남자가 바비큐 준비를 하겠다며 노크했다. 나는 됐다고 하려다가 방구석에 봉지째로 팽

개쳐진 음식들을 보고는 문을 열고 남자에게 그 음식들을 가
져가라고 했다. 친구는 오지 않을 거고, 라면이나 끓여먹겠다
고. 남자는 망설이더니 집에 챙겨갈 수는 없겠냐고 했다. 나는
그럴 수 없다고 했다. 그러자 남자가 불 피우는 값을 받지 않
을 테니 함께 고기를 먹자고 제안한 것이었다. 마침 옆 객실
손님도 혼자라면서.

"이쪽은 카일리 씨."

남자가 할머니에게 말했다. 겸연쩍은 마음에 진짜 이름을
말하려고 운을 뗐지만, 할머니가 먼저 손을 내밀며 자신을 소
개했다. 델마라고 해요. 나는 할머니의 손을 맞잡고는 비굴해
보일 정도로 상체를 숙여 인사했다.

"반갑습니다, 델마 씨."

남자는 나름 숙련된 솜씨로 고기를 구웠다. 나는 익은 고기
를 먹기 좋게 가위로 잘라 그릇에 내었다. 델마는 남자가 가져
온 멜젓에 고기를 찍어 야무지게 먹었다. 아까와는 달리 긴 머
리를 반듯하게 하나로 묶었는데, 흰머리에 파란색 머리칼이
군데군데 섞여 조화롭게 빛났다. 델마는 문득 혼자서 어딜 여
행해본 적이 없다는 생각이 들어서 강화도에 왔다고 했다. 산
책을 하다가 3000번 광역 버스를 보고는 버스 한 번 타면 강
화도에 갈 수 있다는 사실을 알았고, 여태까지 그걸 모르고 산
게 억울했다는 것이었다. 남자는 집게로 델마의 머리카락을

가리키면서, 엊그제 도착했을 땐 안 그랬는데 어젯밤 보니 저렇게 되어 있어 무척이나 놀랐다고 했다. 델마는 그러거나 말거나 깻잎에 멜젓 찍은 고기와 마늘을 올린 뒤 한입에 넣었다. 왼손에는 소주잔을 장전하고 있다가 꿀떡 삼킴과 동시에 털어 마셨다.

진경은 그렇게 문자를 보내온 뒤 더는 연락이 없었다. 승혜 언니에게 말해야 할까. 언니는 자기 때문에 오지 않는다고 생각할 것이다. 나는 이미 옐리네크에게 너무 정을 붙이지 말라고 말한 적이 있었다. 그때 진경은 아이허브에서 숙면에 좋은 온갖 허브차를 장바구니에 담고 있었다. 옐리네크가 잠을 잘 자지 못한다는 것이었다. 나는 그런 사람은 생각이 너무 많아서 생각이 자기를 잡아먹고 종국에는 주변 사람들까지 잡아먹게 될 거라고 말해주었다. 그러자 진경이 옐리네크는 좋은 애라고 대꾸했고 나는 어쨌든 가오나시도 주인공에게는 좋은 귀신이었다고 퉁명스럽게 대답했다. 다 알면서도 멍청한 선택을 하는 사람이랑은 친구 안 해. 나는 진경이 승혜 언니를 두고 한 말을 기억하고 있었다.

"싸웠어요?"

델마가 물었다. 나는 친구에게 사정이 생긴 것뿐이라고 변명했다. 맞는 말이었다. 사정은 사정이었으니까. 난 손자랑 싸웠어요. 델마는 그렇게 말하고는 소주를 한 잔 더 마셨다. 남자는 그제야 앉아서 음식을 먹었다. 고기 한 점 먹고 맥주를 시원하게 들이켜고 큰 소리로 훌쩍 코를 먹었다. 델마는 평소처럼 세 살 손자를 업고 공원을 한 바퀴 돌다가 점심을 먹기 위해 식당을 찾았다고 했다. 손자와 함께 먹으려고 미역국 백반을 시키고 밥 한 공기를 추가했는데 주인이 타박을 주었다. 그렇다고 2인분을 시킬 수는 없고, 델마는 괜스레 치욕스러운 마음이 들어 얼굴이 붉어졌다. 그렇게 다신 이 가게에 오지 않겠다고 다짐하면서 밥을 먹다 정신을 차려보니 들깨 미역국이 너무 고소하고 술술 잘 넘어가더라는 것이었다. 맛이라도 없으면. 델마는 이상하게 참담한 심정이 되었다고 했다. 손자는 또 유튜브 보느라고 밥도 먹지 않고 침을 질질 흘리고 있기에 휴대폰을 아예 뺏어버렸다고.

"울며불며 난리가 나는데, 주인은 째려보지…… 막 식은땀이 나는 거야."

델마는 여기까지 말하고 내 얼굴 앞에 주먹을 치켜든 뒤 검지만 살짝 펴서 휘휘 저었다.

"겨우 달래는데 애가 이러더라. 이러면 내가 꺼질 줄 아는 거야. 동영상은 꺼지니까."

그래서 확 째려버렸다는 델마의 말에 나와 남자는 배를 잡고 웃었다. 윗니로 아랫입술을 꽉 물고 꿀밤 먹이는 시늉이 퍽 우스웠다. 델마는 안 걸릴 줄 알았는데, 손자 이마가 조금 붉어진 것을 보고 며느리가 단박에 알아차렸다며 미간을 찌푸렸다. 요즘 엄마들은 애 하나 키우는데 그렇게 유난이야. 그러자 남자가 담배에 불을 붙이며 요즘 애 키우는 사람은 상 줘야 해요, 했다. 나는 승혜 언니의 프로필을 눌러 남자와 델마에게 아이 사진을 보여주었다. 남자는 완전 짱구라며 허허 웃었고 델마는 꼭 아이가 앞에 있는 것처럼 혀를 차며 고개를 까딱거렸다.

승혜 언니는 낮에는 육아를 하고 밤에는 온라인으로 인디자인 강의를 들었다. 어린이집에 보낼 수 있을 만큼 아이가 크면 일을 시작하겠다고 했다. 나는 행사 기획 업체에서 세번째 인턴을 하는 중이었다. 기업에서 진행하는 행사 전반을 대신 맡아 운영하는 업체였다. 언니에게는 진작 부장인턴은 달았다며 농담처럼 말했지만 이미 모든 것을 내려놓은 참이었다. 나이가 들수록 혼자 살아갈 힘이 생길 거라고 생각했는데, 해를 거듭할수록 혼자일 미래를 상상하는 것이 끔찍해졌다.

"이따 새벽에 언니 올 거예요."

"어떻게 만난 친구들이에요?"

남자가 물었다. 막 대답하려는 참에, 갑자기 귀뚜라미들이 울음을 그치더니 파도 소리가 몹시 크게 들렸다. 델마는 깜짝 놀라서 뒤를 돌아보았다. 남자는 바다에서 이곳까지는 몹시 멀다며 우리를 안심시켰다. 그러면서 파도는 무언가를 부수려는 힘으로 만들어진 것이라고 했다. 바람이 불 때 해수면을 변형시키려는 교란력과 그 변형을 막으려는 복원력이 함께 발생하는데, 이 과정에서 바다가 부서지며 파도가 치는 것이라고. 남자는 손으로 꽃받침을 만든 뒤 한쪽 옆구리에 갖다 붙였다. 에, 네, 르, 기, 파. 다들 아시죠? 이 파가 그 파란 말이에요.

*

펜션은 총 네 동으로 이루어져 있었고 마당을 디귿 자로 둘러싼 모양이었다. 그중 하나는 남자가 사는 집이었고 나머지 세 동을 손님용으로 쓴다고 했다. 나는 이미 에어비앤비를 통해 이 펜션이 읍내와 관광지, 어느 쪽하고도 가깝지 않다는 것을 알고 있었다. 그럼에도 내가 이 펜션을 예약한 이유는 그래서 그런지 값이 쌌고 그런 불편을 '차치하면' 꽤 괜찮은 곳이라는 후기를 여럿 보았기 때문이었다. 마당에는 여러 빛깔의 정원등이 설치되어 있었다. 그리고 한편에는 요즘 날씨와는 어울리지 않게 튜브형 미니 풀장이 덩그러니 자리잡고 있었다. 풀장 안에는 요란한 모양의 장난감 물고기들이 누워 있었다. 나는 그중 제일 웃기게 생긴 녹색 물고기를 가리키며 저건 뭐예요, 물었다. 그러자 남자가 사실 엊그제 오기로 한 손님이 있어 준비해둔 건데 오지 못했다고 했다. 나는 그 손님이 예약을 취소해버린 줄 알고 너무한 거 아니냐며 눈썹을 찌푸렸지만, 남자는 그냥 개인적인 손님이라고 덧붙였다.

델마는 그새 얼굴이 발개진 채로 자리에서 일어났다. 중심을 잘 잡지 못해 비틀거리며 미니 풀장 앞으로 걸어갔다. 그러고는 잔디에서 무언가를 찾아 들었다. 장난감 낚싯대였다. 델마가 자꾸 넘어질 듯 휘청거리자 남자가 얼른 달려가 목욕탕 의자를 풀장 앞에 놓고 델마를 앉혔다. 그러자 델마는 쪼그려 앉아서 고개를 푹 숙이고는 흔들흔들, 낚시하듯 낚싯대를 휘저었다. 남자가 난처한 표정으로 목욕탕 의자를 하나 더 갖고 와 그 옆에 앉았다. 나도…… 못된 년은 아니야…… 내 아들 몸으로 맘으로…… 델마가 중얼거렸다. 그러다 물고기 한 마리가 흔들거리는 낚싯대에 톡, 하고 잡혔다. 나와 남자는 그게 우스워서 낄낄거렸다. 남자는 목욕탕 의자를 또 하나 가져다가 자기 옆에 두었다. 나는 그 자리로 냉큼 가서 앉아 낚싯대를 들었다. 우리는 그렇게 쪼르르 미니 풀장 앞에 앉아 낚시를 했다.

나는 보라색 불가사리를 낚았고 남자는 꽃게를 낚았다. 노란색 해마를 잡으면 이기는 게임을 했다. 먼저 해마를 잡을라치면 서로 옆에서 낚싯줄을 흔들며 방해했다. 결국 많이 잡은 사람이 이기는 것으로 룰을 바꿨다. 경쾌하게 톡, 톡, 낚싯대 자석에 고기들이 달라붙었다. 남자는 이것도 나름 손맛이 좋다며 낚시에 열중했다. 생각보다 고기를 낚기가 무척 힘들었다. 자석과 자석이 붙을 수 있도록 신중하게 낚싯줄을 드리워야 했다. 그럴 때마다 어쩐지 손이 떨려서 어긋나기가 일쑤였다. 델마는 아예 낚싯대를 풀장에 빠뜨린 채 졸고 있었다. 문득 남자가 말을 꺼냈다.

"저 사실 기다리고 있어요."

"개인적인 손님?"

"카일리는요?"

"저도 언니 기다리죠."

"지금이 몇신데."

잠시 침묵이 흘렀다. 못 올 수도 있겠죠. 내가 조용히 말했다. 미술대학원을 다니던 언니가 문득 졸업을 포기하겠다고 했을 때, 나와 진경은 아무 말도 하지 못했다. 언니가 얼마나 힘들게 준비해서 그곳에 들어갔는지 알고 있었다. 나 취집할 거야. 우리는 좌석마다 칸막이가 둘러진 라멘집에서 라멘을 먹고 있었다. 그래서 언니가 그 말을 하면서 어떤 표정을 짓고 있는지 알 수 없었다. 나는 그게 오히려 다행이라고 생각했다.

언니에게는 막 로펌에 들어간, 오래된 애인이 있었다. 나와 진경은 언니가 애인에 대해 푸념하던 것을 기억하고 있었다. 애인이 언니에게 집에서 아이도 키우고 그림도 그리면 되지 않겠냐고 말했다는 것이었다. 그때 우리는 그냥 셋이서 사는 게 답이다. 늙으면 한집 살자, 이런 말을 해대며 함께 언니의 애인을 씹었다. 하지만 언니는 그 라멘집에서 애인의 청혼을 수락했다고 담담하게 얘기했다. 돈이 없어서, 살기가 힘들어서, 시어머니가 여윳돈이 있어서, 이런저런 이유를 대며 자꾸 말끝을 길게 늘였다. 우리는 라멘을 다 먹고 아인슈페너가 맛있다는 카페에 갈 계획이었지만, 어쩌다보니 밥만 먹고 헤어졌다. 그때 진경은 계속 코를 훌쩍였다. 환절기라 알레르기가 심하다며 얼굴 여기저기를 벅벅 긁었다.

"제 친구는 자기를 힘들게 하는 사람만 만나요."

"예를 들면?"

"막 죽겠다고 하는 사람 있잖아요."

남자가 어허…… 안 되는데? 말하며 머리를 긁었다. 델마가 벌떡 일어나더니 소리를 질렀다.

"누가, 누가 감히 죽겠다고."

나는 델마가 진짜 웃기는 사람이라고 생각했다. 머리를 저렇게 파랗게 물들여서는, 자꾸 되도 않는 소리를 하고 천연덕스럽기까지 했다. 델마는 젊었을 때 어땠을까. 예뻤을까. 그런 것이 궁금해졌다. 그때 진경에게서 메시지가 왔다. 옐리네크는 좀 진정된 것 같아. 어쩔 수 없었어. 언니는? 순간 진경이 너무 뒤늦게 우리의 안부를 물었다는 생각이 들었다. 진경에게 따지고 싶었다. 만난 지 몇 달 되지도 않은 스무 살짜리 애가 뭐가 그렇게 중요하냐고. 언제나 네 마음이 우선이어서, 그 래서 우리 관계를 망쳐버린 거냐고.

그날 이후 우리는 한번 더 만남을 가졌다. 진경은 승혜 언니 가 선물로 가져온 책갈피를 받으며 이제는 전자책을 사용해서 쓸 일이 없을 거라고 했다. 내가 언니에게 결혼 준비 잘돼가냐 고 물으면 진경이 대답을 가로채서 시어머니와 함께 살 집을 찾는 중 아니겠냐고 비꼬는 식이었다. 승혜 언니는 몇 번 더 진경에게 말을 건네다가 나중에는 조용히 커피만 마셨다. 그 후 나는 자꾸만 이미 다 마셔서 빈 커피잔을 들여다보던 언니 의 모습이 떠올랐다.

남자가 갑자기 이대로는 안 되겠다고 했다. 나와 델마는 남 자를 쳐다보며 뭐가 안 되는 것이냐고 물어보았다. 남자는 술 을 깨야겠다며 나가자고 했다. 개인적인 손님이 올 수도 있고 언니가 올 수도 있으니 그전까지 정신을 차려야 한다는 것이 었다. 그러면서 집으로 들어가더니 손전등을 가져왔다. 여기 서 십 분만 걸으면 돈대가 나온다고 했다. 돈대요? 내가 묻자 남자가 또 검지를 귀 옆에 가져가서 돌렸다. 네, 돈대요.

*

나와 델마, 남자는 가로등도 없는 나들길을 꽤 오랫동안 걸었다. 괜히 무서운 생각이 들었지만 텔마는 내 앞에서 씩씩하게 잘 걷고 있었다. 금세 술이 깬 것 같았다. 우리는 얼마 지나지 않아 돈대에 도착했다. 평평하게 쌓인 돌담 가운데에 높이가 낮은 돌계단이 나 있었다. 계단을 다 오른 남자는 손전등으로 찬찬히 그 앞을 비춰주었는데, 노란 들판과 앙상한 나무 몇 그루만이 있었다. 어쩐지 시시한 마음이 들었다. 바람은 심하게 불었고 여전히 바다는 보이지 않았다. 남자는 이곳이 화도돈대라고 했다. 나는 남자가 자꾸 귀 옆에서 손가락을 돌리던 것이 생각나서 웃음이 났다. 그러자 남자는 이제야 자기 개그가 통했다는 듯이 화도돈대, 화도, 돈대, 했다. 텔마도 고개를 끄덕였다. 암, 화는 돌고 도는 거야. 나는 우리 셋이 이렇게 너른 들판에 서 있는 모양이 참 이상하다고 생각했다. 꼭 도굴하는 사람들 같았다. 무언가를 훔치러 온 사람들. 남자는 보이지도 않는 바다 쪽을 바라보며 담배에 불을 붙였다. 텔마는 별것도 없는 돈대 주변을 기웃거리며 세심하게 관찰했다. 각이 진 화강암의 모서리를 쓸어보고, 나무의 가지 끝을 손가락으로 눌러보았다. 바닥의 풀들을 발로 거칠게 쓸어보기도 했다. 그러더니 선언을 하듯 말했다.

"난 사실 못된 시엄마야."

"드라마에 나오는 시엄마요?"

"그 정돈 아니지."

그러자 남자는 자기도 사실 못된 삼촌이라고 했다.

"돈 떼먹는 삼촌?"

농담으로 물은 거였는데, 남자는 아무 말도 하지 않았다. 대신 코를 훌쩍거렸다. 혹시 우나 싶어서 고개를 들이밀었더니 남자가 아, 하지 마요, 했다. 나와 델마는 남자의 그런 모양을 따라 하면서 놀려댔다. 남자는 펜션을 운영하기 위해서 누나에게 돈을 빌렸다고 했다. 아직 한 푼도 갚지 못해 미안해 죽겠는데, 누나도 뭐가 나름대로 눈치 보이는지 찾아오질 않는다고. 이어서 코로나 이후 매출이 얼마나 떨어졌는지 푸념하다가, 나중에 마스크를 벗을 수 있는 세상이 와도 사람들은 마스크를 벗지 않고 다닐 것 같다고 했다.

진경이 몇 년 전에 만났던 애인은 정말이지 최악이었다. 술만 마시면 연락이 되지 않았고 걸핏하면 사는 것을 견딜 수 없다며 어딘가로 잠적해버리곤 했다. 진경은 그러지 않을 거란걸 알면서도 혹시 애인이 죽어버릴까봐, 정말로 그렇게 될까봐 불안에 떨곤 했다.

나와 진경, 승혜 언니는 내 자취방에 모여 종종 도블을 했다. 갖은 동물들이 그려진 동그란 카드를 가지고 노는 보드게임이었다. 도블로 할 수 있는 게임 방식은 여러 개였는데, '얼른 가져!'와 '얼른 버려!'가 대표적이었다. 우리는 그중에서도 '얼른 버려!' 게임을 가장 좋아했다. 같은 동물이 그려져 있는 카드 두 장을 짝 맞춰 버리고 먼저 손에 든 카드를 다 버린 사람이 이기는 방식이었다. 우리는 눈으로 카드 속 서로 같은 동물을 좇으면서도 시시콜콜 떠들었다. 승혜 언니는 카드 더미 위에 자기 카드를 버리면서 네 애인도 이렇게 얼른 버리라고 했다.

"너는 지금 네 삶이 망가지는 걸 지켜만 보는 거야."

승혜 언니는 진경에게 이렇게 말한 뒤 작게 중얼거렸다. 그건 정말 소름 끼치는 일이야. 우리는 그렇게 한동안 버리는 게임만을 했다. 나는 진경이 그 게임을 통해 나름대로 연습 같은 것을 했다고 생각한다. 진경이 얼마 지나지 않아 정말로 애인과 헤어졌기 때문이다. 애인은 진경과 헤어지고도 죽지 않았다. 우리는 당연히 그러지 않을 거란 걸 알았고 또 그것이 다행이라고 생각했지만, 어쩐지 배신감이 들었다. 그리고 그런 생각을 하는 우리가 질릴 만큼 못된 사람들이라고 생각했다. 진경은 종종 그때의 언니를 회상하곤 했다. 그 말을 하던 승혜 언니의 표정은 확신에 차 있었다. 우리가 멋대로 삶을 망치게 내버려둬서는 안 된다는 확신. 우리에게 언니는 그런 사람이었다.

하지만 각자의 삶이 달라지는 것은 정말이지 속수무책이었다. 나는 소리 내어 중얼거렸다. 속수무책…… 그러자 남자가 대뜸 받아쳤다.

"책받침."

델마도 이었다.

"침팬지."

"지랄."

"랄……"

남자는 결국 생각이 나지 않았는지 끝말잇기를 포기했다. 나는 꽤 한참 동안이나 랄로 시작하는 단어를 떠올리려 애썼다. 하지만 생각나는 거라곤 랄라블라 같은 것밖에 없었다. 델마는 이 돈대를 만들기 위해 백성들이 오랜 시간 강제 노역에 동원됐을 거라고 했다. 보통 정으로 돌을 쪼개는 것은 석공들이 하지만, 돌을 수레에 싣고 옮기고, 그러기 위해 소를 키우고 수레를 만드는 사람들이 엄청나게 많았을 거라고. 남자도 델마의 말에 동의하면서 나에게 아까 차를 타고 올 때 질문한 것이 기억나느냐고 물었다. 어떻게 아귀 맞게 쌓았냐고요? 내가 대답하자 남자는 고개를 끄덕이고는 이 네모반듯한 돌들의 아귀를 맞추기 위해 수많은 사람의 삶이 갈렸을 거라며 돌담 주변을 둘러보았다.

침략을 대비하기 위해 갈린 수많은 삶을 떠올려보았다. 무언가를 대비하기 위해 삶을 갈아낸다는 것은 그 자체로 잔인한 일이었다. 혹시 내가 삶을 망가뜨리지 않기 위해 하는 일들이, 사실은 정말 내 삶을 망가뜨리고 있는 게 아닐까, 그런 생각이 들어 무서워졌다. 남자가 이만 돌아가자고 했다. 우리는 돌아가기로 해놓고도 한참을 그 자리에 서 있거나 앉아 있다가 걸음을 옮겼다. 그제야 날씨가 손이 곱을 정도로 춥다는 것을 깨달았다.

*

우리는 펜션으로 돌아가는 내내 한마디도 하지 않았다. 나는 풀밭에서 무언가가 파르르 날아갈 때마다 어깨를 움찔거렸다. 그러자 델마가 내 어깨에 살짝 손을 대주었다. 남자는 앞장서서 손전등으로 길을 비춰주었는데, 그가 발걸음을 옮길 때마다 풀벌레들이 튀어올랐다. 휴대폰을 확인했지만 아무에게도 연락이 오지 않았다. 나는 문득 새벽 한시가 넘은 지금, 이들과 손전등에 의지해 나들길을 걷고 있는 이 장면이 몹시 비현실적으로 느껴졌다. 펜션 근처에 다다랐을 즈음, 남자가 누군가 와 있는 것 같다고 했다. 자세히 보니 정말 마당 안에 차 한 대가 세워져 있었다. 시동을 끄지 않아 후미등에서 빛이 나고 있었다.

가까이 가보니 우리가 고기를 먹었던 테이블 앞에 어떤 여자가 앉아 있었다. 난장판이 된 테이블을 등지고서 손으로 턱을 괴고 긴 머리를 늘어뜨린 채로 고개를 숙이고 있었다. 꾸벅

거리는 것을 보니 졸고 있는 것 같았다. 나는 혹시 승혜 언니인가 싶어 걸음을 빨리했다. 하지만 언니의 실루엣과는 전혀 달랐다. 남자 또한 걸음이 빨라졌다가 느려졌다.

인기척이 들리자 여자가 천천히 고개를 들었다. 얼굴이 하얗고 마른 여자였는데, 쌍꺼풀이 여러 겹 진 모습이 몹시 피곤해 보였다. 여자는 우리 셋을 번갈아 보면서 눈을 끔뻑거리다가 자리에서 일어났다.

"어머니, 가요."

델마는 아무 말 없이 여자를 바라봤다. 그러자 여자는 한숨을 깊게 내쉬더니 자신의 머리를 쓸어 헝클어뜨리며 말했다.

"저, 네 시간 뒤에 출근해요."

여자는 눈 밑이 파랬고 팔목은 안쓰러울 정도로 가늘었다. 여자와 델마는 너무도 다른 사람 같아 보였다. 델마는 입술을 앙다물고 고개를 끄덕이더니 조용히 방으로 들어갔다. 그리고 얼마 지나지 않아 배낭을 메고 나왔다. 남색 잔스포츠 가방이었는데, 나는 그 가방이 원래는 델마의 것이 아닐 거라고 확신했다. 델마는 여자의 차를 향해 걸어갔고 여자도 뒤따랐다. 델마와 잠깐 눈이 마주쳤다. 그 표정이 아까와는 전혀 다른 사람처럼 낯설게 느껴졌다.

나와 진경, 승혜 언니는 동네 친구를 사귈 수 있는 온라인 카페에서 처음 만났다. 나는 그즈음 창업 아이템을 기획하는 동호회를 만들고 싶었는데, 내 게시글에 댓글을 단 사람이 진경과 승혜 언니, 이렇게 두 사람뿐이었다. 우리는 첫 만남에서 각자의 창업 아이템들을 공유했다. 진경은 독일어로 시 낭송을 해주는 애플리케이션을 만들겠다고 했다. 언니는 반려동물의 건강 상태를 체크하는 목줄을 개발하고 싶어했으며 나는 수프 카레 식당을 열고 싶다고 했다. 나는 진경과 승혜 언니의 아이디어가 말도 안 된다고 생각했는데, 알고 보니 그 둘도 똑같이 상대의 아이디어를 그렇게 생각하고 있었다.

어쨌든 우리는 한동안 만나면 이거 어때요, 저거 어때요, 하며 밥을 먹고 산책을 하다 헤어졌다. 그러다가 그쪽, 그쪽 하던 게 진경아, 언니, 하게 되고 창업 아이템 이야기는 꺼내지도 않게 되었다. 다만 각자 열심히 살아서 서로를 먹여 살리자고 다짐하는 사이가 되었다. 나는 델마 그리고 남자와 함께 놀며 우리 셋이 말도 안 되는 창업 아이템을 이야기하고 조심스레 서로의 이야기를 부려놓던 그 시절을 떠올렸다.

"가지 마요, 델마."

나는 이렇게 말하고 곧바로 후회했다. 그렇다고 델마가 가지 않으면 어떻게 해줄 수 있는 것도 아니었다. 다만 그렇게 말하고 델마의 손을 잡았다. 델마는 내 손을 한 번 꽉 쥐었다가 놓았다. 여자는 그 모양을 보고 있다가 델마? 하고 혼자 중얼거리고는 허탈한 웃음을 흘렸다. 그리고 그 자리에 주저앉왔다. 여자는 작게 흐느끼기 시작하더니 종국에는 아이처럼 크게 소리 내어 울었다. 남자는 어찌할 줄 몰라 허둥거리다가 미니 풀장 옆에 있던 목욕탕 의자를 가져다 여자 옆에 놓아주었다. 그걸 보면서 남자가 참 서투른 사람이라고 생각했다. 우는 사람에게 준다는 것이 기껏 목욕탕 의자라니. 그렇게 여자가 한참을 우는 동안 델마는 조수석에 탄 뒤 안전벨트를 매고 실내등을 켰다.

시간이 지나고 여자는 천천히 울음을 멈추었다. 그리고 자리에서 일어나 바지를 툭툭 털고 우리에게 살짝 고개 숙여 인사했다. 여자가 운전석에 타자 델마는 담배 한 대를 꺼내 여자에게 주었다. 그리고 자기 것도 꺼냈다. 둘은 담배 한 대를 천천히 다 피운 뒤 출발했다. 여자의 차가 후진해서 마당을 나가는 동안 나와 남자는 자리를 지켰다. 델마와 여자 뒤에 회색유아용 카시트가 보였다. 나는 그 카시트를 바라보다가 승혜언니의 차에도 설치되어 있을 유아용 카시트를 상상했다. 만약, 정말로 만약 언니가 이곳에 온다면 멜론을 가져올 것이다. 진경이 멜론을 좋아한다는 것은 원래 알았으니까. 언니는 겉이 단단하지만 속은 쉽게 물러버리는 그 멜론을 카시트에 단단히 고정해 오지 않을까. 나는 그 모양을 보고 아기 대신 멜론이 왔네, 하며 다정한 미소를 건넬 것이다. 아니면 더 솔직하게 말해볼까. 멜론 대신 아이를 데려오면 좋았을 텐데. 그러면 우린 다시 셋이 될 텐데. 이렇게 말하면 언니는 어떤 표정을 지을까. 아마 라멘집에서 칸막이 때문에 보지 못했던 그 표정을 볼 수 있지 않을까.

델마가 떠난 펜션은 고요했다. 대신 파도치는 소리가 더욱 크게 들렸다. 되게 멀리서부터 들려오는 것 같다가도 바로 앞에 바다가 있는 것처럼 가깝게 들리기도 했다. 남자는 파도 소리를 잘 들어보라고 했다. 파아, 파아, 정말 그렇다니까요. 그러자 정말로 파도치는 소리가 파아 파아 들렸다. 남자가 또 손으로 꽃받침을 만들고는 양 옆구리에 번갈아 댔다. 에, 네, 르, 기. 나와 남자는 손으로 만든 꽃받침을 서로에게 향하며 파, 작게 중얼거렸다. 나는 남자에게 에네르기는 사실 독일어라고 말했다. 결국 에네르기파는 독일어, 일본어, 한자가 섞여 쓰인 말이었다. 그럼 한국말로는 뭘까요. 힘의 물결? 나는 나름대로 웃자고 한 말이었는데 남자는 웃지 않았다. 남자는 나보고 재미없는 사람이라고 했다. 무슨 재미로 살아요? 나는 그쪽보단 재밌는 사람이라고 되받아쳤다. 그렇게 남자와 티격태격하면서도 한편으로 옐리네크를 생각했다. 옐리네크와 진경은 지금쯤 어디론가 떠나지 않았을까. 이곳과는 멀리 떨어진 어떤 곳으로, 나와 언니에게서 도망치듯이.

내가

머물던

자리

"내가 왜 나를 멸시하겠어? 그건 아니잖아."

그렇게 말해놓고 어쩐지 가슴 한구석이 찝찝했다. 나는 어떤 상황에 놓이더라도 가장 먼저 스스로를 의심하곤 했다. 버릇이라고 한다면 개중 가장 못된 버릇이었다. 회사 공유 드라이브에서 파일 하나가 통째로 사라졌거나, 가스밸브를 잠그지 않았거나, 친구와 사소한 다툼을 벌였을 때. 나는 언제나 내가 한 행동들을 먼저 되짚어보곤 했다. 그럴 때면 나는 오래도록 내가 무엇을 잘못했는지 생각했다. 벌서는 아이처럼. 하지만 서른이 넘은 이 시점에 누가 나에게 벌을 준단 말인가?

"언니는 그게 문제예요. 생각이 너무 많단 말이에요."

"네가 그걸 어떻게 알아."

"보면 알죠. 언니는 내가 하자는 대로 다 하면서 절대 먼저 일을 저지르지는 않잖아요. 그거, 은근 비겁한 거예요."

미리내는 팩 소주를 쪽쪽 빨아 마시면서 잘도 그런 소리를 했다. 집안에서 술을 마시는 건 원래 금지된 일이었지만, 우리는 금지된 일을 곧잘 저질렀다. 나는 어떻게 고작 삼 개월 동안 같이 산 애가 이런 말을 하는가 싶으면서도, 그럴싸한 변명을 토해내지도 못했다.

나와 미리내는 공유주택에서 같은 방을 쓰고 있었다. 내가 한 달 먼저 들어왔고 그다음 미리내가 들어왔다. 미리내는 첫날 정신없이 짐을 부려놓는 듯 보였지만, 실제로 짐은 별로 없었다. 그런데 이상하게 산만했다. 나는 쭈뼛거리며 인사를 건넨 뒤 거실과 부엌, 화장실순으로 집의 구조를 안내하고 지켜야 할 규칙들을 설명해주었다. 잠자코 내 말을 듣고 있던 미리내는 내게 첫마디를 던졌다. 담배 하세요?

미리내는 공유주택에 들어온 첫날부터 규칙을 어겼다. 방에 따로 나 있는 작은 발코니에서 전자 담배를 피운 것이다. 나는 얼떨결에 미리내와 함께 발코니로 나가 이러면 안 되는데, 하면서 미리내와 번갈아 전자 담배를 나눠 빨았다. 새콤한 자두 향이 나는 액상 담배였다. 나는 계속 이러면 안 되는데, 하면서도 미리내의 침이 묻었을 담배를 깊게 빨아들였다. 그리고 생각했다. 그래, 사실 이런 게 필요했어.

혼자 살던 원룸을 빼고 공유주택에 들어온 별다른 이유는 없었다. 계약 만기가 다가오면서 집주인이 보증금을 올려달라고 요구했는데 그럴 만한 돈이 없었다. 거실이 따로 있고 다용도실에 세탁기와 건조기가 있는 번듯한 집에서 살고 싶기도 했다. 아니, 사실 무엇보다도, 지금 내가 홀로 서울의 변두리를 헤매고 있다는 걸 인정하고 싶지 않았던 것 같다. 나는 적어도 공유주택에서라면 나와 비슷한 사람들이 모여 어떻게든 삶을 꾸려나가고 있을 거라는 희망을 갖고 있었는데, 이런 마음가짐, 특히 그 마음을 희망이라고 포장하는 뻔뻔함은 내가 나 자신을 더없이 못된 사람으로 느끼게 했다.

"어쨌든, 별일이네요. 언니가 먼저 그런 제안을 다 하고."

"내일 가야 되니까, 빨리 자자."

"언니, 솔직히 말해봐요. 친구 없죠."

"나한테도 정선이는 각별해."

내가 불퉁하게 말하자, 미리내는 괜스레 눈을 흘겼다. 나는 어쩐지 속마음을 들켜버린 것 같아 미리내의 눈길을 피하고야 말았다. 그러자 미리내가 피식 웃더니 다시 자기 할말을 늘어놓기 시작했다. 언니, 그때 말이에요, 정선 언니가…… 나는 정선이와의 추억을 떠올리는 미리내에게 하고 싶은 말을 억지로 삼켰다. 미리내야, 사실 나는 정선이랑 전혀 각별한 사이가 아니야.

*

　어쨌든 나는 운전대를 잡고 있었다. 미리내는 꼭 여행 가는 기분이라며 좋아했다. 정선이는 군산의 작은 마을에서 여러 사람과 함께 살고 있다고 했다. 나는 '여러 사람과' 함께 살고 있다는 말이 어쩐지 어색하게 느껴졌다. 어떤 사람들이란 말인가. 그런 생각을 하면서 조수석에 앉은 미리내를 슬쩍 쳐다보았다. 나도 '여러 사람과' 함께 살고 있기는 했다. 물론, 미리내 빼고는 데면데면하지만. 나를 포함한 공유주택에 입주한 사람들은 최대한 서로 마주치는 걸 피하고자 각자 정해진 시간에 밥을 먹고 몸을 씻었다. 그리고 한집에 사는데도 불구하고 카카오톡 오픈 채팅을 통해 대화했다. 식사 후에는 수챗구멍 꼭 비워주세요. 머리는 꼭 자기 방에서 말려주세요. 정중하지만 어쩐지 날 선 경고들이 하루에도 몇 건씩 올라왔다.

　"유난은 진짜."

　미리내는 그런 메시지를 건성으로 확인하며 혀를 차곤 했다. 미리내는 운전중인 나는 신경도 쓰지 않고 대시보드에 발을 올린 채 휴대폰을 보고 있었다. 나는 왜 정선이에게 미리내와 함께 보러 가겠다고 했을까? 그러니까, 좀 거창하게 말하자면, 일종의 '복수'를 하러 간다고 볼 수도 있는 걸까?

　미리내와 나는 그날도 발코니에서 함께 담배를 피우고 있었다. 그러다 알게 된 것이었다. 정선이와 미리내가 아는 사이라는 걸. 정선이와 미리내는 잘츠부르크에서 만났다고 했다. 그곳에서 한 기차를 탔는데 서로 한국 사람이라는 걸 알아보았고 자연스럽게 동행하게 되었다고. 미리내는 유럽에서 돌아온 뒤 자주 정선과 호캉스를 즐기기도 했다고 자랑스레 말했다. 언니가 분기별로 호텔 숙박권을 삼십 퍼센트 할인가에 구매했거든요. 회사 복지로요.

단언컨대, 내가 아는 정선이는 절대로 그렇게 배포가 큰 사람이 아니었다. 만원 한 장에도 벌벌 떠는 사람이었다. 버스비가 없어 여의도에서 구로동까지 동이 틀 때까지 걸어가던 사람. 그런 자기 주머니 사정을 빤히 알면서도 기어코 여의도까지 쫓아와서 함께 술을 마셔주는 사람. 그런 사람이 정선이었다. 나는 정선이의 그런 모습에 끌려 가까워지게 되었지만, 동시에 언젠가 내가 그런 정선이를 제일 저주하게 되리라는 걸 알고 있었다. 나는 정선이에게서 내가 가장 싫어하는 나의 모습을 발견하며 동질감을 느꼈고 그건 애초에 잘못된 관계의 시작에 불과했다. 하지만 그럼에도 우린 속수무책으로 가까워졌다. 미리내와 내가 지금 이렇게 가까워진 것처럼.

나는 고속도로에 들어서면서 정선이를 만났을 때 해야 할 말을 곰곰 생각해보았다. 씨발년아. 네가 그러고도 사람이냐? 아니, 걔가 그 정도로 잘못을 저지른 건 아닌데. 네가 어떻게 나한테……, 이건 너무 진부했다. 미리내는 내가 무슨 생각을 하는 줄도 모르고 태평하게 블루투스를 연결한 뒤 음악을 선곡했다.

"미리내야."

"넹?"

"미리내야."

"엉?"

"미리내야."

"왓?"

미리내는 부를 때마다 조금씩 다르게 대답을 했다. 나는 웃음이 나왔다.

"내가 거짓말을 하면 어떡할 거야?"

"언니 뭐, 나한테 거짓말했어요?"

"난 시시때때로 거짓말해."

"그럼 뭐, 그런가부다, 하지."

나는 심드렁한 미리내의 표정을 보고 조금 안도했다. 우리가 그렇게 각별한 사이는 아니라는 생각이 들어서. 그리고 그렇게나 각별했던 정선이와의 우정을 돌이켜보았다. 결국 날선 말들만 주고받고야 말았던 마지막 순간들도. 그때 나와 정선이는 가까워질수록 서로에게 자주 실망했고 오랫동안 못되게 굴었다. 일단 처음 만나면 최대한 침착해야겠다. 그리고 이렇게 말하기로 마음을 먹었다. 일단, 내 이백만원 줄래, 쌍년아?

*

사실 나는 오래도록, 내가 정선이에게 무엇을 잘못했는지 생각했다. 그때는 내 잘못을 끊임없이 되새김질하는 것이 나의 잘못된 습관이라는 걸 미처 모르고 있었다. 그러니까, 모든 관계에 귀속된 잘잘못들. 그런 것들을 따지다보면 내가 혼자 세계를 맴도는 존재에 불과하다는 걸 온전히 인정하게 되었다.

정선이는 내게 이백만원을 빌려 유럽 여행을 갔다. 큰 수술을 하게 되었다고 거짓말을 하고. 하지만 정선이는 보란 듯이 인스타에 여행 사진을 올려댔다. 내가 디엠을 보내도 읽음 표시만 뜰 뿐 답장은 오지 않았다. 그랬으므로 미리내가 정선이와 유럽에서 보냈던 행복한 나날에 대해서 이야기를 꺼낼 때마다 속에서 큰불이 번쩍이는 느낌이었다. 내가 그 돈이 없어 못 먹고 못 놀고 못 자던 날들이 머릿속에서 돌돌 말린 필름을 풀듯 이어졌다. 나는 그 돈이 없어 헤어진 애인에게도, 연락을 끊은 부모에게도 손을 벌렸는데 너는…… 고작 그 돈으로 날 잃을 수 있었니?

멸시. 나는 그간에 일어났던 모든 일(부모와의 관계 청산,

전 애인의 물리적 폭력, 다낭성난소증후군 진단과 호르몬 불
균형)로 말미암아 나 자신을 멸시하고 있었는데, 정선이가 이
백만원을 빌려간 다음 모든 연락을 차단한 일도 내가 나를 멸
시하는 데 단단히 한몫한 사건이었다. 나는 왜 이렇게 살면서
쉽게 버림받는가. 사람들은 왜 이렇게 쉽게 나를 버리는가. 내
가 못돼서? 그렇게 한참 스스로를 탓하며 홀로 살아오다 공유
주택까지 흘러들어오게 된 것이었다. 돈도 돈이었지만, 사실
마음 깊은 곳에서는 나를 모르는 이들과 살을 부대끼며 새로
운 관계를 만들어보고 싶은 바람이 컸다. 그렇게 나는 미리내
를 만났다.

　나와 미리내는 발코니에서 담배를 피우다가 옆방 사람에게
걸렸을 때, 지금 뭐 하자는 거예요? 라는 말을 들었다. 물론
청문회도 단톡방을 통해 열렸다. 우리는 끊임없이 취조를 당
했고 꼭 나와 미리내의 거취가 그들에게 달려 있는 것 같았다.
나는 장문의 사과 메시지를 올렸지만, 미리내는 경쾌하게 사
과하고 땡이었다. 다음부터는 안 그럴게요. 미안해요! 나는
미안하단 말이 그렇게 쉬울 수 있다고는 상상도 하지 못했다.
그들은 다음부터는 그래서는 안 된다고 우리에게 단단히 일렀
고, 그들이 우리의 거취를 결정하지 못하는 사람들이니만큼
사건은 심심하게 일단락되었다. 그후로 그들이 부러 우리를
피해 다니는 것 같았지만.

노래를 흥얼거리는 미리내를 곁눈질하며 매끈하게 포장된 도로를 달렸다. 정선이와 내가 남보다도 못한 사이라는 걸 알게 되면 미리내는 어떻게 할까. 미리내가 아니었다면 정선이의 행방을 찾을 수조차 없었을 것이다. 하지만 미리내 앞에서 정선이와 싸우며 못 볼 꼴을 드러내는 게 영 탐탁지 않았다. 하지만 나에게는 이백만원이 필요했고 정선이의 마음을 어떻게든 난도질해야 했다. 그러니까, 내가 아팠던 만큼, 딱 그만큼만 아프고 망신당하길 바랐다.

렌트한 차 안에서 미리내가 전자 담배를 피웠다.

"좀, 넌 애가 왜 이러니?"

하여튼 민폐 끼치는 일은 다 하는 미리내였다. 창문을 열고 큰 소리로 노래를 부르기까지 했다. 나는 미리내가 왜 좋을까. 눈썹이 가지런해서? 목소리가 부드럽고 나른해서?

"난 이 정도 해도 돼요, 언니."

이런 식의 태도가…… 통쾌하달까. 그러니까, 그런 매력이 있었다, 미리내는. 내가 토킹 바에서 아저씨들을 오빠라고 부르고 술을 퍼마시며 돈을 벌 동안 미리내는 호주의 드넓은 딸기 농장에서 딸기를 땄다고 했다. 내가 그렇게 술 처먹고 일한 대가로 위장에 구멍이 뚫려 병원을 드나들 때 미리내는 전 세계를 여행했다고 했다. 바로 지금처럼 미리내는 서슴없이 자기 여행담을 늘어놓곤 했는데, 그것도 어디가 예쁘더라, 장관이다, 하는 식의 재수없는 자랑이 아니어서 좋았다.

"니하오, 그럴 때마다 내가 쌍뻐큐를 날렸어요."

"그리고?"

"존나 도망갔죠."

나는 이런 미리내의 여행담이 좋았는데, 언제나 그 여행담에는 정선이가 슬며시 끼어들어 있었다.

"포르투갈의 한 클럽에서 어떤 년들이 정선 언니를 엉덩이로 밀어내는 거예요. 그래서 내가……"

"근데 정선이는 왜 군산에 갔어?"

나는 미리내의 말을 끊고 물어보았다. 그러자 미리내가 웬일로 우물쭈물하더니, 그냥 도시에서 복닥거리는 게 싫대요, 하고 말았다. 정선이는 토킹 바에서 함께 일하던 웨이터와 눈이 맞았다. 급작스럽게 임신을 했는데 임신 중단 수술을 해야 한다며 돈을 빌려갔다. 나는 그 수술에 얼마가 드는지 미처 몰랐는데 나중에 알고 보니 이백만원은 임신 중단 수술비로는 꽤 큰돈이었다. 이 문제를 혼자서만 끙끙 앓다 대학교 선배에게 슬쩍 말했고 선배는 그러게 왜 토킹 바에서 친구를 사귀느냐며 혀를 찼다. 나는 그 이후로 누구에게도 정선이에 대한 얘기를 하지 않았다. 그렇게 옛 생각에 빠져 있을 무렵, 내비게이션 안내가 종료되었다. 나와 미리내는 낡은 한옥 앞에서 선뜻 내리지 못한 채 마당을 건너다보았다.

＊

한옥 마당 한가운데에 커다란 오리나무가 있었다. 나는 솔방울처럼 생긴 열매를 보고 오리나무를 단박에 알아보았다. 어렸을 적 할머니네 마당에도 오리나무가 있었다. 할머니는 늘 그 오리나무를 꺾어다가 나와 동생을 때렸다. 엄마 몰래. 아니, 엄마가 정말 몰랐을까. 할머니는 나와 동생이 지독하게 엄마를 괴롭힌다며 싫어했다. 자기 자식은 예뻐해도 손주는 예뻐할 줄 모르는 사람이었다.

담 안으로 들어서서 보니 한옥은 짐작보다 훨씬 아담하고 고즈넉했다. 나는 왜인지는 모르겠지만 안심이 되었다. 미리내는 꼭 제집인 것처럼 이곳저곳을 둘러보더니 호들갑을 떨며 말했다.

"언니, 여기 화장실이 밖에 있어요."

미리내가 속삭이며 가리키는 곳을 보니 정말로 지붕이 낮은 단독 건물 하나가 떡하니 서 있었다. 나는 내가 변소라는 단어를 생각해낸 것조차 놀라워 헛웃음을 지었다. 그리고 이어 들려오는 누군가의 기침 소리에 화들짝 놀라 뒤를 돌아보았다. 미리내가 허둥지둥 허리를 푹 숙이고 인사를 했다. 나도 엉겁결에 허리를 굽혔다.

"말씀 많이 들었어요."

"그쪽이 미리내?"

"네."

허리가 조금 굽은 할머니가 무표정하게 고개를 끄덕이고는 나와 미리내를 평상으로 안내했다. 나는 미리내를 바라보며 어깨를 으쓱했다. 미리내는 모른 척 평상에 앉아 딴청을 부렸다. 할머니는 잠깐 기다리라며 어디론가 훌쩍 사라져버렸다. 해가 뜨겁게 내리쬐고 있었지만 바람이 불어 선선했다. 나는 미리내에게 속삭이듯 물었다. 누구야? 미리내는 우물쭈물하더니, 정선이의 '동거인'이라고 답했다. 나는 미간을 찌푸리고 되물었다. 동거인? 미리내가 고개를 끄덕였다.

"자세한 건 나도 몰라요. 한 명 더 있을 텐데. 아, 저기 온다."

누군가 대문 안으로 성큼 들어왔다. 키가 크고 머리가 긴 할머니였다. 족히 백칠십 센티미터는 넘어 보이는 터라 어디서든 쉽게 눈에 띌 것 같았다. 나는 아까 그 할머니한테 했던 것과 마찬가지로 어정쩡하게 인사를 건넸다. 이윽고 허리가 굽은 할머니가 개다리소반을 힘겹게 지고 왔다. 그 모습을 본 키가 큰 할머니가 손, 하고 누군가를 부르기 시작했다. 그러자 대여섯 살 정도 되어 보이는 남자아이가 방문을 열고 부스럭거리며 나왔다.

"왜요."

"손님 왔다."

"그런데요."

"인사."

아이가 못마땅하다는 듯 두 손바닥을 펼쳐 보이고 나와 미리내를 향해 흔들었다. 두 할머니도 손바닥을 우리에게 보인 채로 열심히 흔들었다. 나와 미리내는 조금 당황했지만, 그들과 똑같이 두 손을 펼치고 열심히 흔들어 보였다. 허리가 굽은 할머니는 자신을 진이라고, 키가 큰 할머니는 자신을 영이라고 소개했다. 손과 진과 영. 손진영? 미리내가 중얼거리자 진과 영이 고개를 저으며 그 말은 지겹도록 들었다고 했다. 영이 나와 미리내를 대문 앞으로 이끌었는데 그곳에는 문패가 있었다. 문패에는 네 글자가 깊고 정성스레 새겨져 있었다. 손진영주. 나는 마지막 글자를 정선이의 성에서 따왔다는 것을 단박에 알아차렸다. 흔치 않은 성이었기 때문에. 그 문패를 보니마음이 조금 더 심란해졌다. 도대체 이들은 무슨 사이인가.

*

소반 위에는 갓 쪄낸 꼬막이 수북이 쌓여 있었다. 수저도 없이, 접시에 한가득. 진은 먼저 꼬막을 한 손으로 들더니 시범을 보이는 것처럼 앞니로 긁어먹은 뒤 우리를 번갈아 한 번씩 쳐다보았다. 미리내가 먼저 꼬막을 들었다. 그리고 속살을 호로록 먹더니 눈을 동그랗게 떴다. 정말 달아요, 달아! 나도 미적지근하게 꼬막을 집어 호로록 먹어보았는데, 정말 달아서 조금 놀랐다. 씹을수록 부드럽고 풍미가 진한 맛이었다. 나에게 꼬막은 제삿날에나 먹는 음식이었기에 더 새롭게 느껴졌다. 손은 자그마한 손으로 정신없이 꼬막을 집어먹었다. 진과 영은 그런 손을 보며 웃었다. 비린내가 배지 않도록 어깨까지 내려오는 손의 머리카락을 손날로 걷어주며. 나는 문득 불필요한 호의를 받고 있다는 기분에 사로잡혔고 조금 불퉁거리고 싶어졌다.

"정선이는요?"

"주씨는 왜요?"

손이 천진난만하게 물었다. 꼬맹이가 다 큰 어른에게 '주씨'라니. 나는 너무 당황스러워서 미리내를 쳐다보았다. 그러자 미리내가 헛기침을 하더니 손을 기특하게 바라보고 있던 영에게 물었다.

"정선 언니는요?"

"주씨는 안 와요."

"네?"

"안 온다고요."

"분명히 약속을 했는데……"

"약속은 약속이고, 안 오는 건 안 오는 거예요."

진과 영은 난감해하지도 않았다. 그저 꼬막을 까먹을 뿐이었다. 화가 끓어올랐다. 누구에게? 다름 아닌 미리내에게. 나는 곧잘 잘잘못을 따지고 늘 책임을 묻고야 마는 사람이니까. 당장 눈앞에 책임을 물을 사람은 미리내뿐이었다.

"그럼 우린 어떻게 되는 거야?"

책임을 묻겠다며 할 수 있는 말은 고작 이것. 나는 이 말을 뱉으면서도 괜스레 수치스러워져 견딜 수 없었다. 어떻게 되는 거냐니. 나는 늘 스스로를 수치스럽게 만들었고 그 수치스러움의 모양은 또한 나를 대변하는 것이어서 견디고 수치스러워하기를 반복하고는 했다.

"도망갔나봐요."

"뭐?"

"도망갔다고요. 언니로부터요."

미리내는 가만히 나를 바라보다가 말했다. 꼭 모든 걸 알고 있는 사람처럼. 나는 미리내의 눈빛에서 나에게 할말 못할 말 가리지 않고 스스럼없이 욕지기를 내뱉던 정선이의 모습을 봤다. 정선이는 뭐가 그렇게 화가 나 있었던 걸까? 그리고 미리내는 웬만한 우리의 사정을 다 알고 있는 눈치인데 왜 군말 없이 나를 따라온 걸까?

"주씨 저기 있어요."

손이 작은 방 하나를 가리켰다. 내가 어리둥절해하자 진과 영이 깔깔 웃었다. 농담이었어요. 주씨는 저기서 퍼질러 자고 있어요. 나는 순간 화가 나서 견딜 수 없는 기분이 되었다. 나의 마음을 한없이 치졸하게 만드는 모든 존재들의 스스럼없음에 견딜 수가 없었다. 나는 있는 힘껏 발을 구르며 손이 가리킨 작은 방으로 향했다. 그리고 문을 열어젖혔다. 그곳에, 정말 거짓말처럼 정선이가 고요하게, 정말 고요하게 이불을 덮고 잠들어 있었다.

나는 정선이의 머리채를 잡을 수도 있었고 이불을 걷어차고 정신이 있으면 얼른 일어나서 나에게 해명을 하라고 소리칠 수도 있었다. 뭐라도 해보려고, 무슨 말이라도 해보려고 했는데 뭔가 말을 뱉으려는 그 순간, 진인지 영인지가 소리쳤다.

"주씨, 와서 꼬막 먹어."

그러자 정선이가 부스스 일어났다. 그리고 천천히 눈을 깜빡이면서 나를 보았다. 정신을 차리려고 노력하는 것 같았다. 나는 정선이의 그 무감한 눈빛을 보자마자 모든 것이 무장해제되는 듯한 느낌을 받았다. 나와 정선이는 한참이나 눈을 마주친 채로 서로를 바라보았다. 나는 결국 누군가에게 단단히 패배한 것 같은 기분에 고개를 떨구고 말했다.

"일단 나와. 먹으래."

*

정선이는 냉장고 바지 위에 목이 늘어난 흰 티를 입고 있었다. 항상 단정하게 갖춰 입고 머리를 질끈 묶고 다니던 옛날 모습과는 전혀 다른 차림새였다. 언젠가 정선이가 집 앞을 지나간다기에 잠깐 만나러 내려갔던 때, 정선이는 실내복 차림의 나를 보고 이렇게 말했다. 시연아, 노력 좀 해. 브라도 차고 다니고. 나는 그런 말을 서슴없이 내뱉던 정선이를 기억하고 있었다. 하지만 아무렇게나 머리를 틀어올린 채 나를 지나쳐 맨발로 높은 문지방을 턱턱 넘어가는 지금의 정선이는 완전히 다른 사람처럼 보였다.

나와 미리내, 손진영은 꼬막을 먹는 주씨 성을 가진 정선이를 가만 바라보았다. 정선이는 정신없이 꼬막을 먹다가 가끔씩 생각난 듯 손에게도 꼬막을 무심하게 들려주었다. 나는 나란히 앉아 있는 손과 정선이를 바라보다가 눈이 크고 눈동자가 연갈색인 두 사람의 모습이 서로 꼭 빼닮았다는 것을 깨달았다. 나는 어쩐지 이상한 마음이 들었고, 그 마음이 불길하다고 생각했다.

만약 손이 정선이의 아이라면? 그런 의구심이 들자마자 내가 정선이와 다툴 때 뱉었던 모든 말이 집요하고 징그럽게 느껴졌다. 한편으로는 그런 상황을 만든 정선이가 미웠다. 미리내도 그렇고 정선이도 그렇고. 왜 사람들은 나를 못된 사람으로 만드는가. 그런 생각 때문에 정신을 차릴 수가 없었다. 한창 꼬막을 먹던 정선이가 비린 것이 덜 묻은 손목으로 입가를 쓱 닦았다. 그리고 내게 웃어 보였다.

"반갑다."

"내가 반갑니?"

"응. 오래됐잖아, 안 본 지."

"그래. 네가 이백만원 빌려가고 못 본 지 꽤 됐지."

내가 날카롭게 쏘아붙이자, 정선이는 가만히 옆에 앉은 손을 바라보았다. 손은 그런 정선이를 보며 그렇게 특별한 일도 아니라는 듯 어깨를 으쓱했다. 미리내가 팔꿈치로 내 팔을 쳤다.

"언니, 언니는 왜 꼭 그래요?"

"뭘?"

나는 아랑곳하지 않고 되물었다.

"나 다 알아요. 근데 지금 그러려고 온 거 아니잖아요."

나는 미리내가 그렇게 나올 거라는 걸 알았으면서도 괜스레 실망했다. 과연 나는 미리내가 어떤 반응을 보이길 바랐던 걸까.

"그럼 내가 뭘 해야 하는데?"

"그만해요."

그 말을 한 건 다름 아닌 손이었다. 우리는 그 어린이의 작고 단호한 목소리에 기가 눌려 아무 말도 할 수 없었다.

"주씨는 아무 잘못 없어요. 제가 주씨를 선택한 게 잘못이에요."

손이 그렇게 얘기하자, 정선이가 손의 팔뚝을 철썩 때렸다. 말도 안 되는 소리. 가만히 있던 진과 영도 정선이를 거들었다. 그런 말 하는 거 아니야. 핀잔을 던지는 진과 영의 말을 듣고 있자니, 꼭 나한테 하는 말 같아서 민망해졌다. 더이상 화를 내기도 뭐한 상황이었다. 제 탓을 하는 어린이를 앞에 두고 도대체 무슨 소리를 한단 말인가.

"수박이나 먹자."

키가 큰 영이 말했다. 미리내는 배불러요, 했지만 영은 무시하고 자리에서 일어났다. 잠깐만. 땀이 났잖아. 진이 일어나려는 영을 붙잡고 손으로 이마의 땀을 훔쳐주었다. 그리고 손목에 걸려 있던 머리끈으로 영의 머리를 정성스레 묶어주었다. 나와 미리내는 그런 진영의 모습을 가만 보고 있었다.

"우리는 세이클럽에서 만났어요."

묻지도 않았는데 진이 먼저 말했다.

"세이클럽 알아요?"

나는 고개를 끄덕였고 미리내는 고개를 저었다.

"제가 거기서 클럽을 개설했는데 개중에서는 가장 큰 모임이었어요."

"무슨 모임이요?"

"비혼 모임이요."

허리가 구부정한 진이 그렇게 말하고 영 대신 부엌으로 향했다. 영은 단정하게 묶인 머리를 매만진 다음 눈을 크게 뜨고 또 실한 꼬막을 골라 손에게 쥐여주었다. 손은 고개를 섯더니 꼬막을 내려놓았다. 배불러요. 그래도 먹어. 둘은 잠깐 그걸로 투닥거렸다. 그사이 정선이는 또 꼬막을 하나 집었다. 그 모습을 지켜보다 그제야 깨달았다. 정선이의 배가 불러 있다는 걸. 나는 너무 놀라서 정선이의 배와 얼굴을 번갈아 바라보았고 정선이는 자신의 배를 한 번, 내 얼굴을 한 번 쳐다보더니 헤실거리며 말했다. 걱정 마. 배가 좀 나왔어.

*

나는 정선이가 유럽에 있는 동안 아주 집요하게 디엠을 보냈다. 나는 그렇게까지 널 걱정했는데, 정작 이백만원으로 여행이나 다녀오려고 한 거냐고, 그렇게 사니까 행복하냐고, 어딜 팔 게 없어서 네 몸을 파느냐며 별별 말을 다 쏟아냈다. 물론 정선이는 읽고도 답을 보내지 않았다. 답신은 한참 있다 돌아왔다. 돈 갚을게, 너나 신경써. 그다음에는 더이상 못 참겠다는 듯 장문의 욕설을 보내왔다. 그러니까 내게 정선이는 그런 사람이었던 것이다. 임신 중단 수술을 한다고 이백만원을 꿔놓고 유럽 여행을 간 사람, 그 돈을 아직까지도 갚지 않은 사람, 토킹 바에서 일했던 사람(나도 같이 했지만), 얼마든지 실수로 임신할 수도 있는 사람.

정선이가 배를 통통 두드렸을 때, 정말 그저 뱃살이 나왔을 뿐이란 걸 믿게 되었을 때, 나는 내가 은근히 정선이의 삶이 내 생각대로 나아가길 바라왔다는 것을 깨달았다. 그리고 내가 누구보다 남의 불행을 소비하면서 스스로를 멸시하는 사람이라는 것도. 왜냐하면, 나는 그런 식으로 멋대로 남을 판단하고 그 사람의 최악을 상상하며 내가 사회에서 받은 온갖 모욕을 감수하는 사람이기 때문이었다.

나는 불행 포르노를 즐겨 보았고 내가 미워하는 사람들이 잘못되기를 바랐다. 하지만 또 실제로 내가 미워하는 사람들이 잘못되는 광경을 보고 싶어하진 않았다. 왜냐고? 그건 나의 마음에 해가 되는 일이니까. 그러니까 남의 불행을 소비하는 건 상대방을 멸시하는 것만큼이나 내 마음을 스스로 깎아내리는 일이었다. 그때 진이 수박을 가져왔다. 깍두기 모양으로 크게 썰어 양은그릇에 산처럼 쌓아올려 내왔다. 나는 어쩐지 눈물이 나올 것 같아 고개를 쳐들고 하늘을 바라보았다. 그러자 손이 포크로 깍두기 수박 한 조각을 찍어서 내게 건네주었다.

"다 내 탓이에요."

"씁, 또 그런 말!"

진과 영이 동시에 숨을 들이켜며 경고했고 손은 아무 말 없이 수박을 먹기 시작했다. 미리내도 수박 한 조각에 포크를 푹 찔러넣었다. 정말 다디단 수박이구나. 너무 달아서 그만 눈물이 쏙 들어가버렸다.

"너는 왜 애가 자꾸 자기 탓을 하게 만들었니?"

내가 불퉁하게 말하자 미리내가 또 나를 말렸다. 정선이도 질세라 불퉁하게 말했다.

"내가 아니라 세상이 그렇게 만든 거야."

"세상이 뭐, 어떻다고."

"너도 마찬가지야."

"내가 왜?"

"내가 겪은 일들, 겪어야 할 일들, 겪을 수밖에 없는 일들을 구구절절 설명하라는 듯이 굴었잖아."

"설명을 안 하면 어떻게 알라고."

"네가 뭘 알아야 돼?"

나와 정선이가 한참을 그렇게 싸우자 결국 진과 영이 나서서 말렸다. 수박 먹다 뭐 하는 짓이냐고, 더워 죽겠는데 그렇게 싸울 거면 나가서 싸우다 쪄 죽으라고. 미리내도 고개를 끄덕였다. 그러니까 대충 짐작해보면 이랬다. 정선이는 임신 중단 수술을 하는 대신 유럽 여행을 간 뒤 손을 낳았다. 지금은 세이클럽 비혼 모임에서 활동했던 이들과 함께 살고 있다. 그리고 그들은 서로의 머리를 스스럼없이 묶어주고 실한 꼬막을 고르고 골라 내어주는 사이이다. 나는 아무 말 없이 정선이를 노려보았다. 그러자 정선이도 나를 노려보다가 아까 내가 그랬던 것처럼, 쿵쿵거리며 방으로 들어갔다. 그리고 잠시 후 뭔가를 들고 다시 나왔다. 정선이가 내 앞에 내려놓은 것은 돈뭉치였다.

"미리 준비해놓은 거야. 이자도 나름 얹었고."

나는 엉겁결에 돈을 받아놓고 생각지도 못한 전개에 조금 어리둥절한 기분이 되었다. 그런 내 표정을 보자 미리내가 한숨을 푹 쉬며 말했다.

"언니들 진짜 밉상이다. 지금 꼭 돈 얘기를 해야 해?"

"너도 우리 나이 돼봐."

"맞아."

미리내의 말에 정선이가 받아쳤고 내가 수긍했다. 포기했다는 듯 고개를 끄덕이던 미리내는 들고 온 가방에서 전자 담배를 꺼낸 뒤 손씨와 진씨, 영씨와 주씨를 각각 한 번씩 보면서 물었다. 피워도 돼요? 그러자 진과 영이 기다렸다는 듯 서랍에서 전자 담배 하나씩을 꺼내 피우기 시작했다. 세 사람이 내뿜는 제각기 다른 달콤한 향이 마당을 가득 메웠다. 손은 가만히 있다가 고개를 젓고는 일어나서 정선이 있던 방에 들어가더니 문을 닫아버렸다. 제가 있을 자리를 기가 막히게 알아차리는 서글픈 아이였다.

*

화장실에 가겠다고 한 뒤 파우치를 챙겨 나왔다. 차마 남의 집 방안에서 연초를 피울 수는 없었다. 그때 휴대폰에 카카오톡 알림이 떴다. 공유주택 단톡방이었다. '시연씨, 냉장고에 있는 김치가 오래되었으니 폐기해주세요.' 김치는 냄새가 나기 마련인데. 왜 그것을 굳이 폐기해야 하나. 더 쉬기 전에 같이 나눠 먹으면 그만 아닌가. 만약 누군가 나에게 김치를 조금 나눠 줄 수 있나요? 하고 물어봤다면 나는 언제든 그러자고, 함께 김치찌개도 끓여먹고 볶음밥도 해먹자고 말했을 것이다. 그 정도는 서로 침범해도 되는 거 아닌가? 같이 사는 사람인데. 생각이 거기에 미치자 내가 만나왔던 모든 사람에게 화가 났다. 화장실은 왜 또 이렇게 구린 거야.

정말이지, 정선이네 화장실은 몹시 열악했다. 대충 시멘트만 발라놓은 모습이 어떻게든 변기 하나는 있어야겠다, 싶어 만들어놓은 것 같았다. 심지어 타일 몇 장은 깨져 있었다. 그것을 어떻게든 보수해보겠다고 노력을 했었던지 수도 옆에 망치가 놓여 있었다. 나는 가만히 그것을 바라보다가 손을 씻고 화장실 밖으로 나갔다. 햇빛이 내리쬐는 그곳에는, 미리내가 있었다.

"제가 태어났을 때 손가락이 여섯 개였대요. 그래서 태어난 지 얼마 되지도 않아서 제거 수술을 받았어요. 그런데도 제 오빠는 늘 저를 육손이라고 불렀어요. 사람들은 가끔 무슨 짓을 해도 우리의 형태가 바뀌지 않는 것처럼 굴어요. 언니, 그거 알죠?"

"뭘?"

"언니 맨날 멋대로 생각하고 단정 짓는 거."

"그래서 다 알면서 모른 척했어?"

"네. 나는 언니가 돈 때문에 여기 오지 않았다는 거 알아요. 그래서 말 안 했어요. 언니만 그걸 모르고서 정선 언니가 돈 준비해놓은 걸로 또 오해하고 단정 지을까봐요. 하나 더 알려줄까요?"

"뭘?"

"나, 방 빼요. 전세로 가요."

"그걸 왜 지금 말해?"

"그래야 될 것 같아서요, 언니."

같이 살래요? 나는 그 순간, 내가 왜 미리내를 좋아했는지 깨달았다. 미리내는 너무, 제멋대로였다. 제멋대로 내 일상을 침범해서 마치 그러라고 내가 있는 것처럼, 마구 헝클어뜨려

놓았다. 나는 어쩌면 그걸 바랐는지도 모르겠다. 정선이에게
화가 난 것도 그런 맥락이 아닐까. 나는 충분히 너를 이해해줄
수 있는 사람인데, 너는 왜 어떠한 말도 해주지 않았니. 혹시
너는 나를 오해하고 있던 게 아니니. 나는 그런 나 자신도 제
대로 이해하지 못하는 스스로에게 화가 치밀었고 분에 못 이
겨 뭐라도 하고 싶은 생각이 굴뚝같아졌다.

어쩌자고 그랬는지는 모르겠지만, 나는 수도 옆에 놓여 있
던 망치를 들었다. 그러자 미리내가 놀라 뒷걸음질쳤다. 망치
를 들자 타일을 그대로 내리치고 싶은 기분에 사로잡혔다. 그
래서 그렇게 했다. 미리내가 뒤에서 언니, 언니, 했다. 모두가
달려왔다. 그리고 망치로 타일을 깨는 내 모습을 바라보았다.
지켜보던 정선이가 다가와 내 팔을 잡았다. 그리고 말했다. 미
안해. 나도 가쁜 숨을 쉬며 말했다. 미안해. 공사비 줄게. 그러
자 정선이가 대답했다.

"설명할수록 내가 깎이는 기분이라 그랬어."

나는 그 말이 사무치도록 이해가 되어서 더 슬펐다. 정선이
의 팔을 쓸어내렸다. 부드러운 팔에 내 팔을 대고 마찰하자 서
로 다른 피부의 질감이 느껴졌다. 우리에게 무언가가 닿을 수
없는 부분이 있다는 걸 알게 된 것만 같았다. 나는 공유주택에
서 원하는 걸 제대로 얻지 못했고 정선이는 어떤 식으로든 원
하는 걸 얻은 것 같았다. 그러니까, 연결되어 있다는 감각. 그

미세한 애틋함을 누리는 따뜻한 시절 같은 것들. 그렇게 비로소 나는 내가 머물러 있던 자리에, 나만 머물러 있었다는 것을 알게 되었다.

"근데 우리집 안에도 화장실 있어요."

영이 말했다. 그러자 진이 고개를 끄덕였다. 나는 어쩐지 그들이 사는 집 안에도 화장실이 있다는 말에 큰 위안을 얻었다. 영이 말했다. 공사, 어차피 하던 건데 우리가 마저 하면 돼요. 타일을 깨고 배관을 손볼 거예요. 아주 오랫동안 오물이 쌓였대요. 그러자 미리내가 그럼 변상을 하는 대신 그 돈으로 여행이나 가면 안 되겠냐고 물었다.

"그건 모르겠고, 우리 계곡에 가요."

정선이가 말했다. 나는 여전히 망치를 손에 들고 있었다.

"지금?"

"그래, 지금."

나는 들고 있던 망치를 멋쩍게 내려놓았다. 그러자 진과 영이 재빠르게 움직였다. 아이스박스에 먹을 것을 담고 모자를 푹 눌러썼다. 정선이는 트럭에 시동을 걸었다. 너 트럭도 몰줄 아니? 내가 묻자 정선이는 어깨를 으쓱하며 말했다. 시동만 걸 줄 알아. 나는 조금 웃었다. 그렇게 우리는 트럭에 실려 계곡으로 출발했다. 나와 정선이와 손, 미리내는 트럭 뒤 짐칸에 앉고 진은 운전석에 영은 조수석에 탔다. 그들은 우리를 두

고 뭔가를 계획하는 것 같았다. 정선이가 내게 속삭였다. 시연
아, 손은 내 아이가 아니야. 누군가 낳았지만, 스스로 나를, 이
곳을 선택했어. 그리고 나 진짜 그냥 배 나온 거야. 잘 먹고 잘
살아서. 우리는 외따로 태어나서 홀로 자신을 길러낸 사람들
이고 지금은 함께 살고 있어.

# 불가해한 사랑의 스캐닝

오은교(문학평론가)

## 친밀성의 페다고지

사랑과 폭력은 반대말인 것 같지만 꼭 그렇지만은 않다. 예소연의 소설에서는 얼핏 모순되어 보이는 온갖 부정적 심상이 사랑과 끈끈히 결합되어 있다. 끔찍한 사랑, 결함과 사랑, 쓰레기와 사랑 등 사랑을 원하는 이들은 꼼짝없이 그 모순을 감당해야 한다. 와해되고 망가진 채로 지속되는 가족, 친구, 연인 관계를 그리는 예소연의 소설은 궁핍과 외로움으로 인해 관계에 대한 욕구는 더없이 커졌지만, 전통적인 친밀성의 양식에 대한 자원이 동난 가운데 아직 새로운 관계 형식은 부족한 우리 시대의 다양한 사랑의 풍경을 그려낸다. 사랑에 빠지면 우리는 언제나 잠시라도 교육의 천재가 된다. 배우고, 적용하고, 실패하고, 폐기하고, 다시 감응하는 일의 반복. 사랑을 원한다면 반드시 실수를 동반해야 하는 시대, 그 불완전함으로 인해 때로 피폐해질지라도 도전을 멈출 수 없는 이들의 가없는 몸짓이 여기 있다.

표제작 「사랑과 결함」은 가부장제도하에서는 인간관계의 근간을 이루는 애착이 불안정하게 형성될 수밖에 없다는 것을 보여주는 작품이다. 소설은 일찍이 부모를 여읜 딸로서 터울이 큰 남동생을 어렵사리 교육시켜 가족 전체의 계급을 상승시키는 데 성공하지만, 그 동생이 이룬 가정 내에서는 영영 불청객일 수밖에 없는 여자 순정의 삶을 조카딸의 입장에서 그린다. 결혼에 실패한 순정에게 동생네는 자신이 일구고 지켜낸 유일한 재산이자 관계이지만, 그들에게 순정은 소박맞고 돌아와 남동생 가정에 빌붙어 사는 매력 없는 여자이자 암과 조울증을 앓아 부담이 되는 시댁 식구일 뿐이다. 자신의 모든 것이자, 아무것도 아닌 이 관계 내에서 순정이 자신의 존재감을 확인할 수 있는 방법은 시누이로서 동생의 아내를 괴롭히고 조카딸의 애정을 독차지하기 위해 악지를 부리는 일뿐이다.

그 여자들 간의 갈등을 해결할 능력도 의지도 없어 끈적이는 애증 관계에서 발을 빼고 살 수 있는 '나'의 아빠와 남자친구는 "정신병은 모계유전"(181쪽)이라는 황당한 주장을 하지만, 고모와 엄마 사이에 존재했던 알력과 질투의 현장에서 꼬박꼬박 장기짝으로 사용되었던 화자는 그 주장이 차별주의 세상의 구조적 진실을 한사코 외면하고자 하는 변명임을 안다. "내가 아는 것은 고모나 엄마가 그저 나에게 끔찍한 사랑을 흠뻑 물려주었을 뿐이라는 사실이다. 나는 아직도 그 사랑의 정체가 무엇인지 모른다. 그리고 그 사랑과 결함이 나를 어떻게 구성했는지도."(183쪽) '나'가 배운 사랑은 그런 것뿐이라 '나'는 자신의 힘과 존재감을 주장하기 위해 순진한 또래 친구들에게 겁을 주고, 다감한 애인의 선의를 미워하며 의심과 위계 없이는 사랑하는 방법을 몰라 결국 자기 자신을 혐오하는 어른으로 성장한다.

이 불완전하고 불안전한 감정의 실체는 무엇인가. "가족은 믿는 게 아니라"(174쪽)고 말하면서도 평생 가족 외의 관계를 만들지 못한 고모, '나'에게 입에서 입으로 영성체를 넣어주던 고모, 그랬음에도 '나'가 "지 엄마만 끔찍이 아"(175쪽)낀다고 샘을 내던 고모, 약을 먹어 몽롱해지면 거듭 사랑을 확인하던 고모, 그 패턴화된 애정 확인 방식을 무기로 휘두르던 고모, 임종의 자리에서 평생 견제 대상으로 삼았던 올케의 이름을 신음처럼 부르던 고모, 전남편에게서 의붓 아들을 데려오지 못한 것을 평생 한스럽게 여겨 자신의 모든 재산을 상속하려

했던 고모가 가르쳐준 것을 '사랑'이라고 부르지 못한다면, 평생 고모가 괴롭혀왔던 '나'의 엄마조차 그 부름에 고개를 끄덕이게 만드는 애규를 '사랑'이 아니라고 말해야 한다면 그것이 야말로 부당한 일일 것이다. '나'는 "빈 벽에 제 몸을 부술 듯이 처박"(188쪽)으며 돌진하는 고모의 로봇 청소기를 끌어안으며 생각한다. 고모의 작은 방에서 이 로봇 청소기가 스캐닝한 것은, 어디서도 그 모양과 넓이를 펼치지 못해 화를 내듯 온 사방을 치고 다니며 제 몸에 거친 흠집을 내는 방법밖에 모르던 사랑의 마음이었다는 사실을 말이다.

### 나를/내가 키운 모르는 사람

군사독재 시대의 운동권이었던 아버지와 신자유주의 시대의 프레카리아트인 딸의 관계를 다룬 두 작품 「팜」 「그 개와 혁명」은 가정의 문제는 도외시한 채 사회변혁을 꿈꾸는 혁명의 젠더를 물으며 현 세대의 문제적 관계로 부상한 부녀 관계의 의미를 탐색한다.

「팜」에서 공공기관 계약직으로 근무하다 재계약 실패 후 손에 남은 푼돈마저 코인 투자로 반토막을 낸 해나는 공모전을 전전하다 운좋게 당선되어 얻은 얼마간의 돈을 투자해볼 요량으로 아빠 대진을 만나러 간다. 부상으로 받은 아파트 분양권은 사용할 엄두도 낼 수 없는 상황에서 값이 오르지 않는 농지라도 얻으려는 해나에겐 부동산 소유에 대한 미련과 원금이라도 보존해보고자 하는 마음이 얽혀 있는데, 그런 딸의 사정에 별 관심이 없는 대진은 자신의 연구소라며 데려간 비닐하우스에서 기후 위기를 대비하기 위해 시작한 친환경 농법에 대해 한참을 설명하더니 "할일이 없으면 이곳에 정착"하라는 말을 "입버릇처럼"(209쪽) 반복한다. "대진은 자꾸 사업을 구상하고, 체제에 대항하며 사회를 위한다고 여겨지는, 그런 일들을 도모했다. 그러면서 해나의 입학식과 졸업식, 심지어는 생일도 나이도 까먹었다. 집안일은 죄 까먹어도 대단한 일을 꾸미는 걸 보면 기억력의 문제는 아니었다. 대부분의 집안 대소사는 엄마가 챙겼다."(200쪽)

그가 사회변혁을 위한 운동에 헌신하고 과거의 영광을 되새기며 사는 동안 노동운동을 접고 보험 판매를 하며 생계를 꾸려온 엄마는 결국 대진이 가족과 상의 한마디 없이 덜컥 귀농해버리자 이혼을 통보했고, 그런 아버지의 비현실적인 희망으로 인해 내내 소외감을 느껴온 딸은 "자기 연민이란 게 무서워"(206쪽)라며 그의 심기를 공격하는 말을 멈추기 어렵다. "그저 생일이 되면 전화라도 한 통 해주고, 때때로 맥주 한잔하자고, 놀러오라고 말해주길 바랐는데."(210쪽) 가정을 등한

시하며 살아왔지만 딸의 비혼주의는 용납할 수 없고, 전통에 반기를 드는 신념을 굳세게 지켜왔으면서도 조상 제사는 지내야 하는 아버지의 모순을 해나는 영영 이해할 수 없다. 결국 엉터리로 만들어놓은 수로에 빠져 꼼짝달싹도 할 수 없는 신세가 된 해나는 자신에게 손 한 번 뻗지 않는 아버지가 원망스러우면서 또한 그를 닮은 자신의 성격이 서럽다.

화해할 수 없이 어긋난 부녀의 관계는 「그 개와 혁명」의 아버지의 죽음을 통해 얼마간 봉합되는 듯이 보인다. 가족관계에 있어서 경제적 이득을 따지는 손절매나 절연이 어려운 이유는 상대방의 안 좋은 부분을 그와 오랜 시간 관계해온 자신 또한 얼마간 체득하고 있기 때문이다. 그를 미워하려면 나 자신 또한 미워해야 하는데, 그렇게만 생명을 지속시키는 일은 가능하지 않다. 예소연의 소설에서 사랑의 불가해함은 이렇게 자기혐오와 생명력의 지난한 반복을 통해 지속적으로 변주된다.

「그 개와 혁명」의 부녀 관계는 「팜」과 거의 유사하다. 운동권 세대의 아버지는 "메갈이 어쩌고 한국 여자들이 어쩌고"(226쪽) 하며 '요즘 여자'들을 운운하고, 운나쁜 섹스를 해서 인유두종 바이러스에 감염된 딸의 속내를 떠보며 속을 태운다. 딸은 "유연한 노동 문제에 대해 비판하면서도 불가산인 가사 노동 시간에 대해서는 일언반구도 하지 않"(226~227쪽)는 아버지를 이해할 수 없다. 하지만 이들이 단지 반목했다고

만 설명하는 것은 온당치 않다. 소극적인 '나'는 어떤 점에선 "태수씨 같은 사람이 되고 싶었"(237쪽)기 때문이다. '나'와 달리 아버지 태수는 친구가 많았다. 의협심 넘치는 꿈을 꾸었던 혁명의 동지들, 국가보안법 위반으로 복역한 친구, 화려한 글솜씨로 정치적 의식을 고취하며 서로를 다독이던 페이스북 친구들 등 비록 대의는 소멸한 시대가 되었을지라도 그들 간의 우정은 오래 남아 태수의 삶을 풍요롭게 했다.

죽음을 앞두고 겁에 질린 아버지가 "모든 일에 훼방을 놓고야 마는 사람"(238쪽)이라는 것을 기억해낸 '나'는 태수와 함께 마지막 '훼방'을 준비한다. 즉 곧 치러질 장례식에서 조문객을 향한 태수의 말을 대신 전할 준비를 하고, 태수가 사랑했던 진돗개 유자를 장례식장에 풀어놓을 계획을 세운 것이다. 조문객 성식으로부터 과거 아버지에게 아이가 생겨 거사를 함께 치르지 못했다는 뜻밖의 이야기를 전해들은 '나'는 그 시절 가정을 지키고자 했던 아버지의 마음을 뒤늦게 이해하고, 성식에게 "태수씨의 마지막 지령"(249쪽)을 전달한다. 성식은 고인이 사망 전 타고 다니던 휠체어에 유자를 태워 데려온다. 대형 진돗개 유자로 인해 "장례식장은 말 그대로 난장판이 되었다. 유자는 장례식장 곳곳의 냄새를 맡고 음식을 먹느라 바빴고 벽에다가는 오줌을 누었다"(248쪽). 딸밖에 없다는 이유로 사촌동생을 상주로 세워 죽은 가장의 역할을 대물림하는 의식을 실행하려는 장례식장에서 "우리의 적은 제도"(같은 쪽)라는 태수의 오랜 뜻에 따라 상주 완장을 찬 맏딸 '나'와 제멋대로 날뛰는 개가 판치는 장례식장은 태수가 좋아했을 법한 풍경이다.

모녀 사이를 뼈대로 하여 죽음의 조용한 한순간을 그린 「분재」 또한 서로의 사정을 성숙하게 보듬어주지 못했지만 최선을 다해 마지않았던 삼대 여성들의 입체적 관계성을 보여주는 작품이다. 소설의 화자 차연은 소원해진 딸과의 관계 복원이나 반가운 손녀의 방문마저 버거운 노년 여성으로, 자신이 책임져야 할 생명에 버림받은 생명까지 주워다 "무턱대고 많은 생명을"(279쪽) 키워낸 자신의 삶을 돌아본다. 야반도주 결혼, 남편의 출타, 육아와 병수발 등 힘들고 외로운 일이 파도처럼 밀려왔지만 그 모든 일을 의연하게 감당해온 차연은 이제 자신이 돌봐온 생명들이 "종국에는 울창한 숲"(282쪽)을 이룬 곳에서 조용한 죽음을 맞이한다. 돌아가신 조모의 아파트를 처리하러 온 손녀 윤재는 할머니가 식물들 뒤에 숨겨둔 각종 담금주를 부동산중개인 정미와 나누어 먹는다. 이혼을 하며 양육권을 포기해야 했던 정미와 교습 학원 일자리를 잃은 윤재가 차연이 고단할 때마다 한 모금씩 몰래 맛보던 담금주를 나눠 마시는 장면은 아이러니하고도 애틋하다.

부모의 죽음을 통해 그간 쌓아왔던 갈등이 모두 해소되거나 화해에 이른다고 말할 순 없지만, 손익계산에 따른 손쉬운 포기 대신 서로의 삶의 역사를 헤아리며 존중하는 방식의 관계 맺음은 현실적이다. "한 트럭의 미움 속에서 미미한 사랑을 발견하고도 그것이 전부라고 말하는"(「그 개와 혁명」, 235쪽) 절박함에 관계를 포기할 수 없는 우리네 사정이 있다. 한집에 사는 가족이기에 닮았지만, 다른 몸으로 다른 시대를 살았기에 닮지 않은 사람, 이윽고 부모를 호칭이 아닌 이름으로 부를 수 있는 계기는 개개인이 자신을 주조해온 수많은 역사적 차이의 옹이들을 상기하는 일에 있을지도 모른다.

## 은총 없는 성장통

2010년대 이후 한국문화사에서 반복적으로 재탐사되는 소녀 사회 보고격의 삼부작 「아주 사소한 시절」 「우리는 계절마다」 「그 얼굴을 마주하고」는 IMF 시대를 배경으로 가정과 학교 등 안팎으로 생활이 무너지는 와중에 성장을 달성해야 하는 십대 여성의 성과 우정, 권력에 대한 이야기를 다룬다. 삶이 내 맘대로 굴러가지 않는다는 걸 처음 깨달은 순간은 과연 언제일까? "한입만 줄래?"(38쪽) 초등학교 5학년생인 「아주 사소한 시절」의 화자 '나'는 지나가던 동네 언니에게 아이스

크림 한입을 빼앗기고는 아이스크림 이상의 것을 빼앗겼다고
느낀다. "더러운 침이 묻은 그 숟가락을 신성한 물로 닦으면
서 내 안 깊은 곳이 무너져내리는"(38~39쪽) 기분이 들었고
그건 "짧은 시간이지만, 그간 살면서 줄곧 느껴온 감정의 실
체"(39쪽)로, '나'는 그동안 신성하다고 여겨온 연못에 아이스
크림을 통째로 버린 뒤 "더러운 기분"(같은 쪽)을 느끼며 자리
를 떠난다. "씨발."(같은 쪽) 단지 조금 양보했을 뿐인데 오염
되어버리고 만 내 것. '나'는 오롯이 가꾸어온 자신의 소유물
과 감정이 스스로의 의지에 따라 통제하거나 제압할 수 없는
종류의 대상임을 알아차린다. 그렇게 망연히 귀가하던 화자는
우연히 친구 미정의 아빠의 죽음을 목격하게 된다. 그리고 그
다음날 학교에서 제일 겁이 많고 체구가 작은 아이에게로 가
자신이 본 죽음의 광경을 다소 흥분된 상태에서 과장되게 설
명해 아이를 울려버리고 만다. 남의 기분에 따라 내 소중한 것
을 빼앗기거나 망치는 일이 일어날 수 있다면, 나의 기분에 따
라 남의 소중한 것을 빼앗거나 망칠 수도 있는 것이다.

과거에 '나'는 미정을 만나 폭력을 일삼는 자신의 어머니와
IMF로 직장을 잃고 외도까지 하는 미정의 아버지를 증오하며
그의 죽음을 기도하는 비밀 이야기를 주고받은 적이 있었고,
'나'는 미정의 소원이 수리되는 은총의 현장을 목격했다고 여
긴다. 순식간에 무시로 친구의 흉금을 만천하에 털어놓고 만

화자는 결국 음험하고 비열한 아이로 소문이 나 따돌림을 당하게 되고, 공부를 못한다는 이유로 창피 준 선생을 단죄하기 위해 친구들과 단체 자살기도를 주문한다. 다음날부터 친구 한 명이 정말로 등교를 하지 않고, '나'는 미정과의 추억이 깃든 장소에 봉분을 만들어 사라진 친구와 미정의 아버지를 애도한다.

"내가 아는 은총은…… 우리가 지닌 열띤 욕망. 그것이었다. 미정과 나의 얼굴이 점점 가까워졌다. 내가 생각하고 있는 무언가를 너도 생각하지 않니. 나는 미정이 그럴 거라고 확신했다."(105쪽) 정말 은총이었던 것은 친구가 속삭여준 내밀한 속마음과 서로의 비밀을 간직하게 되어 뜨거워진 열띤 흥분과 그 일방적 확신이다. 삼 년 후 중학교 2학년이 된 이후의 이야기를 다룬 「우리는 계절마다」는 통제할 수 없는 상황에 휘말려버린 소녀들의 사회 특유의 폭력성을 보여준다. 미정의 가정사를 떠벌리고 다니며 소중한 친구를 소문의 소용돌이 속에 밀어넣었던 '나'는 돌아온 미정의 복수심과 애정 테스트에 다시금 휘말린다. "나는 생각지도 못한 상황에서 걸레가 되고 그 짓거리 하는 년이 되고 씨발년이 된다."(86쪽) 미정을 향한 모호한 감정들, 즉 동일시적이며 퀴어한 열정이 어떤 금기 속에서 온당하게 발음되지 못하며 소녀들은 필연적인 실수들을 반복해서 저지른다. 햄스터를 서로의 속옷에 넣고 다니다 버리며 그걸 해방이라고 부르고, 남자들 사이에서 성적 약자가 된 이들의 등을 떠밀며 킬킬대는 순간의 폭력성은 유기와 저주를 반복하면서 애정을 확인하는 두 사람의 버릇을 부추긴다. 남편이 사망한 후 악착같이 아끼고 벌어 그사이 완전히 다른 사람이 된 미정의 엄마는 두 소녀를 앉혀두고 맥주를 따라주며 자신의 말을 따라 하라고 명령한다. "자, 따라 해봐. 나는, 걸레가, 아니다."(107쪽) 더럽고 지저분한 곳에서도 고귀해질 수 있다며 이상한 비기를 가르침받은 화자는 동생의 탄생으로 더 가난해질 자신의 가족을 떠나기로 결심한다. "나는 엄마의 조금 부른 배를 보며 이번만큼은 이들이 절대로 내 삶의 결정권자가 되지 않도록 할 것이라고 다짐했다."(110쪽)

'나'는 멀리 도망갈 수 있었을까? 부모에게서는 떠나왔을지언정 그는 여전히 미정 언저리에 있는 듯하다. 「우리는 계절마다」의 사 년 후 이야기를 다룬 「그 얼굴을 마주하고」는 미정으로부터 온 부고 문자로 어김없이 일상이 흔들리는 '나'의 마지막 십대 시절을 다룬다. 부모도 반쯤 포기한 자식이 되어 가출을 하다 토킹 바에서 일하게 된 '나'는 동료인 현수 언니의 얼굴에서 미정을 본다. 같은 몸으로, 같은 옷을 입고, 같은 대접을 받으며 같은 일을 하는 여자들, 이 토킹 바의 세계는 잔인무도한 성차별이 만연하며 그 안에서 여자들이 생존을 안달하게 만든다는 점에서 흥분과 폭력이 넘치던 학교 안팎과 크게 다르지 않다. 현수 언니에게서 미정을, 토킹 바 손님에게서 미정의 남자친구 현태규를, 매니저에게서 윤다혜를, 막내들에게서 영성이나 진아를 보게 되는 것이다.

'나'는 동창을 통해 뒤늦게야 자신이 은총 운운하며 떠벌린 것이 미정에게 상처가 되었음을 알게 된다. "정미정이 그랬어. 네가 자기 아빠에 대한 이야기를 함부로 떠벌리고 다녔다고. 그래서 자기는 너랑 똑같은 사람이 되지 않으려고 노력했대."(131쪽) 미정과 자신 사이에 존재했던 그 "확고한 애정의 기류"(140쪽)로 말미암아 시작된 말이 소문으로 불어나 미정을 궁지로 몰아넣었다는 것을 알게 된 '나'는 동경했던 미정어머니의 장례식장에 선뜻 찾아갈 용기를 내지 못한다. '나'가 미정을 닮은 현수 언니의 돈을 빌려달라는 부탁을 거절하지 못하는 것은 당연하다. 임신 테스트기를 내미는 언니를 보며, 남편에게 버림받은 후 아들에게만 재산을 남겨준 할머니를 떠올리며 '나'는 다짐한다. "할머니, 나는 존나 못 사는 방식으로 잘 살 거예요."(145쪽)

이 여성들은 어렸기 때문에, 편이 갈렸기 때문에, 무섭거나 창피했기 때문에 누군가의 순진함을 이용하고, 누군가의 사악함을 동경한다. 가난과 방치와 학대 속에서 시종 무력할 수밖에 없던 아이가 또래 관계를 통해 멸시와 증오라는 권력의 힘을 배우고, 그 미혹에 빠져드는 일이 반복된다. 소녀는 더이상

사소한 힘을 줬다 뺏는 온라인 게임을 할 필요가 없다. 그 힘의 실제 완력을 현실에서 경험하고 있기 때문이다. "나는 나를 싫어하는 애들보다 나처럼 되기 싫어하는 애들을 증오했지만, 결국 내가 좋아히는 사람은 전부 나처럼 되기 싫어하는 사람뿐이었다."(126쪽) 성장이란 이처럼 은총 없는 폭력의 무자비한 과정이다. 무리에서 밀려나지 않기 위해 내가 밀어버렸던 사람들에 대해, 관심이라 여겨 베풀었지만 누군가에겐 끝없는 공포였던 감정의 간극에 대해, 한순간 가시거리로 들어온 의미를 향해 손을 뻗었지만 빈손으로 추락하고야 마는 사정에 대해, 더이상 모를 수 없게 된 몸을 가리켜 어른이라 부르기도 하니까 말이다.

## 그 우정의 이름은 무엇

성인이 되어 혈연, 학연 등이 아닌 이유로 이루어진 관계는 너무나 연약하지만 가장 강하기도 하다. 「내가 머물던 자리」 「도블」 「우리 철봉 하자」는 자발적으로 이룬 것이기에 가장 애틋한 동시에 사회적으로 승인받을 수 없는 관계의 어려움을 다룬다. 적절한 이름이 없기에 그만큼 더 각별한 종류와 강도의 애정을 필요로 하며 관계의 공고함을 주장할 근거가 마음

말고는 아무것도 없어 무계하고 위태롭기만 한 관계들이 얼마나 많은가.

　작가의 데뷔작인 「도블」은 "얼른 버려!"(300쪽) 하고 외치는 카드 게임을 즐겨 하던 세 명의 동네 친구의 이야기다. 취업 준비나 사업 구상을 하겠다는 목적으로 모였지만, 언제부턴가 그저 일상을 함께 나누는 사이로 발전한 돈 없는 여자들의 우정은 와해되기 직전이다. '나'는 금이 간 이 관계를 복원해보고자 강화도로의 짧은 여행을 계획하지만, 냉전중인 진경과 승혜는 밤이 늦도록 도착하지 않는다. 세번째 인턴 생활중인 '나'와 마찬가지로 진경과 승혜 또한 불안한 미래에 허덕이는 청년들인데, 각자의 삶이 점차 달라지면서 이들 간의 관계의 장력은 날로 약해지고 있다. 미술 작가를 꿈꾸던 승혜는 학교를 그만두고 오래된 연인과 가정을 꾸려 아이를 낳아 기르기로 결정하는데, 학업을 포기했다는 이유로 진경은 승혜를 미워하기 시작하고, 승혜는 진경이 모든 관계에서 "자기를 힘들게 하는 사람만" 그러니까 "막 죽겠다고 하는 사람"(297쪽)에게만 붙어 있는 못난 습성이 못마땅하다. ""네가 뭔데 난리야, 도대체."/내가 이렇게 물으면 진경은 물론 난 아무것도 아니지, 하면서도 쉽사리 먼저 언니에게 연락을 하지 않았던 것이다."(288쪽) 아무것도 아니라지만 실은 모든 것이기에 실망과 상처를 주고받는 관계가 얼마나 많은지. 아직 오지 않은 두 친구를 기다리는 '나'는 역시나 홀로 펜션에 온 손님 델마와 펜션 주인 남자와 함께 식사를 하고 한담을 나누며 돈대 주변을 산책한다.

맞벌이하는 아들네 손자를 도맡아 키우지만 누구도 그 노고를 알아주지 않아 문득 서러운 마음에 무작정 광역 버스를 타고 멀리 떠나온 델마와, 누나에게 돈을 빌려 펜션을 차렸지만 전염병 사태로 직격타를 맞아 사업 운영이 힘겨운 주인 남자의 처지는 '나'의 사정과 크게 다르지 않다. 가족이라는 이유로 서로 짐과 빚을 주고받으며 사는 관계의 막막함과 가족이 아니기 때문에 서로의 짐을 덜어주지 못하며 빚지지 않으려다 피폐해진 관계의 쓸쓸함 모두 이들을 어렵게 만든다. 새벽이 되어 델마는 자신을 데리러 온 며느리를 따라나서고, '나'는 사장과 함께 파도 소리를 들으며 오지 않는 두 친구를 떠올린다. "파도는 무언가를 부수려는 힘으로 만들어진 것이라고"(293~294쪽) 하는데, 이들의 어긋남은 이 관계를 부수어버릴까, 더 단단하게 만들까.

돈을 떼먹고 사라진 친구 정선을 찾아 떠나는 이야기 「내가 머물던 자리」 또한 비혼 여성들의 이 깊고도 얕되 얕고도 깊은 우정을 그득하게 스케치해낸다. '나'는 공유주택에 함께 거주하는 미리내 또한 정선의 지인이라는 사실을 알게 되어, 미리내와 함께 정선을 만나러 간다. '나'와 함께 토킹 바에서 일했던 정선과 미리내가 유럽 여행중에 만났던 정선은 매우 다른 사람인 것처럼 느껴지고, 잘 알고 있다고 믿었던 친구의 다른 면모에 '나'는 서운함과 배신감을 느낀다. '나'가 화가 난건 단지 돈을 떼먹혀서가 아니라 사랑하는 친구가 내가 아는 그 사람이 아닐 수 있다는 불안 때문이기도 하다. 불안이 체질화된 '나'는 "멋대로 남을 판단하고 그 사람의 최악을 상상하며 내가 사회에서 받은 온갖 모욕을 감수하는"(331쪽) 자신에 대한 염오감을 멈출 수가 없다.

'나'는 서울을 떠나 손, 진, 영이라는 세 명의 사람들과 함께 살고 있는 정선에게 그간의 상황에 대해 따지고 들며 손이 그의 아이인지를 떠보고, 정선은 그런 '나'에게 묻는다. "내가 겪은 일들, 겪어야 할 일들, 겪을 수밖에 없는 일들을 구구절절 설명하라는 듯이" 구는데 대체 "네가 뭘 알아야"(332쪽) 하는지, 왜 "설명할수록 내가 깎이는 기분"(336쪽)이 드는지 말이다. 또한 어떤 삶은 왜 언제나 정당한 설명을 요구받게 되는지, 결혼하지 않는 이들끼리 모여 서로의 입에 제철 음식을 넣어주며 살아가는 삶에 어떤 마땅한 설명이 있는지 말이다. 손가락 여섯 개로 태어나 평생 형제들에게 놀림받고 살아왔던 미리내 또한 말한다. "사람들은 가끔 무슨 짓을 해도 우리의 형태가 바뀌지 않는 것처럼 굴어요."(335쪽)

'나'가 정선과 미리내 같은 친구들에게 끌렸던 이유는 아마 그처럼 이상한 모양을 한 자신의 존재를 설명하려 하지 않는 점 때문이었을 것이다. 미리내는 '나'에게 함께 살자며 손을 내밀고, 정선은 '나'의 분노로 엉망이 된 집안을 잠시 그대로 두고 다 함께 놀러가자고 제안한다. 정선은 '나'에게 속삭인다. "시연아, 손은 내 아이가 아니야. 누군가 낳았지만, 스스로 나를, 이곳을 선택했어. 그리고 나 진짜 그냥 배 나온 거야. 잘 먹고 잘 살아서. 우리는 외따로 태어나서 홀로 자신을 길러낸 사람들이고 지금은 함께 살고 있어."(338쪽) 변명 없이, 설명 없이, 지금의 자신을 긍정하고 그에 걸맞은 자리를 찾기로 결심한 사람을 돌려세울 수 있는 감언이설은 이제 어디에도 없어 보인다.

예소연의 소설에는 비슷한 여자들이 자주 등장한다. 이는 계급적 유사함으로 인한 아비투스 때문이지만, 당사자들에게 그것은 몰개성의 표지인 동시에 동일시의 표적이 된다. 문제적 행동을 수정하고 개선해야 한다는 비난 섞인 충고는 자기자신을 포함한 여성에게 내재화된 검열의 표현이자 여성동성사회에서 흔히 보이는 고질적인 형태의 애정이다. 운동을 하다 만난 동네 친구 석주와 맹지의 이야기를 담은 「우리 철봉하자」 또한 풀리는 일이 없어 닮은 두 여성 청년의 이야기로 두 여자 간의 우정을 아슬아슬하게 보여준다. '나'는 다이어트를 종용하는 남자친구 때문에 식단을 조절해야 하는 맹지에게 쏟아붙인다. "나도 충분히 너한테 잘해줄 수 있는데 왜 나 없으면 살 수 있고 쓰레기 없으면 못 살아? 내가 쓰레기같이 굴어줘? 그러면 나 없으면 못 살 거야?"(20쪽) 그러나 사실 후진 남자들과 만족스럽지 않은 관계를 맺는 일은 석주 자신의 문제이기도 하다. 이들에게 이성애 섹스는 아무리 유해할지라도 애착을 보장받을 수 있는 유일한 방법이기 때문이다. 「내가 머물던 자리」의 시연이 화가 나 화장실 바닥 타일을 깨부수었듯 석주 또한 보이지 않는 관계의 선에 화가 나 맹지 방의 벽지를 죄 뜯어버리고 그의 남자친구를 따라 눈 밑에 물파스를 바르다 응급실 신세까지 지게 된다.

소신대로 할일을 하면 직장에서 잘리고, 자신을 소중하게 대하면 애인이 떠나는 일을 겪는 두 여자가 서로의 어깨 위에 올라 철봉 운동을 하며 생활 근육을 단련하고, 자신감 훈련을 하며 서로를 도닥이고, 결국엔 "그래도 나는 네가 좋아"(33쪽)라며 속삭이는 마지막 장면은 미래에 대한 웅대한 비전 없이도 연약한 서로에게 필요한 영양분을 공급한다는 점에서 솔직하고 담백하다. 강해지고 튼튼해지기 위해 필요한 것은 동영상 속 자신감 훈련 연습이나 운동 그 자체만이 아니라 그 과정을 함께하자고 말하며 어깨를 내어주는 친구일 것이다. 이 소박한 무위에 모든 희망을 다시 걸기로 작정하는 예소연의 소설들은 어느새 난감하고도 간절한 것이 되어버린 우리 시대

친밀성의 형식을 넓혀가고 있다. 문학의 지면 위에서 사랑은
지속적으로 재개발중이다.

# 작가의 말

여기에 쓰인 모든 소설은 제가 쓴 것이지만 온전히 제 것이라고는 할 수 없습니다. 이야기를 구상하고 써내려간 것은 저이지만, 소설은 제가 결코 도달할 수 없는 지점에 도달해버렸습니다. 하지만 도달한 그 지점이 최선의 지점이라는 말 또한 아닙니다. 저는 종종 상상하곤 합니다. 인물들이 제 이야기에 갇혀 계속 똑같은 사건에 맞닥뜨린 채 같은 반응을 하고야 마는 상상. 그것은 제 얄팍한 죄의식으로부터 비롯되는 것이겠지요. 이 이야기를 읽는 사람들이, 마음껏 제 이야기를 비틀고 곡해하며 함부로 다뤄주시면 좋겠습니다. 결코 제가 할 수 없는 일들을 해주시면 좋겠습니다. 제가 만든 인물에 여러분의 마음을 덧입혀서 조금이나마 그들이 숨을 쉴 수 있도록 해주세요.

어쩌다보니 소설집을 묶는 시간 내내 깊은 슬픔에 빠져 있었습니다. 슬픔에 빠지고 나서야 타인의 슬픔을 더 자세히 들여다볼걸…… 후회하는 요즘입니다. 하지만 동시에 저는 또다시 어떤 사람이 되고 싶다고 선언하는 것을 좋아하는 사람이기에, 급작스럽지만 한번 해보겠습니다. 저는 사람들이 가지고 있는 모난 마음을 주워 담는 사람이 되고 싶습니다. 제가 얼마나 슬프고 괴로운지에 대해 아주 상세하게 말하는 사람이 되고 싶습니다. 사람들의 안녕을 바라면서 그 힘으로 나 자신을 미워하는 마음을 거두는 사람이 되고 싶습니다.

사실 그런 사람들을 생각하며 이 소설들을 썼습니다. 저는 그런 사람들을 사랑하고, 그런 사람이 되고자 하는데 막상 소설 속 인물들은 결코 자신들은 그런 사람이 아니라고 항변합니다. 저는 그러면 감히 제 소설 속 인물의 얼굴을 제대로 들여다볼 수가 없습니다. 그래서 저는 제 소설을 읽어내는 데 늘 서투릅니다. 결국 저는 서툰 마음으로 이 소설집을 엮었고 끝내 내보이게 되었습니다. 서툰 사람의 이야기를 읽어주신 여러분에게 감사의 말씀을 전합니다. 또한 이 소설집을 엮기까지 방원경 편집자님과 정은진 편집자님의 도움이 정말 컸습니다. 이 책이 나오기까지 정말 큰 에너지를 써주셔서 감사합니다. 더불어 처음 제 소설집을 맡아주셨던 정민교 편집자님께 고마운 마음을 전합니다. 먼저 소설집을 내자고 제안해주셨을 때 얼마나 기뻤는지 몰라요. 편집자님들이 있었기에 큰 힘을 얻어 마침내 소설집을 엮을 수 있었습니다.

2024년 6월 3일, 사랑하는 아버지가 돌아가셨습니다. 소중했던 사람을 기어코 떠나보내야 했습니다. 저는 다소 비참해졌습니다. 이 마음을 늘 절실하게 간직하며 살아내고 싶습니다. 더한 아픔, 더한 사랑이 어딘가에 존재하고 늘 그들을 좇아 함께하겠다고 다짐해봅니다. 아버지는 저를 많이 자랑스러워하셨는데요. 그러니 책이 나오면 아버지의 봉안당에 꼭 꽂아두겠습니다. 이 책을 아버지에게 바칩니다.

2024년 여름
예소연

| 수록 작품 발표 지면 |

우리 철봉 하자 ······『문학들』 2024년 봄호

아주 사소한 시절 ······『현대문학』 2023년 6월호

우리는 계절마다 ······『문학동네』 2023년 가을호

그 얼굴을 마주하고 ······『릿터』 2024년 4/5월호

사랑과 결함 ······『현대문학』 2022년 11월호

팜 ······『굿닛』 2023년 여름호

그 개와 혁명 ······ 문장 웹진 2024년 1월호

분재 ······『현대문학』 2021년 12월호

도블 ······『현대문학』 2021년 6월호

내가 머물던 자리 ······『미안해 솔직하지 못한 내가』(안온북스, 2023)

문학동네 소설집
사랑과 결함
ⓒ예소연 2024

1판 1쇄 2024년 7월 26일
1판 7쇄 2024년 12월 20일

지은이 예소연
책임편집 방원경 | 편집 정민교 정은진 임고운
디자인 이보람 유현아 | 저작권 박지영 형소진 최은진 오서영
마케팅 정민호 서지화 한민아 이민경 왕지경 정유진 정경주 김수인 김혜원 김예진
브랜딩 함유지 함근아 박민재 김희숙 이송이 김하연 박다솔 조다현 배진성
제작 강신은 김동욱 이순호 | 제작처 천광인쇄사

펴낸곳 (주)문학동네 | 펴낸이 김소영
출판등록 1993년 10월 22일 제2003-000045호
주소 10881 경기도 파주시 회동길 210
전자우편 editor@munhak.com | 대표전화 031)955-8888 | 팩스 031)955-8855
문의전화 031)955-2696(마케팅) 031)955-1906(편집)
문학동네카페 http://cafe.naver.com/mhdn
인스타그램 @munhakdongne | 트위터 @munhakdongne
북클럽문학동네 http://bookclubmunhak.com

ISBN 979-11-416-0110-2 03810

• 이 책은 서울특별시, 서울문화재단 '2024년 창작집 발간지원 사업'의 지원을 받아 발간
  되었습니다.
• 이 책의 판권은 지은이와 문학동네에 있습니다.
  이 책 내용의 전부 또는 일부를 재사용하려면 반드시 양측의 서면 동의를 받아야 합니다.

잘못된 책은 구입하신 서점에서 교환해드립니다.
기타 교환 문의 031)955-2661, 3580

**www.munhak.com**